바르게 살기엔 너무 진실해

본 주역서는 한성대학교 교내학술연구비 지원과제임.

# 바르게 살기엔 너무 진실해
## Too True to Be Good

조지 버나드 쇼 지음

서영윤 옮김

도서출판 ┃동인

# 옮긴이의 말

해당 국가의 언어를 알고 있다고 해서 다른 나라의 문학 작품을 쉽게 번역할 수 없다는 것은 익히 알고 있는 사실이지만 이번 작업을 통해서 특히 드라마 번역은 더 녹록하지 않다는 것을 새삼 느끼게 되었다. 드라마를 번역할 때 무엇보다도 번역자는 그 드라마의 사회, 문화, 역사적 배경은 물론 작가에 대해서도 정통한 지식을 갖추고 있어야 한다. 뿐만 아니라 번역된 드라마가 자국의 무대에 올려졌을 때 관객들이 어색하게 느끼지 않도록 가능한 한 자연스러운 구어체로 번역해야 한다. 그렇다면 적재적소에 맞는 맛깔스러운 언어구사 능력이 부족한 역자가 영어권 극작가들 중에서 유독 언어적 표현능력이 뛰어난 조지 버나드 쇼(George Bernard Shaw 1856-1950)의 작품 중에서도 특히 어려운 드라마 중 하나인 『바르게 살기엔 너무 진실해』(Too True to Be Good)를 번역해보겠다고 한 것 자체가 무모한 도전일 수 있다. 그럼에도 불구하고 역자가 욕심을 내어 여러 해 동안 번역에 매달렸던 것은 이 작품을 통해 쇼가 제시하는 메시지에 매혹되어 힘들게 살아가고 있는 대한민국 청년들에게 그 메시지를 전해주고 싶어서였다. 부족한 점이 많지만 역자가 이 책에 쇼의 원전과 번역본을 함께 실었고 가능한 한 많은 주석을 달아 독자들의 작품 이해에 도움이 되려고 최선을 다했음에 위안을 삼고자한다.

끝으로 극작가 쇼와 쇼 극 전반에 대한 개괄을 다룬 글들은 이미 많이 있기 때문에 『현대영미드라마』 제24권 2호에 게재된 역자의 졸고 「버나드 쇼의 *Too True to Be Good* 읽기: 질병의 양상과 치유의 비전」을 토대로 『바르게 살기엔 너무 진실해』를 이해하는 데 도움이 되는 기본적인 내용을 언급함으로써 '작가소개 및 작품해설'을 대신할 것임을 미리 밝혀둔다. 그리고 무엇보다도 드라마 번역서가 비인기도서로 분류되는 우리 출판계의 현실에도 불구하고 부족한 역자의 번역서를 기꺼이 출판해주신 도서출판 동인의 이성모 사장님을 비롯한 동인 식구들 그리고 언제나 사랑으로 지켜봐주는 가족에게 감사드립니다.

# 차 례

# 등장인물

| | |
|---|---|
| 몬스터 | The Monster |
| 노부인, 모플리 부인 | The Elderly Lady, Mrs Mopply |
| 의사 | The Doctor |
| 환자, 모플리 양 | The Patient, Miss Mopply |
| 간호사, 스위티, 공작부인 | The Nurse, Sweetie, the Countess |
| 강도, 폽시, 오브리 | The Burglar, Popsy, Aubrey |
| 톨보이즈, 대령 | Tallboys, The Colonel |
| 라이더, 미크 | The Rider, Meek |
| 하사 | The Sergeant |
| 노인 | The Elder |

# ACT I

Night. One of the best bedrooms in one of the best suburban villas in one of the richest cities in England. A young lady with an unhealthy complexion is asleep in the bed. A small table at the head of the bed, convenient to her right hand, and crowded with a medicine bottle, a measuring glass, a pill box, a clinical thermometer in a glass of water, a half read book with the place marked by a handkerchief, a powder puff and handmirror, and an electric bell handle on a flex, shews[1] that the bed is a sick bed and the young lady an invalid.

The furniture includes a very handsome dressing table with silver-backed hairbrushes and toilet articles, a dainty pincushion, a stand of rings, a jewel box of black steel with the lid open and a rope of pearls heaped carelessly half in and half out, a Louis Quinze[2] writing table and chair with inkstand, blotter[3], and cabinet of stationery, a magnificent wardrobe, a luxurious couch, and a tall screen of Chinese workmanship which, like the expensive carpet and

# 1막

밤. 잉글랜드에서 가장 부유한 도시들 중 한 곳에 있는 교외 최고 빌라 가운데 한 빌라의 최상 침실들 중 하나. 병약한 안색을 한 젊은 아가씨가 침대에 잠들어 있다. 사용하기 편리하도록 그녀 오른쪽 침대 머리맡에 있는 약병, 계량유리컵, 알약상자, 물 잔에 담겨진 체온계, 손수건으로 표시를 해둔 곳이 있는 반쯤 읽은 책, 분첩과 거울 그리고 전기 코드에 달린 전기 벨 손잡이 등으로 가득 찬 작은 탁자는 그 침대가 병상이며, 젊은 아가씨가 병자라는 걸 나타낸다.

가구는 은을 뒤에 댄 헤어브러시와 화장품, 양증맞은 바늘꽂이, 반지 걸이, 뚜껑이 열린 검은 쇠로 된 보석상자와 부주의하게 반은 밖에 반은 안에 쌓여있는 진주 한 꿰미가 있는 아주 멋진 화장대, 잉크스탠드, 압지, 그리고 문구가 든 캐비닛이 있는 로코코풍의 서랍달린 필기용 테이블과 의자, 격조 높은 옷장, 호사스러운 소파, 그 방에

---

1) shew: show의 고어이다.
2) Louis Quinze: 로코코풍의, 프랑스 루이 15세 시대풍의
3) blotter: 압지로 잉크나 먹물 등으로 쓴 게 번지거나 묻지 않도록 위에서 눌러 물기를 흡수하는 종이를 말한다.

*everything else in the room, proclaims that the owner has money enough to buy the best things at the best shops in the best purchaseable taste.*

*The bed is nearly in the middle of the room, so that the patient's nurses can pass freely between the wall and the head of it. If we contemplate the room from the foot of the bed, with the patient's toes pointing straight at us, we have the door (carefully sandbagged lest a drought of fresh air should creep underneath) level with us in the righthand wall, the couch against the same wall father away, the window (every ray of moonlight excluded by closed curtains and a dark green spring blind) in the middle of the left wall with the wardrobe on its right and the writing table on its left, the screen at right angles to the wardrobe, and the dressing table against the wall facing us half way between the bed and the couch.*

*Besides the chair at the writing table there is an easy chair at the medicine table, and a chair at easy side of the dressing table.*

*The room is lighted by invisible cornice lights[4], and by two mirror lights on the dressing table and a portable one on the writing table; but these are now switched off; and the only light in action is another portable one on the medicine table, very carefully subdued by a green shade.*

*The patient is sleeping heavily. Near her, in the easy chair, sits a Monster. In shape and size it resembles a human being; but in substance it seems to be made of a luminous jelly with a visible skeleton of short black rods. It droops forward in the chair with its head in its hands, and seems in the last degree wretched.*

있는 값비싼 카펫 그리고 다른 모든 것과 마찬가지로 주인이 최고를 구매할 수 있는 심미안으로 최고의 가게에서 가장 좋은 것을 사기에 충분한 돈을 가지고 있음을 선포하는 중국 세공품인 키 큰 병풍을 포함한다.

침대는 거의 방 가운데 있어서 환자의 간호인들이 벽과 침대 머리맡 사이를 자유롭게 지나다닐 수 있다. 만약 우리가 환자의 발가락이 똑바로 우리를 향하고 있는 침대 발치로부터 그 방을 응시한다면, 우리와 수평으로 오른쪽 벽에 (신선한 바깥공기가 아래로 슬며시 스며들지 않도록 조심스럽게 모래주머니로 막혀져 있는) 문이 있을 것이며, 소파는 같은 벽 쪽으로 더 멀리 떨어져 있을 것이며, (닫힌 커튼과 짙은 녹색의 스프링 블라인드로 모든 달빛이 차단된) 창문은 그 오른편에는 옷장이 있고 그 왼편에는 필기용 테이블이 있는 왼쪽 벽 가운데 있으며, 옷장 쪽을 향해 오른쪽으로 병풍이 있고, 침대와 소파 사이 중간에 우리를 향한 벽에는 화장대가 있다.

필기용 테이블에 있는 의자 외에 약을 두는 탁자에 안락의자가 있고, 화장대 양옆에 각기 의자가 있다.

방은 보이지 않는 코니스 조명등, 화장대 거울에 있는 두 개의 등 그리고 필기용 테이블에 있는 휴대용 등에 의해 조명이 되고 있지만, 이러한 것들은 지금 전원이 꺼져있고, 작동하고 있는 유일한 등은 녹색 갓으로 아주 조심스럽게 누그러뜨린 약을 두는 탁자 위에 있는 또 다른 휴대용 등이다.

환자는 괴로운 듯 자고 있다. 그녀 가까이 안락의자에 몬스터가 앉아있다. 모습과 크기에 있어서 그것은 인간을 닮았다. 그러나 실제로 몬스터는 눈에 보이는 짧은 검은 막대로 된 해골을 지닌 발광젤리로 만들어진 것처럼 보인다. 몬스터는 두 손으로 머리를 감싸고 의자에 몸을 앞으로 숙이고 있으며, 극도로 비참한 것처럼 보인다.

---

4) cornice lights: 코니스는 서양식 건축물에서 천장이나 처마의 장식용 돌림띠를 말하며, 코니스 조명은 천장과 벽면 경계에 코니스를 만들어 그 내부에 조명등을 설치한 것으로 일종의 간접조명이다.

THE MONSTER  Oh! Oh!! Oh!!! I am so ill! so miserable! Oh, I wish I were dead. Why doesnt[5] she die and release me from my sufferings? What right has she to get ill and make me ill like this? Measles: that's what she's got. Measles! German measles! And she's given them to me, a poor innocent microbe that never did her any harm. And she says that I gave them to her. Oh, is this justice? Oh, I feel so rotten. I wonder what my temperature is: they took it from under her tongue half an hour ago. [*Scrutinizing the table and discovering the thermometer in the glass*]. Here's the thermometer: they've left it for the doctor to see instead of shaking it down. If it's over a hundred I'm done for: I darent look. Oh, can it be that I'm dying? I must look. [*It looks, and drops the thermometer back into the glass with a grasping scream*]. A hundred and three! It's all over. [*It collapses*].

*The door opens; and an elderly lady and a young doctor come in. The lady steals along on tiptoe, full of the deepest concern for the invalid. The doctor is indifferent, but keeps up his bedside manner carefully, though he evidently does not think the case so serious as the lady does. She comes to the bedside on the invalid's left. He comes to the other side of the bed and looks attentively at his patient.*

THE ELDERLY LADY  [*in a whisper sibillant*[6] *enough to wake the dead*] She is asleep.

| 몬스터 | 오! 오!! 오!!! 너무 아파! 너무나 비참하다고! 오, 난 내가 죽었으면 해. 왜 그녀는 죽어서 날 고통으로부터 해방시키지 않는 거야? 무슨 권리로 자기가 병들어 날 이토록 병들게 해야 만하는 거지? 홍역, 그것이 그녀가 앓고 있는 거라고. 홍역! 풍진! 그리고 그녀는 내게, 결코 자신에게 어떤 해도 끼치지 않은 불쌍하고 아무 죄 없는 세균인 내게 그 병들을 주었어. 그런데 그녀는 내가 그 병들을 자신에게 주었다고 말하지. 오, 이것이 정의인가? 오, 난 너무나 썩은 것 같아. 내 체온이 얼마인지 궁금하군. 그들이 30분 전에 그녀의 혀 밑에서 체온을 쟀는데 말이야. [탁자를 자세히 살펴보고서 유리 잔 안에 든 체온계를 발견한다]. 여기 체온계가 있군. 그들은 체온계를 흔드는 대신에 의사가 보라고 남겨두었군. 만약 100도가 넘는다면 난 끝장난 거야. 감히 볼 엄두가 나지 않아. 오, 내가 죽어가고 있는 것일 수 있을까? 난 봐야만 해. [몬스터는 보고서 숨이 가빠 신음하며 그 체온계를 다시 잔 안에 떨어뜨린다]. 백삼도라! 모든 게 끝났어. [몬스터는 맥없이 쓰러진다]. |

*문이 열리고, 노부인과 젊은 의사가 들어온다. 부인은 환자에 대한 가장 마음 깊이 우러나는 염려로 가득 차 발소리를 죽이고 살며시 들어온다. 의사는 무관심하다. 그러나 비록 그가 분명 그 사례를 부인이 그런 것처럼 그렇게 심각하게 생각하지 않는다 할지라도 환자를 다루는 그의 태도를 주의 깊게 유지하고 있다. 부인은 환자 왼편 침대 옆으로 간다. 의사는 침대의 다른 편으로 가서 환자를 세심하게 살펴본다.*

| 노부인 | [죽은 사람이라도 깨울 정도로 충분히 쉬쉬 소리를 내는 귓속말로] 자고 있군요. |

---

5) 여기 'doesnt'는 통상적으로 'doesn't'로 표기되어야 하지만 이 극에서 쇼는 축약형의 생략부호를 쓰지 않는 경우가 많다. 그러므로 이후 축약형의 경우는 별도로 주를 달지 않을 것임을 밝혀둔다.

6) sibillant: sibilant

THE MONSTER   I should think so. This fool here, the doctor, has
              given her a dose of the latest fashionable opiate
              that would keep a cock asleep til[7] half past eleven
              on a May morning.

THE ELDERLY LADY   Oh doctor, do you think there is any chance?
              Can she possibly survive this last terrible
              complication.

THE MONSTER   Measles! He mistook it for influenza.

THE ELDERLY LADY   It was so unexpected! such a crushing blow!
              And I have taken such care of her. She is my only
              surviving child: my pet: my precious one. Why do
              they all die? I have never neglected the smallest
              symptom of illness. She has had doctors in
              attendance on her almost constantly since she was
              born.

THE MONSTER   She has the constitution of a horse or she'd have
              died like the others.

THE ELDERLY LADY   Oh, dont you think, dear doctor—of course you
              know best; but I am so terribly anxious—dont you
              think you ought to change the prescription? I had
              such hopes of that last bottle; but you know it was
              after that she developed measles.

THE DOCTOR    My dear Mrs Mopply, you may rest assured that
              the bottle had nothing to do with the measles. It
              was merely a gentle tonic—

THE MONSTER   Strychnine[8]!

| 몬스터 | 그렇게 생각해야만 한다고. 여기 있는 이 바보 의사가 그녀에게 5월 아침 11시 반까지 수탉을 잠들어 있게 할 가장 최근에 유행하는 진정제를 주었잖아. |
| --- | --- |
| 노부인 | 오, 의사 양반, 어떤 기회가 있다고 생각해요? 저 아이가 이 최근의 끔찍한 발병에서 살아날 수 있을까요? |
| 몬스터 | 홍역이야! 그는 그걸 독감으로 잘못 알았다니까. |
| 노부인 | 그건 너무나 갑작스러운 일이었어요! 그렇게 압도적인 타격이었죠! 그리고 난 이 아일 그렇게 보살펴왔었죠. 얘는 살아있는 내 유일한 자식이에요. 우리 아기. 내 소중한 것. 아이들이 왜 모두 죽은 거죠? 난 결코 질병의 가장 경미한 징후도 무시하지 않았거든요. 이앤 태어난 이래로 거의 끊임없이 돌봐줄 의사들이 있었어요. |
| 몬스터 | 그녀는 말 같은 체질을 지녔지 그렇지 않았다면 다른 아이들처럼 죽었을 거야. |
| 노부인 | 오. 그렇게 생각하지 않나요, 친애하는 의사 양반ㅡ물론 당신이 가장 잘 알겠지요. 하지만 난 너무나 끔찍이 걱정돼요ㅡ당신이 처방을 바꾸어야만 한다고 생각하지 않나요? 난 그 지난번 약병에 대해 그렇게 희망을 가졌어요. 하지만 당신은 그 이후에 이 아이에게 홍역이 발병했다는 걸 알잖아요? |
| 의사 | 친애하는 모플리 부인, 그 약병은 홍역과는 아무런 관련이 없으니 안심하셔도 됩니다. 그건 단지 순한 강장제였으니ㅡ |
| 몬스터 | 신경흥분제 스트리크닌이지! |

---

7) til: till

8) Strychnine: 스트리크닌은 마전(馬錢) 씨에 함유된 독성 성분이다. 다량 흡수시 사망에 이르지만 미량은 중추신경을 흥분시켜 순환장애 및 만성식욕부진 등에 도움 되는 약품으로 사용된다.

THE DOCTOR  −to brace her up.

THE ELDERLY LADY  But she got measles after it.

THE DOCTOR  That was a specific infection: a germ, a microbe.

THE MONSTER  Me! Put it all on me.

THE ELDERLY LADY  But how did it get in? I keep the windows closed so carefully. And there is a sheet steeped in carbolic acid[9] always hung over the door.

THE MONSTER  [*in tears*] Not a breath of fresh air for me!

THE DOCTOR  Who knows? It may have lurked here since the house was built. You never can tell. But you must not worry. It is not serious: a light rubeola: you can hardly call it measles. We shall pull her through, believe me.

THE ELDERLY LADY  It is such a comfort to hear you say so, doctor. I am sure I shall never be able to express my gratitude for all you have done for us.

THE DOCTOR  Oh, that is my profession. We do what we can.

THE ELDERLY LADY  Yes; but some doctors are dreadful. There was that man at Folkestone: he was impossible. He tore aside the curtain and let the blazing sunlight into the room, though she cannot bear it without green spectacles. He opened the windows and let in all the cold morning air. I told him he was a murderer; and he only said "One guinea, please". I am sure he let in that microbe.

| 의사 | ─그녀가 기운을 차리도록 하기 위한 거죠. |
|---|---|
| 노부인 | 하지만 그 앤 그 이후로 홍역에 걸렸어요. |
| 의사 | 그것은 특별한 감염이었어요. 병균, 즉 세균 때문이죠. |
| 몬스터 | 나 때문이라니! 그 모든 걸 내 탓으로 하는군. |
| 노부인 | 하지만 어떻게 그게 들어왔죠? 내가 그렇게 조심스럽게 창문들을 닫아두었는데 말이에요. 그리고 항상 문에는 석탄산에 적신 시트가 걸려있었는데 말이에요. |
| 몬스터 | [눈물을 글썽이며] 내겐 한 점의 신선한 공기도 없다니까! |
| 의사 | 누가 알겠어요? 그게 집이 지어진 이래로 여기 잠복하고 있었는지 말이에요. 결코 알 수가 없죠. 하지만 걱정하실 필요 없어요. 심각하진 않아요. 가벼운 홍역이어서 그걸 거의 홍역이라고 부를 수도 없어요. 우린 그녀가 이겨내도록 할 거니까 절 믿으세요. |
| 노부인 | 의사 양반, 당신이 그렇게 말하는 걸 들으니 대단히 위로가 되는군요. 난 내가 결코 당신이 우리에게 행한 모든 것에 대해 감사를 표현할 수 없을 거라고 확신해요. |
| 의사 | 오, 그게 제 직업이죠. 우린 우리가 할 수 있는 건 합니다. |
| 부인 | 그래요. 하지만 어떤 의사들은 끔찍하죠. 포크스톤에 그런 사람이 있었어요. 그는 있을 수 없는 사람이었죠. 비록 그 아이가 초록 안경 없이는 견딜 수 없다 해도 커튼을 잡아 찢고 강렬한 햇빛이 방안으로 들어오게 했죠. 그는 창문을 열고 모든 차가운 아침 공기가 들어오도록 했죠. 난 그에게 살인자라고 말했고 그는 단지 "금화 1기니 주세요"라고 했죠. 분명 그가 세균을 들어오게 했다고 확신해요 |

---

9) carbolic acid: 석탄산으로 페놀이라 불리기도 한다. 석탄산은 강력한 살균 작용이 있어서 소독제나 방부제로 사용되지만 인체 내에 들어가면 강한 단백질 응고로 조직에 대한 부식성이 강해 세균, 진균의 살균작용과 함께 조직의 괴사를 일으킨다.

THE DOCTOR   Oh, three months ago! No: it was not that.

THE ELDERLY LADY   Then what was it? Oh, are you quite q u i t e sure that it would not be better to change the prescription?

THE DOCTOR   Well, I have already changed it.

THE MONSTER   Three times!

THE ELDERLY LADY   Oh, I know you have, doctor: nobody could have been kinder. But it really did not do her any good. She got worse.

THE DOCTOR   But, my dear lady, she was sickening for measles. That was not the fault of my prescription.

THE ELDERLY LADY   Oh, of course not. You mustnt think that I ever doubted for a moment that everything you did was for the best. Still —

THE DOCTOR   Oh, very well, very well: I will write another prescription.

THE ELDERLY LADY   Oh, thank you, thank you: I felt sure you would. I have so often known a change of medicine work wonders.

THE DOCTOR   When we have pulled her through this attack I think a change of air[10] —

THE ELDERLY LADY   Oh no: dont say that. She must be near a doctor who knows her constitution. Dear old Dr Newland knew it so well from her very birth.

THE DOCTOR   Unfortunately, Newland is dead.

| | |
|---|---|
| 의사 | 오, 3개월 전에 말이에요! 아뇨, 그건 아니에요. |
| 노부인 | 그러면 뭐죠? 오, 당신은 처방을 바꾸는 게 더 낫지 않을 거라는 걸 아주 아 주 확신하나요? |
| 의사 | 이거 참, 이미 바꾸었는걸요. |
| 몬스터 | 세 번이나! |
| 노부인 | 오, 의사 양반 나도 당신이 그랬다는 걸 알아요. 어떤 이도 더 친절할 수는 없었을 거예요. 하지만 그것이 이 아이에겐 정말로 어떤 도움도 되지 않았어요. 악화되었거든요. |
| 의사 | 하지만, 친애하는 부인, 따님은 홍역 때문에 앓고 있는 거예요. 그건 제 처방으로 인한 잘못은 아니에요. |
| 노부인 | 오, 물론 아니죠. 당신은 내가 당신이 했던 모든 것이 결국 최선을 위한 것이었음을 잠시 동안이라도 의심한 적이 있다고 생각해선 안 돼요. 그럼에도— |
| 의사 | 오, 아주 좋아요, 아주 좋다고요. 제가 또 다른 처방전을 쓰겠어요. |
| 노부인 | 오, 고맙습니다, 고맙습니다. 난 분명 당신이 그러리라 생각했어요. 난 아주 종종 약을 바꾸는 것이 기적을 일으키리라는 걸 알고 있어요. |
| 의사 | 우리가 이런 발병을 그녀로 하여금 이겨내도록 하자면 제 생각엔 전지요양이— |
| 노부인 | 오, 아니에요. 그런 말 하지 말아요. 이 아이는 자기 체질을 아는 의사 가까이에 있어야만 해요. 친애하는 예전의 뉴랜드 의사선생님께서는 이 아이가 태어났을 때부터 그걸 너무나 잘 알고 계셨어요. |
| 의사 | 불행히도 뉴랜드는 사망했어요. |

---

10) change of air: 전지요양. 질병 치유를 위해 기후나 환경 좋은 곳으로 가 요양생활을 하는 것이다.

THE ELDERLY LADY  Yes; but you bought his practice[11]. I should never be easy in my mind if you were not within call. You persuaded me to take her to Folkestone; and see what happened! No: never again.

THE DOCTOR  Oh, well! [*He shrugs his shoulders resignedly, and goes to the bedside table*]. What about temperature?

THE ELDERLY LADY  The day nurse took it. I havnt dared to look.

THE DOCTOR  [*looking at the thermometer*] Hm!

THE ELDERLY LADY  [*trembling*] Has it gone up? Oh, doctor!

THE DOCTOR  [*hastily shaking the mercury down*] No. Nothing. Nearly normal.

THE MONSTER  Liar!

THE ELDERLY LADY  What a relief!

THE DOCTOR  You must be careful, though. Dont fancy she's well yet: she isnt. She must not get out of bed for a moment. The slightest chill might be serious.

THE ELDERLY LADY  Doctor: are you sure you are not concealing something from me? Why does she n e v e r get well in spite of the fortune I have spent on her illnesses? There must be some deep-rooted cause. Tell me the worst: I have dreaded it all my life. Perhaps I should have told you the whole truth; but I was afraid. Her uncle's stepfather died of an enlarged heart. Is that what it is?

| 노부인 | 알아요. 하지만 당신이 그의 병원을 샀죠. 만약 당신이 부르면 들릴만한 곳에 대기하지 않는다면, 난 결코 마음이 편치 않을 거예요. 당신이 딸을 포크스톤에 데려가라고 권했죠. 근데 무슨 일이 일어났는지 봐요! 아뇨. 결코 다신 그렇게 안 할 거예요. |
|---|---|
| 의사 | 오, 이거 참! [그는 체념하여 어깨를 으쓱하고서 침대 옆 탁자로 간다]. 체온은 어떤가요? |
| 노부인 | 주간 간호사가 체온을 쟀어요. 난 살펴볼 엄두가 나지 않았어요. |
| 의자 | [체온계를 쳐다보면서] 흠! |
| 노부인 | [떨면서] 체온이 올라갔나요? 오, 의사 양반! |
| 의사 | [급히 체온계를 흔들어 내리면서] 아뇨. 아무것도 아니에요. 거의 정상이에요. |
| 몬스터 | 거짓말쟁이! |
| 노부인 | 얼마나 안심이 되는지! |
| 의사 | 그래도, 조심하셔야만 해요. 그녀가 아직 회복되었다고 상상하지 마세요. 그렇지 않아요. 그녀는 잠시도 침대에서 나와선 안 돼요. 가장 경미한 한기도 심각할지 몰라요. |
| 노부인 | 의사 양반, 당신이 내게 뭔가를 숨기고 있지 않다고 확신해요? 내가 딸아이의 병에다 쓴 재산에도 불구하고 이 아인 왜 결 코 회복되지 않는 거죠? 필경 어떤 뿌리 깊은 원인이 있음이 틀림없어요. 최악의 것을 말해줘요. 내 생애 내내 그걸 두려워해왔어요. 아마도 내가 모든 진실을 당신에게 말해야만 할 것 같지만 두려워요. 걔 숙부의 계부가 심장 확장으로 인해 사망했어요. 그런 이유 때문인가요? |

---

11) practice는 의사, 변호사, 회계사 등 전문직 종사자의 업무 내지 업무 장소를 의미하는 명사이며, 여기서는 구체적으로 개업한 의사의 병원이나 진료소를 의미한다.

THE DOCTOR   Good gracious, No! What put that into your head?

THE ELDERLY LADY   But even before this rash broke out there were pimples.

THE MONSTER   Boils! Too many chocolate creams.

THE DOCTOR   Oh, that! Nothing. Her blood is not quite what it should be. But we shall get that right.

THE ELDERLY LADY   You are sure it is not her lungs?

THE DOCTOR   My good lady, her lungs are as sound as a seagull's.

THE ELDERLY LADY   Then it must be her heart. Dont deceive me. She has palpitations. She told me the other day that it stopped for five minutes when that horrid nurse was rude to her.

THE DOCTOR   Nonsense! She wouldnt be alive now if her heart had stopped for five seconds. There is nothing constitutionally wrong. A little below par: that is all. We shall feed her up scientifically. Plenty of good fresh meat. A half bottle of champagne at lunch and a glass of port after dinner will make another woman of her. A chop at breakfast, rather underdone, is sometimes very helpful.

THE MONSTER   I shall die of overfeeding. So will she too: thats one consolation.

THE DOCTOR   Dont worry about the measles. It's really quite a light case.

THE ELDERLY LADY   Oh, you can depend on me for that. Nobody can say that I am a worrier. You wont forget the new prescription?

| 의사 | 이런, 아니에요! 무엇이 부인 머리에 그런 걸 집어넣었죠? |
|---|---|
| 노부인 | 하지만 이 발진이 갑자기 생기기 전에조차도 뾰루지가 있었잖아요. |
| 몬스터 | 종기야! 너무 많은 초콜릿 크림 탓이지. |
| 의사 | 오, 그것 말이에요! 아무것도 아니에요. 그녀의 피가 완전히 그래야만 하는 상태는 아니죠. 하지만 우리가 그걸 바르게 할 거예요. |
| 노부인 | 당신은 딸아이의 폐가 그렇지 않다는 건 확신해요? |
| 의사 | 부인, 그녀의 폐는 갈매기의 그것만큼이나 튼튼해요. |
| 노부인 | 그렇다면 필경 딸아이의 심장일 거예요. 날 속이지 말아요. 딸아인 심장 떨림이 있어요. 일전에 그 아인 그 끔찍한 간호사가 자신을 무례하게 대했을 때 5분 동안 심장이 멈추었다고 내게 말했거든요. |
| 의사 | 허튼소리예요! 심장이 5초 동안 멈추었다면 그녀는 지금 살아 있지 못할 거예요. 체질적으로 잘못된 건 아무것도 없어요. 몸의 컨디션이 보통 때보다 좋지 않은 거예요. 그게 전부예요. 우린 과학적으로 그녀에게 맛있는 걸 먹일 거예요. 많은 신선한 고기를 말이에요. 점심 땐 샴페인 반 병 그리고 저녁 후 한 잔의 포트와인이 그녀를 다른 여인으로 만들 거예요. 아침에는 다소 설구운 두껍게 자른 고기가 때로 아주 도움이 되죠. |
| 몬스터 | 난 과식으로 죽을 거야. 그녀 또한 그럴 거고, 그게 한 가지 위안이 되는군. |
| 의사 | 홍역에 대해선 걱정하지 마세요. 그건 정말 아주 가벼운 경우니까요. |
| 노부인 | 오, 당신은 거기에 대해선 날 믿어도 좋아요. 어느 누구도 내가 걱정이 많은 사람이라고 말할 순 없죠. 새로운 처방을 잊지는 않았죠? |

THE DOCTOR   I will write it here and now [*he takes out his pen and book, and sits down at the writing table*].

THE ELDERLY LADY   Oh, thank you. And I will go and see what the new night nurse is doing. They take so long with their cups of tea [*she goes to the door and is about to go out when she hesitates and comes back*]. Doctor: I know you don't believe in inoculations; but I cant help thinking she ought to have one. They do so much good.

THE DOCTOR   [*almost at the end of his patience*] My dear Mrs Mopply: I never said that I dont believe in inoculations. But it is no use inoculating when the patient is already fully infected.

THE ELDERLY LADY   But I have found it so necessary myself. I was inoculated against influenza three years ago; and I have had it only four times since. My sister has it every February. Do, to please me, give her an inoculation. I feel such a responsibility if anything is left undone to cure her.

THE DOCTOR   Oh very well, very well: I will see what can be done. She shall have both an inoculation and a new prescription. Will that set your mind at rest?

THE ELDERLY LADY   Oh, thank you. You have lifted such a weight from my conscience. I feel sure they will do her the greatest good. And now excuse me a moment while I fetch the nurse. [*She goes out*].

| 의사 | 제가 지금 여기서 그걸 쓰겠어요 [그는 그의 펜과 책을 꺼내고 필기용 테이블에 앉는다]. |
|---|---|

**의사** 제가 지금 여기서 그걸 쓰겠어요 [*그는 그의 펜과 책을 꺼내고 필기용 테이블에 앉는다*].

**노부인** 오, 감사합니다. 그런데 난 새로운 야간 간호사가 뭘 하고 있는지 보러 가야겠어요. 사람들이 너무 오랫동안 차를 들고 있네요 [*문으로 가서 막 나가려 할 때 그녀는 망설이며 되돌아온다*. 의사 양반, 난 당신이 예방접종을 믿지 않는 걸 알아요. 하지만 난 딸아이가 한 대 맞아야만 한다고 생각하지 않을 수 없군요. 예방접종은 너무 많은 도움이 되거든요.

**의사** [*인내심이 거의 끝에 달해*] 친애하는 모플리 부인, 제가 예방접종을 믿지 않는다고 결코 말하진 않았어요. 하지만 환자가 완전히 감염되었을 때 예방접종을 하는 건 아무 소용이 없다고요.

**노부인** 하지만 내 자신은 그것이 그렇게 필요하다고 생각해왔다니까요. 3년 전에 난 독감예방접종을 받았고 그 이후 단지 네 번밖에 독감에 걸리지 않았다고요. 내 누이는 2월마다 독감을 앓아요. 해 줘요, 제발, 그 아이에게 예방접종을 해주어요. 난 그 아이를 치료하기 위한 무언가가 방치된 채 있는 게 아닌가 하는 그런 책임 감을 느낀다고요.

**의사** 오, 아주 좋아요, 아주 좋다고요. 어떤 게 접종될 수 있는지 알아 보지요. 그녀는 예방접종과 새 처방전을 다 받을 거예요. 안심이 됩니까?

**노부인** 오, 감사합니다. 당신은 제 양심에서 그러한 짐을 없앴군요. 난 당신이 그 아이에게 가장 좋은 걸 하리라 확신해요. 그리고 이제 난 간호사를 데리러 가는 동안 잠시 실례하겠어요.

[*그녀가 퇴장한다*].

| | |
|---|---|
| THE DOCTOR | What a perfectly maddening woman! |
| THE MONSTER | [*rising and coming behind him*] Yes: aint she? |
| THE DOCTOR | [*starting*] What! Who is that? |
| THE MONSTER | Nobody but me and the patient. And you have dosed her so that she wont speak again for ten hours. You will overdo that some day. |
| THE DOCTOR | Rubbish! She thought it was an opiate; but it was only an aspirin dissolved in ether. But who am I talking to? I must be drunk. |
| THE MONSTER | Not a bit of it. |
| THE DOCTOR | Then who are you? What are you? Where are you? Is this a trick? |
| THE MONSTER | I'm only an unfortunate sick bacillus[12]. |
| THE DOCTOR | A sick bacillus! |
| THE MONSTER | Yes. I suppose it never occurs to you that a bacillus can be sick like anyone else. |
| THE DOCTOR | Whats the matter with you? |
| THE MONSTER | Measles. |
| THE DOCTOR | Rot! The microbe of measles has never been discovered. If there is a microbe it cannot be measles: it must be parameasles[13]. |
| THE MONSTER | Great Heavens! what are parameasles? |

**의사**   얼마나 완벽하게 사람을 미치게 하는 여잔지!

**몬스터**   [일어나 그의 뒤로 가면서] 맞아, 그녀가 그렇지?

**의사**   [놀라며] 뭐라고! 누구야!

**몬스터**   나와 환자를 제외하면 아무도 없지. 그리고 당신은 그녀가 10시간 동안 다시 말을 하지 않게 하려고 그녀에게 약을 복용시켰잖아. 당신은 언젠가 도를 넘게 될 걸.

**의사**   허튼소리! 그 여잔 그게 진정제라고 생각하지만 그건 단지 에테르에 녹인 아스피린이었을 뿐이야. 내가 누구에게 말을 하고 있는 거지? 분명 내가 취했음이 틀림없군.

**몬스터**   천만에.

**의사**   그런데 넌 누구지? 넌 뭐야? 어디 있는 거야? 이게 환각인가?

**몬스터**   단지 불행하게 병든 바실루스 균이야.

**의사**   병든 바실루스 균이라!

**몬스터**   그렇소. 바실루스 균이 다른 누구와 마찬가지로 병들 수 있다는 생각이 당신에게는 결코 떠오르지 않는다고 여겨지는군.

**의사**   도대체 뭐가 문제야?

**몬스터**   홍역이지.

**의사**   바보 같으니! 홍역 세균은 결코 발견되지 않았어. 만약 세균이 있다면, 그건 홍역일 수가 없어. 필경 유사 홍역 균임이 틀림없어.

**몬스터**   맙소사! 유사 홍역 균이 뭐지?

---

12) bacillus: 바실루스는 막대모양이나 원통형 균이며, 일반적으로는 간균을, 또는 세균 전체를 가리키는 용어로 사용된다.

13) parameasles: 여기서 'para'는 접두사로 비슷하긴 하지만 공식적이거나 완전히 자격을 갖추지는 않은 상태를 나타낼 때 쓰인다.

THE DOCTOR    Something so like measles that nobody can see any difference.

THE MONSTER   If there is no measles microbe why did you tell the old girl that her daughter caught measles from a microbe?

THE DOCTOR    Patients insist on having microbe nowadays. If I told her there is no measles microbe she wouldnt believe me; and I should lose my patient. When there is no microbe I invent one. Am I to understand that you are the missing microbe of measles, and that you have given them to this patient here?

THE MONSTER   No: she gave them to me. These humans are full of horrid diseases: they infect us poor microbes with them; and you doctors pretend that it is we that infect them. You ought all to be struck off the register.

THE DOCTOR    We should be, if we talked like that.

THE MONSTER   Oh, I feel so wretched! Please cure my measles.

THE DOCTOR    I cant. I cant cure any disease. But I get the credit when the patients cure themselves. When she cures herself she will cure you too.

THE MONSTER   But she cant herself because you and her mother wont give her a dog's chance[14]. You wont let her have even a breath of fresh air. I tell you she's naturally

| 의사 | 아무도 어떤 차이를 알 수 없을 만큼 그렇게 홍역과 유사한 어떤 것이지. |
|---|---|
| 몬스터 | 만약 홍역 세균이 없다면 왜 당신은 그 할멈에게 딸이 세균으로부터 홍역에 걸렸다고 말했던 거지? |
| 의사 | 오늘날 환자들은 세균에 감염되었다고 주장하지. 만약 내가 그녀에게 어떤 홍역 세균도 없다고 말한다면, 그녀는 날 믿지 않을 거고, 난 분명 내 환자를 놓칠 거야. 세균이 없을 땐 내가 하나 꾸며내는 거지. 당신은 보이지 않는 홍역 세균이며, 당신이 그 균들을 여기 이 환자에게 주었다고 내가 이해해야 하나? |
| 몬스터 | 아니지. 그녀가 그걸 내게 주었어. 이 인간들은 무시무시한 질병으로 가득 차 있어서 그들이 질병으로 우리 불쌍한 세균들을 감염시키지. 그런데 너희 의사들이 그들을 감염시킨 것이 바로 우리들인 양하는 거라고. 너희 모두는 의사등록에서 이름이 삭제되어야 한다니까. |
| 의사 | 만약 우리가 그렇게 말했다면, 당해도 싸지. |
| 몬스터 | 오, 너무 비참한 기분이 들어! 제발 내 홍역을 치료해줘. |
| 의사 | 할 수 없소. 난 어떤 질병도 치료할 수 없소. 그러나 환자들이 스스로 치유할 때 나는 명성을 얻소. 그녀가 스스로를 치유할 때 그녀는 당신 또한 치유할 수 있을 거요. |
| 몬스터 | 허나 당신과 그녀 어머니가 그녀에게 가망을 주지 않을 것이기 때문에 그녀는 스스로를 치유할 수가 없다고. 당신은 심지어 그녀가 한 모금의 신선한 공기조차 마시게 하질 않잖아. 당신에게 |

---

14) a dog's chance: 아주 가망이 없거나 희박한 가망성이 있음을 의미하며, 주로 구어에서 부정적 의미로 사용된다.

as strong as a rhinoceros. Curse your silly bottles and inoculations! Why dont you chuck them and turn faith healer?

THE DOCTOR I a m a faith healer. You dont suppose I believe the bottles cure people? But the patient's faith in the bottle does.

THE MONSTER Youre a humbug: that's what you are.

THE DOCTOR Faith is humbug. But it works.

THE MONSTER Then why do you call it science?

THE DOCTOR Because people believe in science. the Christian Scientists call their fudge science for the same reason.

THE MONSTER The Christian Scientists let their patients cure themselves. Why don't you?

THE DOCTOR I do. But I help them. You see, it's easier to believe in bottles and inoculations than in oneself and in that mysterious power that gives us our life and that none of us knows anything about. Lots of people believe in the bottles and wouldnt know what you were talking about if you suggested the real thing. And the bottles do the trick. My patients get well as often as not. That is, unless their number's up. Then we all have to go.

THE MONSTER No girl's number is up until she's worn out. I tell you this girl could cure herself and cure me if youd let her.

말하건대 그녀는 태어나면서부터 코뿔소만큼이나 강건하다니까. 빌어먹을 당신의 멍청한 약병과 예방접종! 그것들을 내던지고 신앙요법을 베푸는 이가 되지 그래?

의사   내가 신앙요법을 베푸는 사람 이 요. 당신은 내가 약병이 사람들을 치료한다고 믿으리라 생각하진 않겠지? 하지만 약병에 대한 환자의 믿음은 그걸 하지.

몬스터   당신은 야바위꾼이야, 그게 당신이라고.

의사   믿음이 야바위지. 그러나 그건 효과가 있잖아.

몬스터   그런데 당신은 왜 그걸 과학이라 부르지?

의사   사람들이 과학을 믿으니까. 그리스도교 과학자들은 그들의 허튼 소리를 똑같은 이유로 과학이라 부르지.

몬스터   그리스도교 과학자들은 그들의 환자들이 스스로 치유하도록 하지. 당신은 왜 하지 않는 거야?

의사   나도 하오. 하지만 나는 그들을 돕는다오. 아시다시피 자기 자신이나 우리에게 생명을 준 우리들 중 누구도 거기에 대해 어떤 것도 알지 못하는 그런 신비로운 힘보다는 약병과 예방접종을 믿는 게 더 쉽거든. 많은 사람들은 약병을 믿기에 당신이 참된 것을 제안한다 해도 당신이 말하는 것에 대해서 알려하지 않을 거요. 그리고 약병은 효과가 있소. 종종 내 환자들은 회복된다 말이오. 즉, 수명이 다하지 않는다면 말이오. 게다가 우리 모두는 죽어야만 하거든.

몬스터   그녀가 탈진할 때까진 어떤 소녀의 수명도 다하진 않소. 내 말하건대 이 소녀는 만약 당신이 그녀를 놓아준다면, 스스로를 치유할 수 있고 날 치료할 수 있을 것이오.

THE DOCTOR And I tell you that it would be very hard work for her. Well, why should she work hard when she can afford to pay other people to work for her? She doesn't black her own boots or scrub her own floors. She pays somebody else to do it. Why should she cure herself, which is harder work than blacking boots or scrubbing floors, when she can afford to pay the doctor to cure her? It pays her and it pays me. That's logic, my friend. And now, if you will excuse me, I shall take myself off before the old woman comes back and provokes me to wring her neck. [*Rising*] Mark my words: someday somebody will fetch her a clout over the head. Somebody who can afford to. Not the doctor. she has driven me mad already: the proof is that I hear voices and talk to them. [*He goes out*].

THE MONSTER Yours saner than most of them, you fool. They think I have the keys of life and death in my pocket; but I have nothing but a horrid headache. Oh dear! oh dear!

*The Monster wanders away behind the screen. The patients, left alone, begins to stir in her bed. She turns over and calls querulously for somebody to attend to her.*

THE PATIENT Nurse! Mother! Oh, is anyone there? [*Crying*] Selfish beasts! to leave me like this. [*She snatches angrily at the electric bell which hangs within her reach and presses the button repeatedly*].

34

의사 그런데 정말이지 그건 그녀에게 아주 힘든 일일 거야. 글쎄, 다른 사람이 자신을 위해 힘을 다하도록 돈을 지불할 수 있을 때 왜 그녀가 힘들게 일해야 하느냐 말이야? 그녀는 자신의 부츠를 닦거나 자기 마루를 문질러 청소하지 않는단 말이야. 그녀는 다른 누군가가 그걸 하도록 지불하는 거야. 그게 부츠를 닦거나 마루를 문지르는 것보다 더 힘든 일인데 자신을 치료하라고 의사에게 돈을 지불할 수 있을 때 그녀가 왜 스스로를 치유해야 하는 거지? 그것은 그녀에게 수지맞는 일이고 내게도 수지맞는 일이지. 그게 이치에 맞는 거라고, 이 친구야. 그리고 이제 실례하지만, 그 노파가 돌아와서 날 화나게 해 목을 비틀게 하기 전에 물러나야겠소. [일어나면서] 내 말 잘 들으시오. 언젠가 누군가가 그 여자의 머리를 한 대 때릴 거요. 할 수 있는 누군가가 말이요. 의사는 아니야. 그 여잔 이미 날 미치게 만들었어. 내가 목소리를 듣고 거기에다 말을 하고 있다는 게 증거지. [그는 *퇴장한다*].

몬스터 당신은 그들 대부분보다는 더 제정신이군, 바보 같으니. 사람들은 내가 호주머니에 삶과 죽음의 열쇠를 가지고 있다고 생각하지. 하지만 난 끔찍한 두통 빼곤 아무것도 갖고 있지 않다니까. 원! 저런!

*괴물은 병풍 뒤로 걸어가서 없어진다. 홀로 남겨진 환자는 그녀의 침대에서 움직이기 시작한다. 그녀는 몸을 뒤척이며 그리고 성마르게 그녀를 돌봐줄 누군가를 부른다.*

환자 간호사! 엄마! 오, 거기 누구 없어? [울면서] 이기적인 짐승들! 이렇게 날 남겨 두다니. [*그녀는 화가 나서 그녀의 손이 닿는 곳에 걸려 있는 전기 벨을 와락 붙잡고는 버튼을 되풀이해서 누른다*].

*The Elderly Lady and the night nurse come running in. The nurse is young, quick, active, resolute, and decidedly pretty. Mrs Moppy goes to the bedside table, the nurse going to the patient's left.*

THE ELDERLY LADY   What is it, darling? Are you awake? Was the sleeping draught no good? Are you worse? What has happened? What has become of the doctor?

THE PATIENT   I am in the most frightful agony. I have been lying here ringing for ages and ages, and no one has come to attend to me. Nobody cares whether I am alive or dead.

THE ELDERLY LADY   Oh, how can you say such things, darling? I left the doctor here. I was away only for a minute. I had to receive the new night nurse and give her her instructions. Here she is. And oh, do cover up your arm, darling. You will get a chill; and then it will be all over. Nurse: see that she is never uncovered for a moment. Do you think it would be well to have another hot water bottle against her arm until it is quite warm again? Do you feel it cold, darling?

THE PATIENT   [*angrily*] Yes, deadly cold.

THE ELDERLY LADY   Oh dont say that. And there is so much pneumonia about. I wish the doctor had not gone. He could sound you lungs —

NIGHT NURSE   [*feeling the patient's arm*] She is quite warm enough.

THE PATIENT   [*bursting into tears*] Mother: take this hateful woman away. She wants to kill me.

노부인과 야간 간호사가 달려 들어온다. 간호사는 젊고 재빠르며 적극적이며 단호하고 단연 예쁘다. 모플리 부인은 침대 옆 탁자로 가고, 간호사는 환자의 왼쪽으로 간다.

**노부인**   아가, 무슨 일이니? 깨어났니? 수면제가 소용없었니? 더 악화되었니? 무슨 일이 일어났니? 의사는 어찌된 거야?

**환자**   난 가장 소름끼치는 고통 속에 있다고요. 여기서 오랫동안 벨을 울리며 누워있었는데 아무도 날 돌보러 오지 않았다니까요. 내가 죽었는지 살았는지 아무도 개의치 않고 있잖아요.

**노부인**   오, 얘야, 어떻게 그런 말을 할 수 있니? 난 의사를 여기 남겨두었단다. 단지 잠시 동안 자리를 비웠던 거야. 새 야간 간호사를 맞아 그녀에게 지시를 해야만 했거든. 여기 그녀가 있잖니. 그런데 이런, 얘야 팔을 완전히 덮으렴. 오한에 걸리면 모든 게 끝이란다. 간호사, 아가씨가 잠시라도 몸을 드러내지 않도록 해야 해. 몸이 다시 아주 따뜻해질 때까지 또 다른 뜨거운 물병을 아가씨 팔에다 대두는 것이 좋을 거라고 생각하나? 추운 것 같으니, 얘야?

**환자**   [화가 나서] 그래요, 죽을 것 같이 춥다고요.

**노부인**   오 그런 말 하지 마렴. 그리고 너무 심한 폐렴이 유행이라는구나. 의사 선생이 가버린 게 아니었으면 하는데. 그가 네 폐를 청진할 수 있을 거야ㅡ

**야간 간호사**   [환자의 팔을 만져보면서] 아주 충분히 따뜻해요.

**환자**   [눈물을 터뜨리면서] 엄마, 이 끔찍한 여자를 물려요. 저 여잔 내가 죽기를 원해요.

THE ELDERLY LADY   Oh no, dear: she has been so highly recommended. I cant get a new nurse at this hour. Wont you try, for my sake, to put up with her until the day nurse comes in the morning?

THE NURSE   Come! Let me arrange your pillows and make you comfortable. You are smothered with all this bedding. Four thick blankets and an eiderdown! No wonder you feel irritable.

THE PATIENT   [*screaming*] Dont touch me. Go away. You want to murder me. Nobody cares whether I am alive or dead.

THE ELDERLY LADY   Oh, darling, dont keep on saying that. You know it's not true; and it does hurt me so.

THE NURSE   You must not mind what a sick person says, madam. You had better go to bed and leave the patient to me. You are quite worn out. [*She comes to Mrs Mopply and takes her arm coaxing but firmly*].

THE ELDERLY LADY   I know I am: I am ready to drop. How sympathetic of you to notice it! But how can I leave her at such a moment?

THE NURSE   She ought not to have more than one person in the room at a time. You see how it excites and worried her.

THE ELDERLY LADY   Oh, that's very true. The doctor said she was to be kept as quiet as possible.

THE NURSE   [*leading her to the door*] You need a good night's sleep. You may trust me to do what is right and necessary.

| 노부인 | 이런, 아니란다, 얘야, 그녀는 아주 훌륭하다고 추천받았단다. 이 시간에 새 간호사를 구할 수 없단다. 날 위해 아침에 주간 간호사가 올 때까지 그녀를 참으려고 애써보지 않겠니? |
|---|---|
| 간호사 | 자! 베개들을 정돈해 아가씨를 편안하게 만들어드리죠. 이 모든 침구들 때문에 아가씬 질식하겠다니까요. 네 장의 두꺼운 담요와 깃털이불이라니! 아가씨가 화를 잘 내는 것도 놀라운 일이 아니네요. |
| 환자 | [비명을 지르면서] 날 건드리지 마. 꺼져. 날 죽이고 싶어 하는 거야. 내가 죽었는지 살았는지 아무도 개의치 않잖아. |
| 노부인 | 오, 얘야, 계속 그렇게 말하지 마렴. 그게 사실이 아니란 걸 알지 않니. 그리고 그건 내게 너무 상처를 준단다. |
| 간호사 | 아픈 사람이 말하는 것에 신경 쓰실 필요 없어요, 마님. 마님께서는 잠자리에 드시고 환자는 제게 맡겨두시는 게 나으실 거예요. 마님께선 너무 지치셨어요. [그녀는 모플리 부인에게로 가서 알랑대면서도 단호하게 부인의 팔을 잡는데.] |
| 노부인 | 나도 그런 걸 알아, 거의 쓰러질 지경이거든. 자네가 그걸 알아채다니 정말 인정이 있군! 하지만 어떻게 내가 이런 순간에 저 아이를 남겨둘 수 있겠나? |
| 간호사 | 방안에 한 번에 한 사람 이상이 있어서는 안 돼요. 그게 아가씨를 얼마나 흥분시키고 성가시게 하는지 아시잖아요. |
| 노부인 | 오, 그건 정말 사실이야. 의사가 저 아이를 가능한 한 평온하게 두어야 한다고 말했거든. |
| 간호사 | [그녀를 문으로 이끌면서] 마님은 숙면이 필요하세요. 제가 올바르면서도 필요한 걸 할 테니까 마님께선 걱정하지 마세요. |

THE ELDERLY LADY  [*whispering*] I will indeed. How kind of you! You will let me know if anything —

THE NURSE  Yes, yes. I promise to come for you and wake you if anything happens. Good night, madam.

THE ELDERLY LADY  [*sotto voce*[15]] Good night. [*She steals out*].

> *The nurse, left alone with her patient, pays no attention to her, but goes to the window. She opens the curtains and raises the blind, admitting a flood of moonlight. She unfastens the sash and throws it right up. She then makes for the door, where the electric switch is.*

THE PATIENT  [*huddling herself up in the bedclothes*] What are you doing? Shut that window and pull down that blind and close those curtains at once. Do you want to kill me?

> *The nurse turns all the lights full on.*

THE PATIENT  [*hiding her eyes*] Oh! Oh! I cant bear it: turn it off.

> *The nurse switches the light off.*

THE PATIENT  So inconsiderate of you!

> *The nurse switches the lights on again.*

THE PATIENT  Oh, please, please. Not all that light.

> *The nurse switches off.*

THE PATIENT  No, no. Leave me something to read by. My bedside lamp is not enough, you stupid idiot.

> *The nurse switches on again, and calmly returns to the bedside.*

노부인    [귓속말로 소근거리며] 내 정말 그러지. 자네가 얼마나 친절한지! 내
          게 알려주게 만약 무슨 일이—

간호사    그럼, 그럼요. 만약 무슨 일이 생기면 마님께로 가서 깨우겠다고
          약속드리죠. 편히 주무십시오, 마님.

노부인    [소리를 낮추어] 잘 있게. [그녀는 몰래 나간다.]

          환자와 홀로 남은 간호사는 환자에게는 주의를 기울이지 않고 창문으로 간다.
          그녀는 마구 쏟아지는 달빛을 받아들이기 위해 커튼을 열고 블라인드를 올린
          다. 그녀는 내리닫이창을 열어 바로 위쪽으로 던져 올린다. 그러더니 그녀는
          전기 스위치가 있는 문 쪽으로 간다.

환자      [이불 속에서 몸을 움츠리며] 대체 무슨 짓을 하는 거야? 즉시 그 창
          문을 닫고 블라인드를 내리고 그 커튼들을 치지 못해. 네가 날
          죽이려 하는 거야?

          간호사는 모든 전등을 완전히 켠다.

환자      [두 눈을 가리면서] 오! 오! 난 견딜 수가 없으니 그걸 꺼.

          간호사는 전등 스위치를 끈다.

환자      넌 정말 너무 배려가 없구나!

          간호사는 다시 전등 스위치를 켠다.

환자      오, 제발, 제발. 모든 등을 그러진 마.

          간호사는 스위치를 끈다.

환자      안 돼, 안 돼. 책을 읽기 위한 어떤 건 남겨둬. 내 침대 옆 등은
          충분치 않다고, 멍청한 얼간이 같으니.

          간호사는 다시 스위치를 켜고 침착히 침대 옆으로 되돌아간다.

---

15) sotto voce: 이탈리아어로 '소리를 낮추어', '작은 소리로'라는 뜻이며, 성악곡에서 살며시 소리를 낮추
어 노래하라는 부분을 지시하는 발성상의 용어로 쓰이고 있다.

THE PATIENT   I cant imagine how anyone can be so thoughtless and clumsy when I am so ill. I am suffering horribly. Shut that window and switch off half those lights at once: do you hear?

*The nurse switches the eiderdown and one of the pillows rudely from the bed, letting the patient down with a jerk, and arranges them comfortably in the bedside chair.*

THE PATIENT   How dare you touch my pillow? The audacity!

*The nurse sits down; takes out a leaf cut from an illustrated journal; and proceeds to study it attentively.*

THE PATIENT   well! How much longer are you going to sit there neglecting me? Shut that window instantly.

THE NURSE   [*insolently, in her commonest dialect*] Oh go to —to sleep [*she resumes her study of the document*].

THE PATIENT   Dont dare address me like that. I dont believe you are a properly qualified nurse.

THE NURSE   [*calmly*] I should think not. I wouldnt take five thousand a year to be a nurse. But I know how to deal with you and your like, because I was once a patient in a hospital where the women patients were a rough lot, and the nurses had to treat them accordingly. I kept my eyes open there, and learnt a little of the game. [*She takes a paper packet from her pocket and opens it on the bedside table. It contains about half a pound of kitchen salt*]. Do you know what that is and what it's for?

THE PATIENT   Is it medicine?

**환자**  내가 너무 아플 때 어떻게 누군가가 그렇게 생각 없고 서툴게 구는지 상상할 수가 없어. 난 끔찍하게 앓고 있단 말이야. 그 창문을 닫고, 전등들의 반은 스위치를 끄라고. 듣고 있는 거니?

*간호사는 환자가 갑자기 홱 떨어지도록 침대로부터 깃털 이불과 베개 중 하나를 홱 잡아채어서 침대 옆 의자에다 그것들을 편안하게 정돈한다.*

**환자**  어떻게 감히 네가 내 베개를 건드리지? 뻔뻔함이란!

*간호사는 앉아서 잡지 화보에서 잘라낸 종이 한 장을 꺼내서 그것을 계속 주의 깊게 살펴본다.*

**환자**  원, 이거야! 넌 얼마나 오랫동안 날 무시하면서 거기 앉아 있을 거야? 즉시 창문을 닫아.

**간호사**  [*가장 비속한 말씨로 무례하게*] 오 잠이나―자지 [*그녀는 그 자료에 대한 조사를 재개한다*].

**환자**  감히 내게 그렇게 말하지 마. 난 네가 적절한 자격을 갖춘 간호사라는 걸 못 믿겠다니까.

**간호사**  [*침착히*] 필경 나도 그렇다고 생각해. 간호사론 연봉 5천을 못 받을 걸. 하지만 난 너나 너와 같은 걸 어떻게 다루어야 하는지는 알아. 왜냐면 나도 한 때는 여자 환자들이 거칠어서 간호사들이 거기에 맞게 그들을 다루어야만 했던 병원에서 환자였거든. 내가 거기서 눈을 떼지 않고 그 게임을 좀 배웠다고. [*그녀는 호주머니에서 종이 한 묶음을 꺼내 그것을 침대 옆 탁자에 펼친다. 그것은 약 반 파운드의 취사용 소금을 담고 있다*]. 넌 이게 무어고 무얼 위한 것인지 알아?

**환자**  약이야?

THE NURSE   Yes. It's a cure for screaming and hysterics and tantrums. When a woman starts making a row, the first thing she does is to open her mouth. a nurse who knows her business just shoves a handful of this into it. Common kitchen salt. No more screaming. Understand?

THE PATIENT   [*hardily*] No I dont [*she reaches for the bell*].

THE NURSE   [*intercepting her quickly*] No you dont. [*She throws the bell cord with its button away on the floor behind the bed*]. Now we shant be disturbed. No bell. and if you open you mouth too wide, youll get the salt. See?

THE PATIENT   And do you think I am a poor woman in a hospital whom you can illtreat as you please? Do you know what will happen to you when my mother comes in the morning?

THE NURSE   In the morning, darling, I shall be over the hills and far away.

THE PATIENT   And you expect me, sick as I am, to stay here alone with you!

THE NURSE   We shant be alone. I'm expecting a friend.

THE PATIENT   A friend!

THE NURSE   A gentleman friend. I told him he might drop in when he saw the lights switched off twice.

THE PATIENT   So that was why —

THE NURSE   That was why.

THE PATIENT   And you calmly propose to have your young man here in my room to amuse yourself all night before my face.

| 간호사 | 맞아. 고함치며 히스테리 부리고 짜증내는 데 대한 치료제지. 어떤 여자가 소동을 일으키기 시작할 때 간호사가 하는 최초의 것은 그녀의 입을 여는 거지. 자기 임무를 아는 간호사는 바로 이것을 한 움큼 그 입에 처넣는 거야. 일반 취사용 소금이지. 더 이상 고함 소리는 없다고. 알아듣겠어? |
|---|---|
| 환자 | [대담하게] 아니 모르겠는데 [그녀는 벨을 잡으려고 손을 뻗친다.] |
| 간호사 | [재빨리 그녀를 저지하면서] 맞아 못 알아듣는군. [그녀는 침대 뒤 바닥에 버튼이 있는 벨의 코드를 던진다.] 이제 넌 방해받지 않을 거야. 벨은 없어. 그리고 네가 입을 너무 크게 연다면 소금을 먹게 될 거야. 알겠어? |
| 환자 | 그러면 넌 날 원하는 대로 학대할 수 있었던 병원에 있는 가난한 여자로 생각하는 거야? 아침에 내 어머니가 들어오셨을 때 무슨 일이 일어날지 알아? |
| 간호사 | 아가씨, 아침에 난 언덕 너머 멀리 가 있을 거거든. |
| 환자 | 그리고 넌 환자인 내가 너하고만 여기 있으리라고 기대하는 거지! |
| 간호사 | 우리만 있지는 않을 거야. 난 친구를 기다리고 있어. |
| 환자 | 친구라니! |
| 간호사 | 신사 친구지. 난 그에게 전등 스위치가 두 번 꺼질 때 잠시 들러도 될 거라고 말했어. |
| 환자 | 그래 그게 바로 이유군— |
| 간호사 | 그게 바로 이유지. |
| 환자 | 그리고 넌 내 면전에서 밤새 자기 자신을 즐겁게 하려고 네 애인에게 여기 내 방으로 오라고 온화하게 제안했단 말이지. |

| | |
|---|---|
| THE NURSE | You can go to sleep. |
| THE PATIENT | I shall do nothing of the sort. You will have to behave yourself decently before me. |
| THE NURSE | Oh, dont worry about that. He's coming on business. He's my business partner, in fact: not my best boy. |
| THE PATIENT | And can you not find some more suitable place for your business than in my room at night? |
| THE NURSE | You see, you dont know the nature of the business yet. It's got to be done here and at night. Here he is, I think. |

*A burglar, well dressed, wearing rubber gloves and a small white mask over his nose, clambers in. He is still in his early thirties and quite goodlooking. His voice is disarmingly pleasant.*

| | |
|---|---|
| THE BURGLAR | All right, Sweetie? |
| THE NURSE | All right, Popsy. |

*The burglar closes the window softly; draws the curtains; and comes past the nurse to the bedside.*

| | |
|---|---|
| THE BURGLAR | Damn it, she's awake. Didnt you give her a sleeping draught? |
| THE PATIENT | Do you expect me to sleep with you in the room? Who are you? and what are you wearing that mask for? |
| THE BURGLAR | Only so that you will not recognize me if we should happen to meet again. |
| THE PATIENT | I have no intention of meeting you again. So you may just as well take it off. |

간호사  넌 잠자리에 들 수 있어.

환자  그런 것 전혀 하지 않을걸. 넌 내 앞에서 점잖게 처신해야만 할 거야.

간호사  이런, 그런 것에 대해선 염려하지 마. 그는 업무상 오는 거야. 사실, 그는 내 사업 파트너지 내 애인은 아니야.

환자  그러면 넌 네 사업을 위해서 밤에 내 방보다 더 적절한 장소를 찾을 수 없단 말이야?

간호사  있잖아, 넌 아직 이 사업의 본질을 모르는군. 그건 밤에 여기서 이루어져야 되는 거야. 그가 여기 왔다고 생각되는데.

*고무장갑을 끼고, 커에다 작은 하얀 마스크를 하고, 옷을 잘 입은 강도가 기어 올라온다. 그는 아직 30대 초반이며 아주 잘 생겼다. 그의 목소리는 붙임성 있게 유쾌하다.*

강도  스위티, 잘 됐소?

간호사  잘 됐어요, 폽시.

*강도는 살며시 창문을 닫고, 커튼을 친다. 그리고 간호사를 지나서 침대 옆으로 간다.*

강도  빌어먹을, 그녀가 깨어 있잖아. 그녀에게 수면제를 주지 않았소?

환자  내가 방에서 당신과 함께 자리라 기대해? 당신은 누구야? 그리고 무엇 때문에 그 가면을 쓰고 있는 거야?

강도  단지 만약 우리가 우연히 다시 만나게 된다면 당신이 날 알아보지 못하게 하기 위해서지.

환자  난 당신을 다시 만나려는 어떤 의도도 없어. 그러니 당신이 당장 그걸 벗는 게 낫겠어.

| | |
|---|---|
| THE NURSE | I havnt broken to hcr what we are here for, Popsy. |
| THE PATIENT | I neither know nor care what you are here for. All I can tell you is that if you dont leave the room at once and send my mother to me, I will give you both measles. |
| THE BURGLAR | We have both had them, dear invalid. I am afraid we must intrude a little longer. [*To the nurse*] Have you found out where it is? |
| THE NURSE | No: I havnt had time. The dressing table's over there. Try that. |

*The burglar crosses to the other side of the bed, coming round by the foot of it, and is making for th dressing table when —*

| | |
|---|---|
| THE PATIENT | What do you want at my dressing table? |
| THE BURGLAR | Obviously, your celebrated pearl necklace. |
| THE PATIENT | [*escaping from her bed with a formidable bound and planting herself with her back to the dressing table as a bulwark for the jewel case*] Not if I know it, you shant. |
| THE BURGLAR | [*approaching her*] You really must allow me. |
| THE PATIENT | Take that. |

*Holding on to the table edge behind her, she lifts her foot vigorously waist high, and shoots it hard into his solar plexus[16]. He curls up on the bed with an agonized groan and rolls off on to the carpet at the other side. The nurse rushes across behind the head of the bed and tackles the patient. The patient swoops at her knees; lifts her; and sends her flying. She comes down with a thump flat on her back on the couch. The patient pants hard; sways giddily; staggers to the bed and falls on it,*

**간호사** 폽시, 그녀에게 우리가 무엇 때문에 여기 왔는지 털어놓지 않았어요.

**환자** 난 당신들이 무엇 때문에 여기에 왔는지 알지도 못하고 또 개의 치도 않아. 내가 당신들에게 말할 수 있는 모든 건 만약 당장 방에서 나가 어머니를 내게 모셔오지 않는다면, 두 사람 다 홍역에 걸리도록 하겠다는 거야.

**강도** 친애하는 환자 양반, 우린 둘 다 홍역에 걸려 있소. 우리가 약간 더 오래 방해해야만 하는 게 유감이군. [*간호사에게*] 그게 어디에 있는지 알아냈소?

**간호사** 아뇨, 시간이 없었어요. 화장대는 저 너머 있어요. 그걸 조사해보죠. *강도는 침대 발치를 돌아서 침대의 다른 편으로 가로질러가서 화장대 쪽으로 가는데 그 때 —*

**환자** 내 화장대에서 뭘 원하는 거야?

**강도** 명백히 당신의 유명한 진주목걸이지.

**환자** [*가공할 만한 반동으로 그녀의 침대로부터 탈출해서 그 보석함을 위한 방어벽인 것처럼 스스로 그녀의 등을 화장대 쪽으로 대고 꿋꿋이 서면서*] 누가 그런 짓을 해, 너희들은 못해.

**강도** [*그녀에게 다가가며*] 당신은 정말로 우리에게 허락해야만 해.

**환자** 빼앗아 봐.

*그녀는 자기 뒤에 있는 탁자 모서리를 잡고서 박력 있게 허리높이까지 그녀의 발을 들어 그의 명치를 단단히 찬다. 그는 고통스럽게 신음하며 침대에 넘어져서 다른 쪽 카펫으로 굴러간다. 간호사는 침대 머리 뒤로 돌진해 환자와 맞붙는다. 환자는 그녀의 무릎에 와락 덤벼들어 그녀를 들어서 던져 날려버린다. 간호사는 소파에 그녀 등으로 정확히 내려앉는다. 환자는 숨을 헐떡이고*

---

16) solar plexus: 명치는 가슴뼈 아래 중앙의 오목하게 들어간 곳으로 인체의 급소 중 하나다.

*exhausted. The nurse, dazed by the patient's very unexpected athleticism, but not hurt, springs up.*

THE NURSE  Quick, Popsy: tie her feet. She's fainted.

THE BURGLAR  [*utters a lamentable groan and rolls over on his face*]!!

THE NURSE  Be quick, will you?

THE BURGLAR  [*trying to rise*] Ugh! Ugh!

THE NURSE  [*running to him and shaking him*] My God, you are a fool, Popsy. Come and help me before she comes to. She's too strong for me.

THE BURGLAR  Ugh! Let me die.

THE NURSE  Are you going to lie there for ever? Has she killed you?

THE BURGLAR  [*rising slowly to his knees*] As nearly as doesnt matter. Oh, Sweetiest, why did you tell me that this heavyweight champion was a helpless invalid?

THE NURSE  Shut up. Get the pearls.

THE BURGLAR  [*rising with difficulty*] I dont seem to want any pearls. She got me just in the wind. I am sorry to have been of so little assistance; but oh, my Sweetie-Weetie, Nature never intended us to be burglars. Our first attempt has been a hopeless failure. Let us apologize and withdraw.

THE NURSE  Fathead! Dont be such a coward. [*Looking closely at the patient*] I say, Popsy: I believe she's asleep.

THE BURGLAR  Let her sleep. Wake not the lioness's wrath.

아찔하게 흔들흔들하며 침대로 비틀거리고 걸어가 탈진해서 침대에서 쓰러진다. 환자의 바로 그 예기치 못한 정열적인 활동성에 의해 얼떨떨해졌지만 다치지는 않은 간호사가 벌떡 일어난다.

간호사    폽시, 빨리, 그녀의 발을 묶어. 그녀는 실신했어.

강도    *[비통한 신음 소리를 내며 엎드려 구른대*!!

간호사    빨리 해야 하지 않아요?

강도    *[일어나려 하며]* 으! 으!

간호사    *[그에게 뛰어가 그를 흔들면서]* 맙소사, 바보군요, 폽시. 그녀가 정신을 차리기 전에 와서 날 도와줘요. 그녀는 내게 너무 강해요.

강도    으! 죽게 내버려둬.

간호사    당신은 거기서 영원히 누워있을 건가요? 그녀가 당신을 죽였나요?

강도    *[천천히 무릎으로 일어나면서]* 거의 상관하지 않는군. 오, 스위티스트, 왜 당신은 이 헤비급 챔피언이 무력한 환자라고 내게 말했지?

간호사    닥쳐요. 진주를 손에 넣어요.

강도    *[어렵게 일어나며]* 난 어떤 진주도 원하는 것 같지 않소. 그녀는 날 바로 단숨에 해치웠소. 내가 정말 거의 도움이 되지 못해 미안하오. 하지만, 오, 나의 스위티-위티, 자연은 결코 우리가 강도가 되도록 의도하진 않았소. 우리의 첫 번째 시도는 무력한 실패였소. 사과하고 물러납시다.

간호사    얼간이! 그렇게 겁쟁이가 되지 말아요. *[환자를 면밀히 살펴보면서]*. 폽시, 어머나, 난 그녀가 잠들었다고 믿어요.

강도    자게 놔둬. 암사자의 분노를 깨우지 말라고.

| | |
|---|---|
| THE NURSE | You maddening fool, dont you see that we can tie her feet and gag her before she wakes, and get away with the pearls. It's quite easy if we do it quick together. Come along. |
| THE BURGLAR | So not deceive yourself, my pet: we should have about as much chance as if we tried to take a female gorilla to the Zoo. No: I am not going to steal those jewels. Honesty is the best policy. I have another idea, and a much better one. You leave this to me. [*He goes to the dressing table. She follows him*]. |
| THE NURSE | Whatever have you got into your silly head now? |
| THE BURGLAR | You shall see. [*Handling the jewel case*] One of these safes that open by a secret arrangement of letters. As they are as troublesome as an automatic telephone nobody ever locks them. Here is the necklace. By Jove! If they are all real, it must be worth about twenty thousand pounds. Gosh! here's a ring with a big blue diamond in it. Worth four thousand pounds if it's worth a penny. Sweetie: we are on velvet for the rest of our lives. |
| THE NURSE | What good are blue diamonds to us if we dont steal them? |
| THE BURGLAR | Wait. Wait and see. Go and sit down in that chair and look as like a nice gentle nurse as you can. |
| THE NURSE | But — |
| THE BURGLAR | Do as you are told. Have faith —faith in your Popsy. |

간호사    당신은 사람 미치게 하는 바보군요. 그녀가 깨기 전에 그녀 발을 묶고 재갈을 물릴 수 있어야 진주를 가지고 달아날 수 있다는 걸 몰라요. 만약 우리가 함께 그걸 재빨리 한다면 아주 쉬워요. 자 빨리.

강도    스스로를 속이지 말아요, 내 아기. 우리는 대략 마치 우리가 암고릴라를 동물원에 데리고 가려고 애쓰는 것만큼의 기회를 가질 거예요. 아냐, 난 그 보석들을 훔치지 않을 거요. 정직이 최고의 방책이지. 내가 또 다른 생각이 있는데 훨씬 더 나은 것이요. 이건 내게 맡겨줘요. [그는 화장대로 간다. 그녀가 따라 간다.]

간호사    도대체 당신의 어리석은 머릿속에 지금 뭐가 들어 있는 거지?

강도    당신은 알게 될 거요. [보석함에 손을 대면서] 은밀한 문자 배열에 의해서 여는 그러한 금고들 중 하나군. 이런 금고들은 자동 전화만큼이나 골치가 아파서 어느 누구도 결코 그걸 잠그지 않지. 여기 목걸이가 있어. 맹세코! 모두가 진짜라면, 분명 2만 파운드 정도의 가치가 있음이 틀림없어. 맙소사! 여기 크고 푸른 다이아몬드 반지가 있다고. 푼 돈 가치로 따져도 4천 파운드짜리는 된다니까. 스위티, 우리 생의 나머지 동안 우린 부유하게 살 거라고.

간호사    그걸 훔치지 않는다면, 푸른 다이아몬드가 우리에게 무슨 소용이에요?

강도    기다려. 기다려보라고. 가서 의자에 앉아 당신이 할 수 있을 만큼 멋지고 부드러운 간호사처럼 보이도록 해요.

간호사    하지만—

강도    들은 대로 해요. 믿음을 가져요—당신의 폼시에 대한 믿음을 말이에요.

| | |
|---|---|
| THE NURSE | [*obeying*] Well, I give it up. Youre mad. |
| THE BURGLAR | I was never saner in my life. Stop. How does she call people? Hasnt she an electric bell? Where is it? |
| THE NURSE | [*picking it up*] Here. I chucked it out of her reach when she was grabbing at it. |
| THE BURGLAR | Put it on the bed close to her hand. |
| THE NURSE | Popsy: youre off your chump. She — |
| THE BURGLAR | Sweetie: in our firm I am the brains: you are the hand. This is going to be our most glorious achievement. Obey me instantly. |
| THE NURSE | [*resignedly*] Oh, very well. [*She places the handle of the bell as desired*]. I wash my hands of this job. [*She sits down doggedly*]. |
| THE BURGLAR | [*coming to the bedside*] By the way, she is hardly a success as The Sleeping Beauty. She has a wretched complexion; and her breath is not precisely ambrosial. But if we can turn her out to grass she may put up some good looks. And if her punch is anything like her kick she will be an invaluable bodyguard for us two weaklings —if I can persuade her to join us. |
| THE NURSE | Join us! What do you mean? |
| THE BURGLAR | Shshshshsh. Not too much noise: we must wake her gently. [*He stoops to the patient's ear and whispers*] Miss Mopply. |
| THE PATIENT | [*in a murmur of protest*] Mmmmmmmmmmmmmmmm. |
| THE NURSE | What does she say? |

간호사　[복종하며] 이런, 내가 졌어요. 정신이 나갔군요.

강도　내 인생에서 정신이 결코 더 멀쩡했던 적은 없었소. 그만해요. 그
녀가 사람들을 어떻게 부르죠. 그녀가 전기 벨을 가지고 있지 않
소? 그게 어디 있지?

간호사　[그걸 집어 들면서] 여기 있어요. 그녀가 벨을 움켜잡으려고 할 때,
그걸 그녀 손이 닿지 않는 곳으로 던졌어요.

강도　그걸 그녀 손 가까이 침대에 놓아요.

간호사　폽시, 정신이 나갔어요. 그녀는—

강도　스위티, 우리 상사에선 내가 브레인이고 당신은 일꾼이야. 이것
이 우리의 가장 영광스러운 업적이 될 거요. 즉시 복종해요.

간호사　[체념하여] 오, 아주 좋아요. [그녀는 벨의 손잡이를 원하던 대로 둔다].
난 이 일에서 손을 씻어요. [그녀는 완고하게 앉는다].

강도　[침대 옆으로 가면서] 그런데 그녀는 잠자는 숲 속의 공주로서는 거
의 성공하지 못하겠군. 그녀는 가엾은 안색을 지녔고, 그녀의 호
흡은 전혀 감미롭지 않군. 그러나 만약 우리가 그녀를 풀밭으로
나가게 할 수 있다면, 그녀는 얼마간 미모를 나타낼지도 몰라. 그
리고 만약 그녀의 펀치가 그녀의 발차기 같은 어떤 것이라면 그
녀는 우리 두 약골에게 소중한 보디가드가 될 거야—만약 내가
우리와 합류하도록 그녀를 설득할 수 있다면 말이야.

간호사　우리와 합류하다니! 무슨 의미예요?

강도　쉬쉬쉬쉬. 너무 심한 소란 피우지 말아요. 우린 그녀를 부드럽게
깨워야 해요. [그는 환자의 귀에 몸을 구부리고는 속삭인다] 모플리 양.

환자　[항변의 웅얼거림으로] 음음음음음음음음음음음음음음음음.

간호사　그녀가 뭐라고 하는 거예요?

THE BURGLAR   She says, in effect, "You have waked me too soon: I must slumber again." [*To the patient, more distinctly*] It is not your dear mother, Miss Mopply: it is the burglar. [*The patient springs half up, threateningly. He falls on his knees and throws up his hands*]. Kamerad,[17] Miss Mopply: Kamerad! I am utterly at your mercy. The bell is on your bed, close to your hand: look at it. You have only to press the button to bring your mother and the police in upon me [*she seizes the handle of the bell*] and be a miserable invalid again for the rest of your life. [*She drops the bell thoughtfully*]. Not an attractive prospect, is it? Now listen. I have something to propose to you of the greatest importance: something that may make another woman of you and change your entire destiny. You can listen to me in perfect security: at any moment you can ring your bell, or throw us out of the window if you prefer it. I ask you for five minutes only.

THE PATIENT   [*still dangerously on guard*] Well?

THE BURGLAR   [*rising*] Let me give you one more proof of my confidence. [*He takes off his mask*]. Look. Can you be afraid of such a face? Do I look like a burglar?

THE PATIENT   [*relaxing, and even shewing signs of goodhumor*] No: you look like a curate.

**강도** 그녀는 사실 "당신은 날 너무 빨리 깨웠어요, 나는 다시 자야만 해요."라고 말하는 거야. [환자에게 더 분명히] 당신의 사랑하는 어머니가 아니야, 모플리 양, 강도라니까. [환자는 위협하듯이 반쯤 벌떡 일어난다. 그는 무릎을 꿇고 두 손을 든다] 항복!, 모플리 양, 항복! 난 완전히 당신 손에 달렸습니다. 벨은 당신 손 가까이 당신 침대에 있어요. 보세요. 당신은 단지 내게 어머니와 경찰을 부르기 위해 버튼을 누르기만 하면 됩니다, [그녀는 벨 손잡이를 잡는다] 그리고 당신 삶의 나머지 기간 동안 다시 비참한 환자가 되세요 [그녀는 사려 깊게 벨을 떨어뜨린다]. 매력적인 전망이 아니죠, 그렇죠? 자 들어봐요. 난 당신에게 제안할 가장 중요한 뭔가가, 당신을 또 다른 여인으로 만들어 당신의 운명 전체를 바꿀 뭔가가 있어요. 당신은 완벽히 안전하게 내 말을 들을 수 있어요. 어제든지 당신의 벨을 울리거나 당신이 그걸 더 좋아한다면 우릴 창문 밖으로 던져버릴 수 있어요. 난 단지 당신에게 5분만 요구해요.

**환자** [여전히 위험스레 경계하며] 글쎄?

**강도** [일어서며] 날 믿을 수 있는 증거를 당신에게 하나 더 주도록 하죠. [그는 마스크를 벗는다]. 봐요. 당신이 이런 얼굴을 두려워 할 수 있겠소? 내가 강도처럼 생겼소?

**환자** [안도하며, 심지어 명랑한 기분을 보이며] 아뇨. 당신은 부목사처럼 보이네요.

---

17) Kamerad: 동무 내지 동지를 의미하는 독일어 Kamerad이며, 여기서는 아마 세계 1차 대전 때 항복하기를 원했던 독일 병사의 외침을 가정하고 한 말이므로 '항복'이라고 번역하는 것이 무난할 것이다.

THE BURGLAR   [*a little hurt*] Oh, not a curate. I hope I look at least like a beneficed clergyman. But it is very clever of you to have found me out. The fact is, I am a clergyman. But I must ask you to keep it a dead secret; for my father, who is an atheist, would disinherit me if he knew. I was secretly ordained when I was up at Oxford.

THE PATIENT   Oh, this is ridiculous. I'm dreaming. It must be that new sleeping draught the doctor gave me. But it's delicious, because I'm dreaming that I'm perfectly well. Ive never been so happy in my life. Go on with the dream, Pops: the nicest part of it is that I am in love with you. My beautiful Pops, my own, my darling, you are a perfect film hero, only more like an English gentleman. [*She waves him a kiss*].

THE NURSE   Well I'll be da —

THE BURGLAR   Shshshshsh. Break not the spell.

THE PATIENT   [*with a deep sigh of contentment*] Let nobody wake me. I'm in heaven. [*She sinks back blissfully on her pillows*]. Go on, Pops. Tell me another.

THE BURGLAR   Splendid. [*He takes a chair from beside the dressing table and seats himself comfortably at the bedside*]. We are going to have an ideal night. Now listen. Picture to yourself a heavenly afternoon in July: a Scottish loch surrounded by mirrored mountains, and a boat — may I call it a shallop? —

강도 [약간 기분이 상해세] 이런, 부목사는 아니오. 난 적어도 내가 성직록을 지급 받는 목사처럼 보이길 희망하오. 그러나 내 참모습을 알아낸 당신은 아주 똑똑하군. 사실 난 목사요. 하지만 난 당신이 그걸 절대 비밀로 지켜주길 부탁하오. 왜냐하면 무신론자인 내 아버지가 안다면 상속권을 박탈할 것이기 때문이오. 옥스퍼드에 있을 때 난 비밀리에 성직을 받았소.

환자 오, 이건 우스꽝스럽군요. 난 꿈을 꾸고 있어요. 필경 의사가 내게 준 게 새로운 수면제임이 틀림없어요. 하지만 유쾌해요. 왜냐하면 내가 완벽하게 건강하다고 꿈꾸고 있기 때문이에요. 내 삶에서 이렇게 행복했던 적은 결코 없었어요. 꿈을 계속해봐요, 폽스, 꿈의 가장 멋진 부분은 내가 당신에게 반했다는 거예요. 나의 더할 나위 없는 폽스, 나만의 내 사랑, 당신은 완벽한 영화 주인공이에요, 단지 잉글랜드 신사를 더 닮았을 뿐. [그녀는 그에게 손으로 키스를 보낸다.]

간호사 이런 내가 당—

강도 쉬쉬쉬쉬쉬. 마법을 깨지마.

환자 [만족스러운 깊은 숨을 쉬며] 아무도 날 깨우게 하지 말아요. 난 천국에 있어요. [그녀는 더없이 행복해서 베개로 다시 쓰러진다]. 계속해요, 폽스. 내게 또 다른 걸 말해요.

강도 근사하군. [그는 화장대 옆으로부터 의자를 가지고 와서 침대 옆에 편안하게 앉는다]. 우리는 이상적인 밤을 보낼 거예요. 자 들어봐요. 유월의 어느 멋진 오후를 마음에 그려봐요. 비추어진 산들로 둘러싸인 스코틀랜드의 호수, 그리고 보트—그걸 조각배라고 부를까요?

THE PATIENT [*ecstatically*] A shallop! Oh, Popsy!

THE BURGLAR —with Sweetie sitting in the stern, and I stretched out at full length with my head pillowed on Sweetie's knees.

THE PATIENT You can leaves Sweetie out, Pops. Her amorous emotions do not interest me.

THE BURGLAR You misunderstand. Sweetie's thoughts were far from me. She was thinking about you.

THE PATIENT Just like her impudence! How did she know about me?

THE BURGLAR Simply enough. In her lily hand was a copy of *The Lady's Pictorial*[8]. It contained an illustrated account of your jewels. Can you guess what Sweetie said to me as she gazed at the soft majesty of the mountains and bathed her soul in the beauty of the sunset?

THE PATIENT Yes. she said "Popsy: we must pinch that necklace."

THE BURGLAR Exactly. Word for word. But now can you guess what I said?

THE PATIENT I suppose you said "Right you are, Sweetie" or something vulgar like that.

THE BURGLAR Wrong. I said, "If that girl had any sense she'd steal the necklace herself."

THE PATIENT Oh! This is getting interesting. How could I steal my own necklace?

환자     *[황홀경에 빠져]* 조각배! 오 폽시!

강도     ―고물에 앉아 있는 스위티와 함께, 그리고 난 스위티의 무릎에 머리를 대고 온몸을 쭉 펴고 누워있죠.

환자     폽스, 스위티는 무시해도 돼요. 그녀의 호색적인 감정이 내 관심을 끌진 못해요.

강도     오해예요. 스위티의 생각은 나와 전혀 다르지 않아요. 그녀는 당신에 대해 생각하고 있어요.

환자     단지 그녀의 뻔뻔스러움 같은 거지! 어떻게 그녀가 나에 대해 알았죠?

강도     아주 간단해요. 그녀의 백합 같이 하얀 손에 『레이디스 픽토리얼』한 부가 있었죠. 그 여성주간지에는 당신의 보석에 대한 화보 기사가 실려 있었어요. 당신은 스위티가 산의 완만한 장엄함을 응시하며 일몰의 아름다움이 그녀의 영혼을 감쌀 때 내게 무슨 말을 했는지 추측할 수 있겠소?

환자     그래요. "폽시, 우린 그 목걸이를 훔쳐야만 해요"라고 말했죠.

강도     정확해요. 완전히 말 그대로요. 하지만 이제 내가 무슨 말을 했는지 당신은 짐작할 수 있겠소?

환자     당신은 "당신이 옳아, 스위티" 또는 그와 비슷한 천박한 말을 했다고 생각해요.

강도     틀렸소. 난 "그 아가씨가 어떤 분별력이 있다면, 목걸이를 스스로 훔칠 거야"라고 말했소.

환자     오오! 이건 흥미로워지는데요. 어떻게 내 자신의 목걸이를 훔칠 수 있죠?

---

18) *The Lady's Pictorial*: 영국에서 1880년 9월부터 1921년까지 발간되었던 중산층 여성을 겨냥한 여성주간지.

THE BURGLAR    Sell it; and have a glorious spree with the price. See life. Live. You don't call being an invalid living, do you?

THE PATIENT    Why shouldnt I call it living? I am not dead. Of course when I am awake I am terribly delicate —

THE BURGLAR    Delicate! It's not five minutes since you knocked me out, and threw Sweetie all over the room. If you can fight like that for a string of pearls that you never have a chance of wearing, why not fight for freedom to do what you like, with your pocket full of money and all the fun in the wide world at your command? Hang it all, dont you want to be young and goodlooking and have a sweet breath and be a lawn tennis champion and enjoy everything that is to be enjoyed instead of frowsting here and being messed about by your silly mother and all the doctors that live on her folly? Have you no conscience, that you waste God's gifts so shamefully? You think you are in a state of illness. Youre not: youre in a state of sin. Sell the necklace and buy your salvation with the proceeds.

THE PATIENT    Youre a clergyman all right, Pops. But I dont know how to sell the necklace.

THE BURGLAR    I do. Let me sell it for you. You will of course give us a fairly handsome commission on the transaction.

THE PATIENT    Theres some catch in this. If I trust you with it how do I know that you will not keep the whole price for yourself?

강도  그걸 팔아요. 그리고 그 값으로 화려한 연회를 갖는 거요. 인생을 봐요. 살아요. 당신은 환자로 있는 걸 살아있는 거라고 부를 수는 없잖소?

환자  내가 왜 그걸 살아있다고 불러선 안 되죠? 난 죽은 게 아니에요. 물론 내가 깨어 있을 때 난 끔찍하게 허약하지—

강도  허약하다고! 당신이 날 때려 쓰러뜨리고 스위티를 온 방에 던져버리는 데는 5분도 걸리지 않았소. 만약 당신이 결코 걸칠 기회도 갖지 못한 진주 줄을 위해 그와 같이 싸울 수 있다면, 당신 호주머니에 넓은 세상에서 당신 명령대로 할 모든 재밋거리와 돈을 가득 채우고 당신이 하고 싶은 걸 할 자유를 위해서는 왜 싸우지 않는 거요? 빌어먹을, 당신은 여기서 빈둥빈둥 지내며 당신의 어리석은 어머니와 그녀의 어리석음으로 먹고사는 모든 의사들로 인해 시간을 낭비하는 대신 젊고 아름다우며 감미롭게 숨 쉬며 테니스 챔피언이 되어 향유되어야 할 모든 걸 즐기길 원하지 않소? 하나님의 선물을 그렇게 수치스럽게 낭비하는데 당신은 양심도 없소? 당신은 병든 상태에 있다고 생각하지. 아니야, 당신은 죄진 상태에 있는 거야. 목걸이를 팔아서 그 판매 대금으로 당신의 구원을 사라고.

환자  폽스, 당신은 더할 나위 없는 목사군요. 하지만 난 그 목걸이를 어떻게 팔아야 할지 모른다고요.

강도  내가 알고 있소. 당신을 위해 그걸 팔도록 해줘요. 당신은 물론 우리에게 그 거래에 대해 꽤 상당한 커미션을 줄 테지.

환자  여기엔 어떤 함정이 있군. 만약 내가 그걸 당신에게 맡긴다면 당신 혼자 그 모든 돈을 가지지 않는다는 걸 내가 어떻게 알지?

THE BURGLAR    Sweetie: Miss Mopply has the making of a good business woman in her. [*To the patient*] Just reflect, Mops (Let us call one another Mops and Pops for short). If I steal that necklace, I shall have to sell it as a burglar to a man who will know perfectly well that I have stolen it. I shall be lucky if I get a fiftieth of its value. But if I sell it on the square, as the agent of its lawful owner, I shall be able to get its full market value. The payment will be made to you; and I will trust you to pay me the commission. Sweetie and I will be more than satisfied with fifty percent.

THE PATIENT    Fifty! Oh!

THE BURGLAR    [*firmly*] I think you will admit that we deserve it for our enterprise, our risk, and the priceless boon of your emancipation from this wretched home. Is it a bargain, Mops?

THE PATIENT    It's a monstrous overcharge; but in dreamland generosity costs nothing. You shall have your fifty. Lucky for you that I'm asleep. If I wake up I shall never get loose from my people and my social position. It's all very well for you two criminals: you can do what you like. If you were ladies and gentlemen, youd know how hard it is not to do what everybody else does.

강도  스위티, 모플리 양은 훌륭한 사업가 자질을 갖고 있어. [환자에게] 단지 숙고해봐요, 몹스 (줄여서 서로 몹스와 폽스로 부르도록 하자). 만약 내가 그 목걸이를 훔친다면 난 강도로서 내가 그걸 훔쳤다는 걸 완벽하게 잘 알게 될 사람에게 그걸 팔아야만 할 거요. 내가 그 값의 50분의 1만 받는다면 행운일 거요. 그러나 내가 그것의 합법적인 주인의 대리인으로서 공정하게 그걸 판다면 완전한 시장가격을 받을 수 있을 거요. 대금은 당신에게 지불되도록 할 것이며, 난 당신이 내게 커미션을 주리라 기대할 것이요. 스위티와 나는 50퍼센트면 더할 나위 없이 만족할 것이요.

환자  50퍼센트라니! 오!

강도  [단호히] 난 당신이 우리의 기획, 우리의 위험 그리고 이 비참한 집으로부터 당신의 해방에 대한 가격을 따질 수 없는 은혜 때문에 그걸 받을 만하다는 걸 인정할 거라고 생각해요. 거래가 되는 거요, 몹스?

환자  그건 터무니없이 지나친 요구군. 하지만 꿈나라에서 관대함은 아무 비용이 들지 않아. 당신은 50퍼센트를 가질 거요. 내가 잠들어 있다는 게 당신에겐 행운이야. 만약 내가 깨어있다면, 난 결코 내 일족과 내 사회적 지위로부터 도망치지 않을 거야. 그건 당신들 두 범죄자들을 위해 아주 잘 된 거야, 원하는 대로 할 수 있으니 말이야. 만약 당신들이 신사 숙녀였다면 다른 모든 사람들이 하는 걸 하지 않는 게 얼마나 힘든지 알 거요.

THE BURGLAR   Pardon me; but I think you will feel more at ease with us if I inform you that we are ladies and gentlemen. My own rank —not that I would presume on it for a moment —is, if you ask Burke or Debrett,[19] higher than your own. Your people's money was made in trade: my people have always lived by owning property or governing Crown Colonies. Sweetie would be a woman of the highest position in the sight of Heaven, were not legally married. At least so she tells me.

THE NURSE   [hostly] I tell you what is true. [To the patient] Popsy and I are as good company as ever y o u kept.

THE PATIENT   No, Sweetie: you are a common little devil and a liar. But you amuse me. If you were a real lady you wouldnt amuse me. Youd be afraid to be so unladylike.

THE BURGLAR   Just so. Come! confess! we are better fun than your dear anxious mother and the curate and all the sympathizing relatives, arnt we? Of course we are.

THE PATIENT   I think it perfectly scandalous that you two, who ought to be in prison, are having all the fun while I, because I am respectable and a lady, might just as well be in prison.

THE BURGLAR   Don't you wish you could come with us?

| 강도 | 실례지만, 당신에게 우리가 신사 숙녀라고 알려준다면, 당신이 우리와 더 마음 편할 거라고 생각해요. 내 자신의 계급은—잠시 내가 거기에 편승하려는 건 아니지만—만약 당신이 버크 귀족 명감이나 드브레 귀족 명감을 참고한다면, 당신 자신 계급보다 높소. 당신 일족의 돈은 상업으로 만들어졌지만 내 일족은 늘 도지자산을 소유하거나 영국 직할 식민지를 통치하면서 살았어요. 스위티는 그녀의 부모가 하늘의 판단으로 결합했지만 합법적으로 결혼하지 않았다는 불행한 사실이 아니라면 가장 높은 지위의 여인일 거예요. 적어도 그녀는 내게 그렇게 말하죠. |
|---|---|
| 간호사 | [매우 성을 내에] 난 당신에게 진실한 걸 말하는 거라고. [환자에게] 폽시와 난 당 신 이 늘 그런 것처럼 좋은 동지예요. |
| 환자 | 아니요, 스위티. 당신은 천하고 작은 악마이자 거짓말쟁이요. 하지만 당신은 날 즐겁게 하거든. 만약 당신이 진짜 숙녀라면, 당신은 날 즐겁게 하지 않을 거라니까. 당신은 너무나도 숙녀 같지 않은 걸 염려할 거라고. |
| 강도 | 바로 그거요. 자! 고백해보라고! 우리가 당신의 친애하는 걱정쟁이 어머니와 부목사 그리고 동정하는 모든 친척들보다 더 재미있지 않나요? 물론 우리가 그렇지. |
| 환자 | 내가 지체 높은 숙녀이기 때문에 마치 감옥에 있는 것과 마찬가지인 반면에 감옥에 있어야만 하는 당신들 두 사람이 모든 재미를 갖는다고 하는 건 완벽하게 가증스럽다고 생각해요. |
| 강도 | 우리와 함께 갈 수 있기를 원하지 않소? |

---

19) if you ask Burke or Debrett: Burke나 Debrett는 귀족 가문을 나타내기에 이 구절은 "만약 당신이 버크 귀족 명감이나 잉글랜드, 스코틀랜드 그리고 아일랜드의 드브레 귀족 명감을 참고한다면"이라는 의미로 쓰인 것이다.

THE PATIENT    [*calmly*] I fully intend to come with you. I'm going to make the most of this dream. Do you forget that I love you, Pops. The world is before us. You and Sweetie have had a week in the land of the mountain and the flood for seven guineas, tips included. Now you shall have an eternity with your Mops in the loveliest earthly paradise we can find, for nothing.

THE NURSE    And where do I come in?[20]

THE PATIENT    You will be our chaperone.

THE NURSE    Chaperone! Well, you have a nerve, you have.

THE PATIENT    Listen. You will be a Countess. We shall go broad, where nobody will know the difference. You shall have a splendid foreign title. The Countess Valbrioni: doesnt that tempt you?

THE NURSE    Tempt me hell! I'll see you further first.

THE BURGLAR    Stop. Sweetie: I have another idea. A regular dazzler. Lets stage a kidnap.

THE NURSE    What do you mean? stage a kidnap.

THE BURGLAR    It's quite simple. We kidnap Mops: that is, we shall hide her in the mountains of Corsica or Istria or Dalmatia or Greece or in the Atlas or where you please that is out of reach of Scotland Yard[21]. We shall pretend to be brigands. Her devoted mother will cough up five thousand to ransom her. We shall

68

환자 　[*침착하게*] 난 완전히 당신들과 함께 갈 작정이에요. 난 이 꿈을 최대한 이용할 거예요. 내가 당신을 사랑한다는 걸 잊었나요, 폽스. 세상이 우리 앞에 있어요. 당신과 스위티는 산과 물이 있는 나라에서 팁이 포함된 금화 7기니로 일주일을 보낼 거예요. 이제 당신들은 우리가 찾을 수 있는 가장 사랑스러운 지상 낙원에서 당신들의 폽스와 함께 무료로 영생을 얻을 거예요.

간호사 　그런데 내가 할 일은 뭐죠?

환자 　당신은 우리의 샤프롱이 될 거야.

간호사 　샤프롱! 이런, 당신은 뻔뻔하군, 뻔뻔해.

환자 　들어봐요. 당신은 공작부인이 될 거라고! 우리는 아무도 그 차이를 모르는 해외로 갈 거거든. 당신은 멋진 이국적 작위를 갖게 될 거야. 발브리오니 공작부인, 그게 당신을 유혹하지 않나요?

간호사 　날 지옥으로 유혹하는군! 그런 일은 딱 질색이야.

강도 　그만둬. 스위티. 또 다른 생각이 있어. 정말 눈부신 거지. 납치극을 꾸미자고.

간호사 　무슨 의미죠. 납치극을 꾸미다니.

강도 　그건 아주 간단해. 우리가 폽스를 납치하는 거야, 즉 우리가 런던 경찰국의 힘이 미치지 못하는 코르시카나 이스트리아 내지 달마시아나 그리스의 산악지대 또는 아틀라스나 당신이 원하는 그 어딘가에 그녀를 숨기는 거야. 우리가 산적인 척하는 거라고. 그녀의 헌신적인 어머니가 딸의 몸값을 치르려고 오천 파운드를 내놓을

20) what is my role?과 같은 의미다.

21) Scotland Yard는 런던경찰국(London Metropolitan Police)의 별칭이다. 1829년 창설 당시 경찰국이 런던에 있는 옛 스코틀랜드 국왕의 궁전 터에 있었기 때문에 붙여진 것이다.

share the ransom fifty-fifty: fifty for Mops, twentyfive for you, twentyfive for me. Mops: you will realize not only the value of the pearls, but of yourself. What a stroke of finance!

THE PATIENT   [*excited*] Greece! Dalmatia! Kidnapped! Brigands! Ransomed! [*Collapsing a little*] Oh, dont tantalize me, you two fools: you have forgotten the measles.

*The Monster suddenly reappears from behind the screen. It is transfigured. the bloated moribund Caliban has become a dainty Ariel.*[22]

THE MONSTER   [*picking up the last remark of the patient*] So have you. No more measles: that scrap for the jewels cured you and cured me. Ha ha! I am well, I am well, I am well. [*It bounds about ecstatically, and finally perches on the pillows and gets into bed beside the patient*].

THE NURSE   If you could jump out of bed to knock out Popsy and me you can jump out to dress yourself and hop it from here. Wrap yourself up well: we have a car waiting.

THE BURGLAR   It's no worse than being taken to a nursing home, Mops. Strike for freedom. Up with you!

*They pull her out of bed.*

THE PATIENT   But I cant dress myself without a maid.

THE NURSE   Have you ever tried?

거라니까. 우리는 몸값을 50 대 50으로 나눌 거야. 몹스에게는 50, 당신에게 25, 나에게 25로 말이지. 몹스, 당신은 진주의 가치뿐 아니라 당신의 자신의 가치도 깨닫게 될 거라니까. 얼마나 대단한 자금원인지!

환자    [흥분해서] 그리스! 달마시아! 납치된다고! 산적들! 몸값을 치르고 석방되는! [약간 실신하면서] 오, 날 애먹이지 말아요, 두 얼간이 양반, 당신들은 홍역을 잊었나요.

*몬스터가 갑자기 병풍 뒤에서 다시 등장한다. 몬스터의 형상이 바뀌었다. 부풀어 죽어가는 캘리밴이 우아한 에어리얼이 되었다.*

몬스터    [환자의 마지막 말을 듣고] 당신도 그래. 더 이상 홍역은 없어. 보석을 위한 싸움이 당신을 치료했고, 날 치료했다고. 하 하! 난 건강해, 건강해, 건강하다니까. [몬스터는 도취해서 뛰어다니다 베개에 걸터앉고 환자 옆의 침대로 들어간다].

간호사    만약 당신이 폽시와 날 때려눕히려고 침대 밖으로 뛰어나올 수 있다면, 당신은 스스로 옷을 입으려고 뛰어나와 여기서 훌쩍 떠날 수 있어요. 옷을 따뜻하게 감싸 입어요. 대기 중인 차가 있어요.

강도    그게 요양소로 끌려가는 것보다 더 나쁘지는 않아요, 몹스. 자유를 위해서 싸워요. 일어서라고요!

*그들은 그녀를 침대에서 끌어낸다.*

환자    하지만 난 하녀 없이는 옷을 입을 수 없어요.

간호사    시도해본 적은 없나요?

---

22) 캘리밴(Caliban)과 에어리얼(Ariel)은 셰익스피어(Shakespeare)의 『태풍』(*The Tempest*)에 나오는 등장인물이다. 흉측한 몰골의 캘리밴은 본능에 따를 뿐 도덕적 절제력이 없는 반면 에어리얼은 프로스페로를 위해 일하는 아름다운 요정이다.

THE BURGLAR   we will give you five minutes. If you are not ready we go without you [*he looks at his watch*].

*The patient dashes at the wardrobe and tears out a fur cloak, a hat, a walking dress, a combination, a pair of stockings, black silk breeches, and shoes, all of which she flings on the floor. The nurse picks up most of them; the patient snatches up the rest; the two retire behind the screen. Meanwhile the burglar comes forward to the foot of the bed and comments oratorically, half auctioneer, half clergyman.*

THE BURGLAR   Fur cloak. Seal. Old fashioned but worth forty-five guineas. Hat. Quiet and ladylike. Tailor made frock. Combination: silk and wool. Real silk stockings without ladders. Knickers: how daringly modern! Shoes: heels only two inches but no use for the mountains. What a theme for a sermon! The well brought up maiden revolts against her respectable life. The aspiring soul escapes from home, sweet home, which, as a wellknown author has said, is the girl's prison and the woman's workhouse.[23] The intrusive care of her anxious parents, the officious concern of the family clergyman for her salvation and of the family doctor for her health, the imposed affection of uninteresting brothers and sisters, the outrage of being called by her Christian name by distant cousins who will not keep their distance,

**강도**    우린 당신에게 5분을 주겠소. 당신이 준비되지 않는다면 우리는 당신 없이 갈 거요. [그는 시계를 본다.]

*환자는 옷장으로 돌진해서 모피코트, 모자, 산책용 외출복, 콤비네이션 속옷, 스타킹, 승마용 검은 실크 바지와 구두를 잡아 끄집어내 이 모든 걸 바닥에 휙 내던졌다. 간호사가 그것들 중 몇 가지를 집었고 나머지를 환자가 잡아채었다. 두 사람은 병풍 뒤로 물러났다. 그동안 강도는 침대 발치 쪽으로 가서 반은 경매인 투로, 반은 목사 투로 웅변적으로 논평한다.*

**강도**    모피코드. 바다표범모피. 구식이지만 금화 45기니는 되지. 모자. 수수하고 귀부인에게 어울림. 재단사가 만든 여성복. 실크와 울로 된 콤비네이션 속옷. 올 풀림이 없는 진짜 실크스타킹. 니커보커형 반바지, 얼마나 대담하게 현대적인지! 구두, 굽은 단지 2인치이지만 산을 오르는 데는 소용이 없군. 설교를 하기에 얼마나 좋은 주제인지! 잘 자란 아가씨가 그녀의 고상한 삶에 대해 반란을 일으킨 거니까. 열망하는 영혼이 집, 그리운 집으로부터 탈출하는 거라고. 집은 한 유명한 작가가 말했듯이 결혼 전 아가씨에겐 감옥이고 결혼한 여자에겐 노역소지. 그녀의 걱정하는 부모들의 강제적인 보살핌, 그녀의 구원에 대한 가족 목사의 그리고 그녀의 건강에 대한 가족 의사의 쓸데없이 참견하는 관심, 재미없는 형제자매들의 억지 애정, 거리를 두지 않는 멀리 있는 친척에 의해 세례명으로 불리게 되는 것으로 인한 분노, 예외 없이 그녀의 등 뒤에서 그녀가 결혼할 기회에 대해 귓속말을 하며 그녀가

---

23) 여기서 '유명한 작가'는 표면적으로는 『인간과 초인』(*Man and Superman*)에 첨부한 "혁명론자의 안내서(*The Revolutionist's Handbook*)"를 쓴 존 태너(John Tanner)이지만, 태너는 극의 등장인물이므로 사실상 이 극을 쓴 버나드 쇼 자신을 말하는 것이다.

the invasion of her privacy and independence at every turn by questions as to where she has been and what she has been doing, the whispering behind her back about her chances of marriage, the continual violation of that sacred aura which surrounds every living soul like the halo surrounding the heads of saints in religious pictures: against all these devices for worrying her to death the innermost uppermost life in her rises like milk in a boiling saucepan and cries "Down with you! away with you! henceforth my gates are open to real life, bring what it may. For what sense is there in this world of hazards, disasters, elations and victories, except as a field for the adventures of the life everlasting? In vain do we disfigure our streets with scrawls of Safety First: in vain do the nations clamor for Security, security, security. They who cry Safety First never cross the street: the empires which sacrifice life to security find it in the grave. For me Safety Last; and Forward, Forward, always For —"

THE NURSE    [*coming from behind the screen*] Dry up Popsy: she's ready.

*The patient, cloaked, hatted, and shoed, follows her breathless, and comes to the burglar, on his left.*

THE PATIENT    Here I am, Pops. One kiss; and then —Lead on.

THE BURGLAR    Good. Your complexion still leaves something to be desired; but [*kissing the patient and turning to the nurse*] your breath is sweet: you breathe the air of freedom.

어디에 있었는지 그녀가 뭘 하고 있는지에 관한 질문들로 인한 그녀의 사생활과 독립성에 대한 침해, 종교화 속 성자들의 머리를 에워싸고 있는 후광 같이 모든 살아있는 영혼을 에워싸고 있는 그 성스러운 기운에 대한 끊임없는 침해, 그녀를 극도로 걱정시키기 위한 이 모든 수단에 대항해 그녀 안 가장 깊은 곳에 있는 최상의 삶이 끓고 있는 냄비의 우유처럼 일어나 외친다. "타도하자! 꺼져! 이후 내 문은 진정한 삶으로 열렸으니 무엇이건 일어나게 하라. 항구적인 삶의 모험을 위한 전장이 아니라면 위험, 재앙, 의기양양함과 승리로 이루어진 이 세상에 무슨 의미가 있겠는가? 헛되이 우리는 안전제일이라 휘갈겨 쓴 글씨로 우리의 거리를 볼썽사납게 하는구나. 국가들은 헛되이 안전, 안전, 안전을 위해 아우성치는구나. 안전제일을 외치는 자들은 거리를 결코 지나지 말고, 안전을 위해 삶을 희생하는 제국은 무덤 속에서 그것을 발견하라. 내게는 안전최후이다. 그러니 앞으로, 앞으로, 언제나 앞으─"

**간호사** [병풍 뒤에서 나오면서] 입 다물어요, 폽시, 그녀는 준비됐어요.
*코트를 입고, 모자를 쓰고, 구두를 신은 환자가 숨이 차서 그녀를 따라 나와 그의 왼편으로 강도에게 간다.*

**환자** 나 여기 있어요, 폽스. 키스 한 번 하고, 그리고 유혹해요.

**강도** 좋아요. 당신의 안색은 여전히 무엇인가가 욕망되도록 하는군요. 하지만 [그녀에게 키스하며] 당신의 호흡은 감미로워요, 당신은 자유의 공기를 호흡하거든요.

THE MONSTER  Never mind her complexion: look at mine!

THE BURGLAR  [*releasing the patient and turning to the nurse*] Did you speak?

THE NURSE  No. Hurry up, will you.

THE BURGLAR  It must have been your mother snoring, Mops. It will be long before you hear that music again. Drop a tear.

THE PATIENT  Not one. A woman's future is not with her mother.

THE NURSE  If you are going to start preaching like Popsy, the milkman will be here before we get away. Remember, I have to take off this uniform and put on my walking things downstairs. Popsy: there may be a copper on his beat outside. Spy out and see. Safety First [*she hurries out*].

THE BURGLAR  Well, for just this once, safety first [*he makes for the window*].

THE PATIENT  [*stopping him*] Idiot: the police cant touch you if I back you up. It's I who run the risk of being caught by my mother.

THE BURGLAR  True. You have an unexpectedly powerful mind. Pray Heaven that in kidnapping you I am not biting off more than I can chew. Come along. [*He runs out*].

THE PATIENT  He's forgotten the pearls!!! Thank Heaven he's a fool, a lovely fool: I shall be able to do as I like with him. [*She rushes to the dressing table; bundles the jewels into their case; and carried it out*].

**몬스터**　그녀의 안색은 결코 신경 쓰지 말라니까, 내 안색을 보라고!

**강도**　[환자를 떼어 놓고 간호사에게 돌아서며] 당신이 말했소?

**간호사**　아뇨, 서둘러줘요.

**강도**　당신 어머니가 코를 골고 있음이 틀림없어요. 당신이 다시 그 음악 소리를 듣기까진 오래 걸릴 거요. 눈물을 흘리라고.

**환자**　한 방울도 안 흘려요. 여자의 미래는 어머니와 함께 있지 않아요.

**간호사**　만약 당신이 폽시처럼 설교를 시작하려고 한다면, 우리가 달아나기 전에 우유배달부가 이곳에 올 거예요. 기억해요, 난 아래층에서 이 제복을 벗고 산책용 외출복을 걸쳐야 해요. 폽시, 밖에 순찰 도는 순경이 있을지도 몰라요. 살펴봐요. 안전제일 [그녀는 급히 퇴장한다].

**강도**　이거 참, 단지 이번 한 번만 안전제일 [그는 창문 쪽으로 간다].

**환자**　[그를 정지시키며] 얼간이, 만약 내가 당신을 도와주면 경찰은 당신을 건드릴 수 없어요. 내 어머니에게 붙잡힐 위험을 무릅쓰고 달아나는 건 바로 나라고요.

**강도**　참말이야. 당신은 예상외로 강력한 정신을 소유하고 있어. 당신을 납치하는 것에 있어서 내가 힘에 겨운 일에 손을 댄 게 아니길 하늘에다 기도한다고. 자 빨리. [그는 달려나간다].

**환자**　그가 진주를 잊어버렸잖아!!! 고맙게도 그는 바보야, 사랑스러운 바보라고. 난 그와 함께 내가 원하는 대로 할 수 있을 거야. [그녀는 화장대로 돌진해가서 케이스에 보석을 마구 뒤죽박죽 던져 넣고 그것을 들고 나온다.

THE MONSTER [*sitting up*] The play is now virtually over; but the characters will discuss it at great length for two acts more. The exit doors are all in order. Goodnight. [*It draws up the bedclothes round its neck and goes to sleep*].

**몬스터**   [*일어나 앉으며*] 이 극은 이제 사실상 끝났다. 하지만 등장인물들은
두 막 동안 더 엄청난 길이로 그것을 토론할 것이다. 출구는 모
두 정돈되어 있다. 굿나잇. [*그는 침대 이불을 그의 목주위로 끌어당겨
두르고 잠든대*].

# ACT II

*A sea beach in a mountainous country. Sand dunes rises to a brow which cuts off the view of the plain beyond, only the summits of the distant mountain range which bounds it being visible. An army hut on the hither side, with a klaxon electric horn projecting from a board on the wall, shews that we are in a military cantonment. Opposite the hut is a parti-colored canvas bathing pavilion with a folding stool beside the entrance. As seen from the sand dunes the hut is on the right and the pavilion on the left. From the neighborhood of the hut a date palm throws a long shadow; for it is early morning.*

*In this shadow sits a British colonel in a deck chair, peacefully reading the weekly edition of The Times, but with a revolver in his equipment. a light cane chair for use by his visitors is at hand by the hut. Through well over fifty, he is still slender, handsome, well set up,*

# 2막

산악지방에 있는 바닷가. 모래언덕이 그 너머의 평지의 풍경을 차단하는 언덕 위까지 오르막이어서 경계를 긋고 있는 먼 산맥의 정상만이 단지 보일 수 있다. 벽에 있는 판자에서 튀어 나온 클랙슨 전기 경적을 갖춘 이쪽 편의 군대임시막사가 우리가 군대의 병영에 있다는 걸 나타낸다. 임시막사 맞은편 출입구 옆에 접을 수 있는 등받이 없는 걸상이 있는 얼룩덜룩한 캔버스 천으로 된 해수욕장의 탈의장용 파빌리온이 있다. 모래언덕에서부터 조망될 때 오른쪽에 임시막사가 있고, 왼쪽에 파빌리온이 있다. 대추야자가 임시막사 주변에서 긴 그늘을 드리운다. 이른 아침이기 때문이다.

이 그늘에서 『더 타임즈』 주말 판을 평화롭게 읽고 있지만 그의 의장에 권총을 휴대한 영국군 대령이 접이식 의자에 앉아 있다. 그의 방문객들이 사용하기 위한 가벼운 등의자가 임시막사 가까이에 있다. 비록 오십은 족히 넘었지만 그는 여전히 호리호리하고, 잘생겼고, 체격이 좋으며 어느 모로 보나 부대지휘관이다. 그의 정식 명칭과

*and every inch a commanding officer. His full style and title is Colonel Tallboys V.C., D.S.O.*[24] *He won his cross as a company officer, and has never looked back since then.*

*He is disturbed by a shattering series of explosions announcing the approach of a powerful and very imperfectly silenced motor bicycle from the side opposite to the huts.*

TALLBOYS   Damn that noise!

*The unseen rider dismounts and races his engine with a hideous clatter.*

TALLBOYS   [*angrily*] Stop that motorbike, will you?

*The noise stops; and the bicyclist, having hoiked his machine up on to its stand, taken off his goggles and gloves, and extracted a letter from his carrier, comes past the pavilion into the colonel's view with the letter in his hand.*

*He is an insignificant looking private soldier, dusty as to his clothes and a bit gritty as to his windbeaten face. Otherwise there is nothing to find fault with: his tunic and puttees are smart and correct, and his speech ready and rapid. Yet the colonel, already irritated by the racket of the bicycle and the interruption to his newspaper, contemplates him with stern disfavor; for there is something exasperatingly and inexplicably wrong about him. He wears a pith helmet with a pagri; and in profile this pagri suggests a shirt which he has forgotten to tuck in behind, whilst its front view as it falls on his shoulders gives him a feminine air of having ringlets and a veil which is in the last degree unsoldierly. His figure is that of a boy of seventeen;*

작위는 빅토리아 십자훈장 및 무공훈장 수여자 톨보이즈 대령이다. 그는 위관 때 그의 십자훈장을 받았고 그 이후로 결코 뒷걸음치지 않았다.

　　그는 임시막사들 맞은 편 비탈로부터 강력하지만 아주 불완전하게 소음을 줄인 오토바이의 접근을 알려주는 뒤흔드는 일련의 폭발음으로 인해 방해 받는다.


**톨보이즈**　　빌어먹을 저 소음!

　　보이지 않는 라이더가 내려와 끔찍하게 덜컥덜컥 소리를 내며 엔진을 헛돌게 한다.

**톨보이즈**　　[화가 나서] 그 오토바이 좀 멈추지 않겠나?

　　소음은 멈추었다. 그리고 그의 오토바이를 정차 대에 번쩍 들어 놓은 운전자는 고글과 장갑을 벗고, 우편가방에서 편지를 꺼내 손에 편지를 들고 파빌리온을 지나 대령이 보이는 곳으로 간다.

　　먼지투성이 옷과 바람을 맞은 얼굴엔 모래가 약간 있는 그는 미천해 보이는 병졸이다. 그렇지 않으면 나무랄 데가 없으며 그의 웃옷과 가죽각반은 단정하고 바르며 그의 말은 교묘하고 재빠르다. 하지만 이미 오토바이의 소음과 신문 읽는 걸 방해받은 것으로 인해 짜증이 난 대령은 단호한 비호감을 갖고 그를 관조한다. 왜냐하면 그에게 분통터질 정도로 설명할 수 없게 잘못된 무엇인가가 있기 때문이다. 그는 터번을 두른 자귀풀 심으로 만든 차양 모자를 쓰고 있다. 옆모습으로는 이 터번이 그가 뒤에서 접어 올리는 걸 잊어버린 셔츠를 연상시키는 반면 그의 어깨로 늘어지는 앞모습은 그에게 극도로 군인답지 않은 베일과 고수머리를 한 여자 같은 분위기를 준다. 그의 자태는 17세 소년의

---

24) The Victoria Cross and the Distinguished Service Order(빅토리아 십자훈장 및 무공훈장)의 약어이다. 전자는 영국 및 영연방의 군인에게 수여하는 것이고 후자는 장교에게 수여하는 것이다.

*but he seems to have borrowed a long head and Wellingtonian nose and chin from somebody else for the express purpose of annoying the colonel. Fortunately for him these are offences which cannot be stated on a charge sheet and dealt with by the prove-marshal; and of this the colonel is angrily aware. The dispatch rider seems conscious of his incongruities; for, though very prompt, concise, and soldierly in his replies, he somehow suggests that there is an imprescriptible joke somewhere by an invisible smile which unhappily produces at time an impression of irony.*[25]

*He salutes; hands the letter to the colonel; and stands at attention.*

TALLBOYS    [*taking the letter*] Whats this?

THE RIDER   I was sent with a letter to the headman of the native village in the mountains, sir. That is his answer, sir.

TALLBOYS    I know nothing about it. Who sent you?

THE RIDER   Colonel Saxby, sir.

TALLBOYS    Colonel Saxby has just returned to the base, seriously ill. I have taken over from him. I am Colonel Tallboys.

THE RIDER   So I understand, sir.

TALLBOYS    Well, is this a personal letter to be sent on to him, or is it a dispatch?

THE RIDER   Dispatch, sir. Service document, sir. You may open it.

그것이지만 그는 대령을 괴롭히려고 특별히 다른 누군가로부터 긴 머리 웰링턴 장군 같은 코와 턱을 빌린 것처럼 보인다. 그에게는 다행히도 이러한 것들이 경찰의 기소용 명부에는 진술될 수 없고, 법무장교에 의해 처리될 수 없는 위법이지만, 대령은 화가 나서 이것에 대해 의식하고 있다. 그 전령은 자신의 부조화에 대해 의식하고 있는 것처럼 보인다. 왜냐하면 비록 그의 응답에서 아주 신속하고, 정확하며 군인답다 할지라도, 그는 불행하게도 때때로 아이러니한 인상을 낳는 보이지 않는 미소에 의해 어디엔가 불가침의 조크가 있다는 걸 다소 시사하기 때문이다.

그는 경례를 하고 대령에게 편지를 건네고는 차려 자세로 서 있다.

**톨보이즈** [편지를 받아들면서] 이게 뭐지?

**라이더** 각하, 전 산악지대에 있는 원주민마을 추장에게 보내지는 편지를 가지고 파견되었습니다. 그게 답장입니다, 각하.

**톨보이즈** 난 거기에 대해 아무것도 모른다. 누가 널 파견했느냐?

**라이더** 색스비 대령입니다, 각하.

**톨보이즈** 색스비 대령은 중병으로 막 기지로 되돌아갔다. 내가 그에게서 인수받았다. 난 톨보이즈 대령이다.

**라이더** 그렇게 알고 있습니다, 각하.

**톨보이즈** 그런데, 이건 그에게 보내진 개인적인 편지인가, 혹은 급송공문서인가?

**라이더** 급송공문서입니다. 군무문서입니다, 각하. 열어보십시오.

---

25) 오토바이를 타고 온 미크의 첫 등장에서 쇼는 영화『아라비아의 로렌스』(*Lawrence of Arabia*)의 주인공이기도 한 영국의 아랍 독립운동 지도자 토머스 에드워드 로렌스(Thomas Edward Lawrence, 1888-1935)가 이 인물의 모델임을 시사한다.

| | |
|---|---|
| TALLBOYS | [*turning in his chair and concentrating on him with fierce sarcasm*] Thank you. [*He surveys him from his instep to his nose*]. What is your name? |
| THE RIDER | Meek, sir. |
| TALLBOYS | [*with disgust*] What! |
| THE RIDER | Meek, sir. M, double e, k. |

*The Colonel looks at him with loathing, and tears open the letter. There is a painful silence whilst he puzzles over it.*

| | |
|---|---|
| TALLBOYS | In dialect. Send the interpreter to me. |
| MEEK | It's of no consequence, sir. It was only to impress the headman. |
| TALLBOYS | INNdeed. Who picked you for this duty? |
| MEEK | Sergeant, sir. |
| TALLBOYS | He should have selected a capable responsible person, with sufficient style to impress the native headman to whom Colonel Saxby's letter was addressed. How did he come to select you? |
| MEEK | I volunteered, sir. |
| TALLBOYS | Did you indeed? You consider yourself an impressive person, eh? You think you carry about with you the atmosphere of the British Empire, do you? |
| MEEK | No, sir. I know the country. I can speak the dialects a little. |
| TALLBOYS | Marvellous! And why, with all these accomplishments, are you not at least a corporal? |

| | |
|---|---|
| **톨보이즈** | [의자에서 방향을 바꾸어 지독한 빈정거림으로 그에게 집중하며] 고맙소. [그는 발등에서 코까지 그를 이리저리 뜯어본다] 자네 이름이 뭔가? |
| **라이더** | 미크입니다, 각하. |
| **톨보이즈** | [질색하며] 뭐라고! |
| **라이더** | 미크입니다, 각하. 엠, 이 두 개, 케이. |

*대령은 강한 혐오감으로 그를 쳐다보고, 편지를 뜯는다. 그가 편지에 대해 이리저리 생각하는 동안 고통스러운 침묵이 있다.*

| | |
|---|---|
| **톨보이즈** | 방언으로 되었군. 내게 통역관을 보내. |
| **미크** | 그건 전혀 문제되지 않습니다, 각하. 그건 단지 추장에게 감명을 주기 위해서입니다. |
| **톨보이즈** | 저엉말. 누가 자넬 이 임무를 위해 뽑았나? |
| **미크** | 하사입니다, 각하. |
| **톨보이즈** | 그는 색스비 대령의 편지가 보내진 원주민 추장에게 감명을 줄 충분한 스타일을 지닌 유능하고 책임감 있는 사람을 선발했어야만 했어. 어떻게 그가 자네를 선발했나? |
| **미크** | 제가 자원했습니다, 각하. |
| **톨보이즈** | 정말 자네가 그랬나? 자네 자신이 감명을 주는 사람이라 생각 했다 이거지? 자네가 대영제국의 분위기를 지니고 다닌다 생각했다 이거지? |
| **미크** | 아닙니다, 각하. 전 이 지방을 압니다. 전 방언을 약간 말할 수 있습니다. |
| **톨보이즈** | 대단하군! 그런데 이 모든 공적에도 불구하고 왜 자네는 최소한 상등병도 아닌가? |

| | |
|---|---|
| MEEK | Not educationally qualified, sir. |
| TALLBOYS | Illiterate! Are you not ashamed? |
| MEEK | No, sir. |
| TALLBOYS | Proud of it, eh? |
| MEEK | Cant help it, sir. |
| TALLBOYS | Where did you pick up your knowledge of the country? |
| MEEK | I was mostly a sort of tramp before I enlisted, sir. |
| TALLBOYS | Well, if I could get hold of the recruiting sergeant who enlisted you, I'd have his stripes off. Youre a disgrace to the army. |
| MEEK | Yessir. |
| TALLBOYS | Go and send the interpreter to me. And dont come back with him. Keep out of my sight. |
| MEEK | [hesitates] Er — |
| TALLBOYS | [peremptorily] Now then! Did you hear me give you an order? Send me the interpreter. |
| MEEK | Th fact is, Colonel — |
| TALLBOYS | [outraged] How dare you say Colonel and tell me that the fact is? Obey your order and hold your tongue. |
| MEEK | Yessir. Sorry, sir. I am the interpreter. |

*Tallboys bounds to his feet; towers over Meek, who looks smaller than ever; and folds his arms to give emphasis to a terrible rejoinder. On the point of delivering it, he suddenly unfolds them again and sits down resignedly.*

| 미크 | 교육적으로 자격이 없습니다, 각하. |
|---|---|
| 톨보이즈 | 문맹이라! 부끄럽지 않나? |
| 미크 | 그렇습니다, 각하. |
| 톨보이즈 | 그게 자랑스럽다, 그건가? |
| 미크 | 어쩔 수 없습니다, 각하. |
| 톨보이즈 | 이 지방에 대한 자네 지식은 어디서 얻었나? |
| 미크 | 제가 입대하기 전에 거의 전 일종의 떠돌이 부랑자였습니다, 각하. |
| 톨보이즈 | 원 이런, 내가 자네를 입대시킨 징병하사관을 붙잡을 수 있다면, 내 그 자의 계급장을 떼어버릴 걸세. 자네는 군대에 치욕거리라고. |
| 미크 | 그렇습다, 각하. |
| 톨보이즈 | 가서 통역관을 보내. 그리고 그와 함께 오지 마. 내 눈에서 꺼져. |
| 미크 | [머뭇거린대 에에— |
| 톨보이즈 | [단호하게] 자 이봐! 내가 자네에게 명령을 내리는 걸 들었나? 내게 통역관을 데려와. |
| 미크 | 사실은, 대령님— |
| 톨보이즈 | [격분해서] 어떻게 감히 자네가 내게 대령님이라 하면서 사실은 이라 말할 수 있나? 명령에 복종하고 입 닥쳐. |
| 미크 | 그렇습다, 각하. 죄송합니다, 각하. 제가 통역관입니다. |

*톨보이즈는 벌떡 일어서 튀어올라 평소보다 작아 보이는 미크 위에 우뚝 서 끔찍한 말대꾸에 대해 강조점을 두려고 팔짱을 낀다. 그것을 막 전하려는 순간에 그는 갑자기 팔짱을 풀고 체념한 듯 앉는다.*

| | |
|---|---|
| TALLBOYS | [*wearily and quite gently*] Very well. If you are the interpreter you had better interpret this for me. [*He proffers the letter*]. |
| MEEK | [*not accepting it*] No need, thank you sir. the headman couldnt compose a letter, sir. I had to do it for him. |
| TALLBOYS | How did you know what was in Colonel Saxby's letter? |
| MEEK | I read it to him, sir. |
| TALLBOYS | Did he ask you to? |
| MEEK | Yessir. |
| TALLBOYS | He had no right to communicate the contents of such a letter to a private soldier. He cannot have known what he was doing. You must have represented yourself as being a responsible officer. Did you? |
| MEEK | It would be all the same to him, sir. He addressed me as Lord of the Western Isles. |
| TALLBOYS | You! You worm! If my letter was sent by the hands of an irresponsible messenger it should have contained a statement to that effect. Who drafted it? |
| MEEK | Quartermaster's clerk, sir. |
| TALLBOY | Send him to me. Tell him to bring his note of Colonel Saxby's instructions. Do you hear? Stop making idiotic faces; and get a move on. Send me the quartermaster's clerk. |
| MEEK | The fact is — |
| TALLBOYS | [*thundering*] Again!! |

**톨보이즈**  [지쳐서 아주 온화하게] 아주 좋아. 만약 자네가 통역관이라면, 날 위해 이것을 통역해주는 게 좋겠어. [그는 편지를 내민다.]

**미크**  [그것을 받지 않으면서] 감사하지만, 그건 필요 없습니다, 각하. 추장은 편지를 쓸 수 없습니다, 각하. 제가 그를 위해 그걸 해야만 했습니다.

**톨보이즈**  자네가 어떻게 색스비 대령의 편지에 든 걸 알았나?

**미크**  제가 그에게 그걸 읽어주었습니다, 각하.

**톨보이즈**  그가 자네에게 그렇게 해달라 했나?

**미크**  그렇습다, 각하.

**톨보이즈**  그는 그런 편지의 내용을 사병에게 전할 아무런 권리도 갖고 있지 않아. 그는 자신이 무슨 짓을 하고 있는지 알 수 없었을 거야. 자네가 책임 있는 장교라고 했음이 틀림없어. 그랬나?

**미크**  그건 그에겐 아무래도 상관없었을 겁니다, 각하. 그는 절 서쪽 섬의 주군이라 불렀습니다.

**톨보이즈**  널! 벌레 같은 놈! 만약 내 편지가 무책임한 사자의 손에 의해 보내진다면 그건 그러한 취지의 진술을 포함하고 있을 것임이 틀림없어. 누가 그 편지의 초안을 썼나?

**미크**  병참장교 서기입니다, 각하.

**톨보이즈**  그 자를 내게 보내. 그에게 색스비 대령의 훈령이 든 문안을 가져오라고 해. 듣고 있나? 바보 같은 표정을 짓는 걸 그만두고 출발해. 나에게 병참장교 서기를 보내란 말이야.

**미크**  사실은—

**톨보이즈**  [우뢰같이] 또!!

| | |
|---|---|
| MEEK | Sorry, sir. I am the quartermaster's clerk. |
| TALLBOYS | What! You wrote both the letter and the headman's answer? |
| MEEK | Yessir. |
| TALLBOYS | Then either you are lying now or you were lying when you said you were illiterate. Which is it? |
| MEEK | I dont seem to be able to pass the examination when they want to promote me. It's my nerves, sir, I suppose. |
| TALLBOYS | Your nerves! What business has a soldier with nerves? You mean that you are no use for fighting, and have to be put to do anything that can be done without it. |
| MEEK | Yessir. |
| TALLBOYS | Well, next time you are sent with a letter I hope the brigands will catch you and keep you. |
| MEEK | There are no brigands, sir. |
| TALLBOYS | No brigands! Did you say no brigands? |
| MEEK | Yessir. |
| TALLBOYS | You are acquainted with the Articles of War, are you not? |
| MEEK | I have heard them read out, sir. |
| TALLBOYS | Do you understand them? |
| MEEK | I think so, sir. |

| 미크 | 죄송합니다, 각하. 제가 병참장교 서기입니다. |
|---|---|
| 톨보이즈 | 뭐! 자네가 그 편지와 추장의 답장을 둘 다 썼단 말인가? |
| 미크 | 그렇습다, 각하. |
| 톨보이즈 | 그렇다면 자네가 지금 거짓말을 하고 있거나 또는 자네가 문맹이라 말했을 때 거짓말을 한 거군. 어느 쪽이야? |
| 미크 | 사람들이 절 승진시키길 원할 때 제가 시험을 통과할 수 있을 것처럼 보이진 않습니다. 전 그게 제 신경과민 탓이라 생각합니다, 각하. |
| 톨보이즈 | 신경과민이라니! 신경과민이 있는 병사가 무슨 용건이 있는가? 자넨 전투를 위해서는 아무 쓸모가 없고 전투 없이 행해질 수 있는 어떤 것을 하도록 배치되어야 한다는 의미지. |
| 미크 | 그렇습다, 각하. |
| 톨보이즈 | 이런, 다음엔 내가 산적들이 자네를 잡아 붙잡고 있기를 희망한다는 편지를 갖고 파견될 거야. |
| 미크 | 거기엔 어떤 산적도 없습니다, 각하. |
| 톨보이즈 | 산적이 없다니! 산적이 없다고 말했나? |
| 미크 | 그렇습다, 각하. |
| 톨보이즈 | 자네 군율을 알고 있지, 그렇지 않나? |
| 미크 | 사람들이 읽어주는 걸 들었습니다, 각하. |
| 톨보이즈 | 그걸 이해하나? |
| 미크 | 그렇다고 생각합니다, 각하. |

| | |
|---|---|
| TALLBOYS | You think so! Well, do a little more thinking. You are serving on an expeditionary force sent out to suppress brigandage in this district and to rescue a British lady who is being held for ransom. You know that. You dont think it: you know it, eh? |
| MEEK | So they say, sir. |
| TALLBOYS | You know also that under the Articles of War any soldier who knowingly does when on active service any act calculated to imperil the success of his Majesty's forces or any part thereof shall be liable to suffer death. Do you understand? Death! |
| MEEK | Yessir. Army Act, Part One, Section Four, Number Six. I think you mean Section Five, Number Five, sir. |
| TALLBOYS | Do I? Perhaps you will be good enough to quote Section Five, Number Five. |
| MEEK | Yessir. "By word of mouth spreads reports calculated to create unnecessary alarm or despondency." |
| TALLBOYS | It is fortunate for you, Private Meek, that the Act says nothing about private soldiers who create despondency by their personal appearance. Had it done so your life would not be worth half an hour's purchase. |
| MEEK | No, sir. Am I to file the letter and the reply with a translation, sir? |
| TALLBOYS | [*tearing the letter to pieces and throwing them away*] Your folly has made a mockery of both. What did the headman say? |

**톨보이즈**  그렇게 생각한다고! 원 이런, 좀 더 생각을 하라고. 자네는 이 지역에서 산적행위를 진압하고 몸값 때문에 억류된 영국인 숙녀를 구출하려고 파견된 원정 부대에서 근무하고 있는 거란 말이야. 자넨 그걸 알지 않나. 자네는 그걸 생각하고 있진 않나, 그걸 알고 있지, 그렇지?

**미크**  그렇게들 말합니다, 각하.

**톨보이즈**  자네는 또한 군율하에서 현역 복무중일 때 폐하의 군대나 그 군대의 어느 일부의 성공을 위태롭게 하는 어떤 행위를 고의로 하는 병사는 누구든지 사형에 처해질 수 있음을 알고 있겠군. 알겠나? 사형이라고!

**미크**  그렇습다, 각하. 육군 형법 1부 4항 6번. 전 각하께서 5항 5번을 빗대어 말씀하신 거라 생각합니다, 각하.

**톨보이즈**  내가? 아마도 자넨 친절하게도 5항 5번을 인용해주겠지.

**미크**  그렇습다, 각하. "말로 불필요한 공포나 낙담을 만들어내도록 계산된 소문을 퍼뜨리는 행위."

**톨보이즈**  그들의 개인적인 외관에 의해 낙담을 불러일으키는 사병에 대해 그 법령이 아무것도 말하지 않았다는 것이 미크 사병 자네에겐 행운이야. 만약 언급을 했다면 자네 생명은 30분의 가치도 없을 거야.

**미크**  그렇습다, 각하. 제가 번역과 함께 그 편지와 답장을 철해서 보관할까요?

**톨보이즈**  [그 편지를 갈기갈기 찢어 던져버리면서] 네 어리석음이 둘 다를 우롱해온 거야. 추장이 뭐라고 말했나?

MEEK    Only that the country has very good roads now, sir. Motor coaches ply every day all the year around. The last active brigand retired fifteen years ago, and is ninety years old.

TALLBOYS    The usual tissue of lies. That headman is in league with the brigands. He takes a turn himself occasionally, I should say.

MEEK    I think not, sir. The fact is —

TALLBOYS    Did I here you say "The fact is"?

MEEK    Sorry, sir. That old brigand was the headman himself. He is sending you a present of a sheep and six turkeys.

TALLBOYS    Send them back instantly. Take them back on your damned bicycle. Inform him that British officers are not orientals, and do not accept bribes from officials in whose districts they have to restore order.

MEEK    He wont understand, sir. He wont believe you have any authority unless you take presents. Besides, they havnt arrived yet.

TALLBOYS    Well, when his messengers arrive pack them back with their sleep and their turkeys and a note to say that my favor can be earned by honesty and diligence, but not purchased.

MEEK    They wont dare take back either the presents or the note, sir. Theyll steal the sheep and turkeys and report gracious messages from you. Better keep the meat and the birds, sir: they will be welcome after a long stretch of regulation food.

| | |
|---|---|
| **미크** | 단지 이 지방은 지금 아주 좋은 도로를 갖고 있다는 것뿐입니다, 각하. 장거리 버스가 일 년 내내 날마다 다니고 있습니다. 마지막으로 활동한 산적은 15년 전에 은퇴했고 90살입니다. |
| **톨보이즈** | 으레 거짓말투성이구먼. 추장이 산적들과 결탁하고 있어. 내 분명 말하지만 그가 때때로 산책을 하고 있어. |
| **미크** | 전 그렇게 생각하지 않습니다, 각하. 사실은— |
| **톨보이즈** | 자네가 "사실은"이라 말하는 걸 내가 들었나? |
| **미크** | 죄송합니다, 각하. 그 늙은 산적이 바로 추장 자신이었습니다. 그가 각하께 양 한 마리와 칠면조 여섯 마리를 선물로 보냈습니다. |
| **톨보이즈** | 그것들을 즉시 돌려줘. 너의 빌어먹을 오토바이에 싣고 그것들을 다시 가져가란 말이야. 그에게 영국의 장교들은 동양인들이 아니며, 그들이 질서를 회복해야만 하는 지역의 관리들로부터 뇌물을 받지 않는다고 알려줘. |
| **미크** | 그는 이해하지 못할 겁니다, 각하. 그는 각하께서 선물을 받지 않으시면 각하께서 어떤 권위를 지녔다고 믿지 않을 겁니다. 게다가, 그것들은 아직 도착하지 않았습니다. |
| **톨보이즈** | 그러면, 그의 사자들이 도착할 때, 그들의 양과 칠면조 그리고 내 호의는 구매되는 것이 아니라 정직과 근면함에 의해 얻어질 수 있는 것이라 말하는 쪽지를 함께 싸서 보내게. |
| **미크** | 그들은 감히 선물이든 쪽지든 되찾아가지 않을 겁니다, 각하. 그들은 양과 칠면조를 훔치고 각하에게서 온 자비로운 메시지를 전할 것입니다. 그 고기와 새를 가지고 계시는 게 낫습니다, 각하. 장시간에 걸쳐 군대식을 먹은 이후라 환영받을 것입니다. |

TALLBOYS    Private Meek.

MEEK    Yessir.

TALLBOYS    If you should be at any future time entrusted with
the command of this expedition you will no doubt
give effect to your own views and moral standards.
For the present will you be good enough to obey my
orders without comment?

MEEK    Yessir. Sorry, sir.

*As Meek salutes and turns to go, he is confronted by the nurse,
who, brilliantly undressed for bathing under a variegated silk
wrap, comes from the pavilion, followed by the patient in the
character of a native servant. All traces of the patient's illness
have disappeared: she is sunburnt to the color of terra cotta; and
her muscles are hard and glistening with unguent. She is
disguised en belle sauvage by headdress, wig, ornaments, and
girdle proper to no locality on earth except perhaps the Russian
ballet. She carries a sun umbrella and a rug.*

TALLBOYS    [*rising gallantly*] Ah, my dear Countess, delighted to
see you. How good of you to come!

THE COUNTESS    [*giving him her finger tips*] How do, Colonel? Hot, isnt it?
[*Her dialect is now a spirited amalgamation of the foreign
accents of all the waiters she has known*].

TALLBOYS    Take my chair. [*He goes behind it and moves it nearer to her*].

THE COUNTESS    Thanks. [*She throws off her wrap, which the patient takes,
and flings herself with careless elegance into the chair, calling*]
Mr Meek. Mr Mee-e-e-eek!

*Meek returns smartly, and touches the front of his cap.*

**톨보이즈**     미크 사병.

**미크**     네, 각하.

**톨보이즈**     만약 자네가 언젠가 장차 이런 원정 부대의 지휘를 맡게 된다면, 자네는 틀림없이 자신의 견해와 도덕적 표준들을 실행할 거야. 현재로서는 자네가 친절하게 논평 없이 내 명령에 복종해주겠나?

**미크**     알겠습니다, 각하. 죄송합니다, 각하.

*미크가 경례를 하고 가려고 돌아설 때, 간호사와 마주치고, 그녀는 수영을 하려고 옷을 벗은 상태로 형형색색의 실크 랩을 두르고 눈부시게 파빌리온으로부터 나오고, 환자가 원주민 하인 신분으로 뒤따른다. 환자에게 질병의 모든 자취는 사라졌으며, 그녀는 햇볕에 적갈색으로 그을렸으며, 그녀의 근육은 단단하고 연고같이 반짝인다. 아마도 러시아 발레를 제외한다면 지구상 어떤 지역 고유의 것도 아닌 머리장식, 가발, 장신구 그리고 허리띠를 한 야만인 미인으로 변장했다. 그녀는 양산과 깔개를 들고 있다.*

**톨보이즈**     [*정중하게 일어서며*] 아, 나의 친애하는 공작부인, 부인을 뵈니 기쁩니다. 얼마나 안성맞춤일 때 오시는지!

**공작부인**     [*그에게 그녀의 손가락 끝을 내밀면서*] 안녕하세요, 대령님? 덥죠, 그렇지 않나요? [*그녀의 말씨는 이제 그녀가 알고 있던 모든 웨이터들의 이국적인 엑센트의 활기찬 혼합이다*].

**톨보이즈**     제 의자에 앉으시죠. [*그는 의자 뒤로 가서 그것을 그녀에게 더 가까이 옮긴다*].

**공작부인**     고마워요. [*그녀는 자신의 랩을 벗어던지고, 환자가 그것을 받는다, 그리고 그녀는 격의 없는 우아함으로 의자에 털썩 주저앉으며 소리 내어 부른다*] 미스터 미크. 미스터 미이이-이-이-이이크!

*미크가 재빨리 돌아와 그의 모자 정면을 건드린다.*

THE COUNTESS My new things from Paris have arrived at last. If you would be so very sweet as to get them to my bungalow somehow. Of course I will pay anything necessary. And could you get a letter of credit cashed for me. I'd better have three hundred pounds to go on with.

MEEK [*quite at ease: unconsciously dropping the soldier and assuming the gentleman*] How many boxes, Countess?

THE COUNTESS Six, I am afraid. Will it be a lot of trouble?

MEEK It will involve a camel.

THE COUNTESS Oh, strings of camels if necessary. Expense is no object. And the letter of credit?

MEEK Sorry, Countess: I have only two hundred on me. You shall have the other hundred tomorrow. [*He hands her a roll of notes; and she gives him the letter of credit*].

THE COUNTESS You are never at a loss. thanks. So good of you.

TALLBOYS Chut! Dismiss.

*Meek comes to attention, salutes, left-turns, and goes out at the double.*

TALLBOYS [*who has listened to this colloquy in renewed stupefaction*] Countess: that was very naughty of you.

THE COUNTESS What have I done?

TALLBOYS In camp you must never forget discipline. We keep it in the background; but it is always there and always necessary. That man is a private soldier.

| | |
|---|---|
| 공작부인 | 파리에서 온 내 새 물건들이 마침내 도착했어요. 당신이 어떻게 든지 그것들을 내 방갈로로 가져갈 정도로 그렇게 아주 친절하면 좋으련만. 물론 내가 필요한 어떤 걸 지불할 거예요. 그리고 당신이 날 위해 신용장을 현금으로 바꾸어줄 수 있다면 좋을 텐데. 내가 살아가려면 300파운드는 가져야 좋을 거예요. |
| 미크 | [아주 자연스럽게 무의식적으로 병사를 그만두고 신사의 태도를 취하며] 박스가 몇 개나 됩니까, 공작부인? |
| 공작부인 | 여섯 개인 것 같군요. 많이 번거로울까요? |
| 미크 | 낙타를 필요로 할 겁니다. |
| 공작부인 | 필요하시다면 몇 줄의 낙타라도. 비용은 아무래도 상관없어요. 그리고 신용장은요? |
| 미크 | 죄송합니다, 공작부인. 전 단지 이백만 가지고 있습니다. 부인께서 또 다른 백을 내일 받으시게 될 거예요. [그는 그녀에게 지폐 한 뭉치를 건네고, 그녀는 그에게 신용장을 준다. |
| 공작부인 | 당신은 결코 어쩔 줄 몰라 쩔쩔매지 않죠. 고마워요. 당신 너무나 친절해요. |
| 톨보이즈 | 쯧쯧! 해산. |
| | 미크는 차려 자세를 취하고 경례를 하고 좌향좌를 해서 속보로 퇴장한다. |
| 톨보이즈 | [그는 새로이 망연자실하며 이 대화를 들었다] 공작부인, 이건 아주 도리에 어긋납니다. |
| 공작부인 | 제가 뭘 했던가요? |
| 톨보이즈 | 주둔지에서 부인께선 결코 규율을 잊어서는 안 됩니다. 우리는 그걸 이면에 두고 있지만 그건 항상 거기에 있고, 늘 필요합니다. |

any sort of social relation —any hint of familiarity with him — is impossible for you.

THE COUNTESS But surely I may treat him as a human being.

TALLBOYS Most certainly not. Your intention is natural and kindly; but if you treat a private soldier as a human being the result is disastrous to himself. He presumes. He takes liberties. And the consequence of that is that he gets into trouble and has a very bad time of it until he is taught his proper place by appropriate disciplinary measures. I must ask you to be particularly careful with this man Meek. He is only half-witted: he carries all his money about with him. If you have occasion to speak to him, make him feel by your tone that the relation between you is one of a superior addressing a very distant inferior. Never let him address you on his own initiative, or call you anything but "my lady." If there is anything we can do for you we shall be delighted to do it; but you must always ask me.

*The patient, greatly pleased with the colonel for snubbing Sweetie, deposits her rug and umbrella on the sand, and places a chair for him on the lady's right with grinning courtesy. She then seats herself on the rug, and listens to them, hugging her knees and her umbrella, and trying to look as indigenous as possible.*

TALLBOYS Thank you. [*He sits down*].

저 사람은 사병이에요. 당신에겐 어떤 종류의 사회적 관계―그와의 친밀함에 대한 어떤 암시―가 불가능합니다.

**공작부인** 하지만 분명 제가 그를 인간으로 대우할 수는 있을 거예요.

**톨보이즈** 절대 안 됩니다. 부인의 의도는 자연스럽고 친절하지만 부인이 사병을 인간으로 대우한다면, 그 결과는 그에게 재앙입니다. 그는 주제넘게 굽니다. 그가 무례하게 굴지요. 그리고 그 결과 그는 적절한 징계 처분에 의해 자신의 본래 위치를 배울 때까지 분란을 일으켜 몹시 혼이 나지요. 제가 부인에게 미크 이 자를 특히 주의하시라고 부탁드려야만 합니다. 그는 단지 얼빠진 자여서 자기 모든 돈을 지니고 다니지요. 만약 부인이 그에게 말할 경우가 있다면, 부인의 어조에 의해 부인과의 관계가 아주 먼 하급자에게 말하는 상급자의 그것임을 그가 느끼게 해주십시오. 결코 그가 부인에게 자진하여 말을 걸게 하거나 "마님"을 제외하고는 어떤 것으로도 부인을 칭하지 못하게 하십시오. 만약 우리가 부인을 위해 할 수 있는 어떤 것이 있다면 우린 기꺼이 그걸 할 것이지만 부인은 항상 제게 청하셔야만 합니다.

*대령이 스위티를 타박하는 것에 대해 몹시 만족한 환자는 그녀의 깔개와 양산을 모래 위에 두고 씩 웃으면서 예의바른 인사로 그를 위한 의자를 부인의 오른쪽에 놓는다. 그러고 나서 그녀는 자신의 무릎과 우산을 꼭 껴안고 가능한 토착 원주민처럼 보이려고 하면서 깔개에 앉아 그들의 말을 듣는다.*

**톨보이즈** 고맙소. [*그가 앉는다*].

THE COUNTESS   I am so sorry. But if I ask anyone else they only look helpless and say "You had better see Meek about it."

TALLBOYS   No doubt they put everything on the poor fellow because he is not quite all there. Is it understood that in future you come to me, and not to Meek?

THE COUNTESS   I will indeed, Colonel. I am so sorry, and I thoroughly understand. I am scolded and forgiven, arnt I?

TALLBOYS   [smiling graciously] Admonished, we call it. But of course it is not your fault: I have no right to scold you. It is I who must ask your forgiveness.

THE COUNTESS   Granted.

THE PATIENT   [in waiting behind them, coughs significantly]!!

THE COUNTESS   [hastily] A vulgar expression, Colonel, isnt it? But so simple and direct. I like it.

TALLBOYS   I didnt know it was vulgar. It is concise.

THE COUNTESS   Of course it isnt really vulgar. But a little lower middle class, if you follow me.

THE PATIENT   [pokes the chair with the sun umbrella]!

THE COUNTESS   [as before] Any news of the brigands, Colonel?

TALLBOYS   No; but Miss Mopply's mother, who is in a distracted condition —very naturally of course, poor woman! —has actually sent me the ransom. She implores me to pay it and release her child. She is afraid that if I make the slightest hostile demonstration the brigands will cut off the girl's

| | |
|---|---|
| **공작부인** | 너무 죄송해요. 하지만 제가 다른 누군가에게 부탁하면, 그들은 단지 무력한 표정을 지으며 "그것에 대해선 미크를 만나는 게 나아요"라고 말하죠. |
| **톨보이즈** | 분명히 그들은 그가 전적으로 거기 있는 게 아니기 때문에 모든 걸 그 불쌍한 자의 탓으로 돌리려는 거예요. 장차 부인이 미크에게로가 아니라 제게 와야 한다는 걸 이해하시겠어요? |
| **공작부인** | 정말 그럴게요, 대령님. 정말 죄송해요. 그리고 완전히 알겠어요. 제가 꾸짖음 당하고 용서받은 거죠? |
| **톨보이즈** | [호의적으로 미소 지으면서] 충고를 받으신 거죠, 우린 그렇게 말해요. 하지만 물론 그건 부인 잘못이 아니고, 제가 부인을 꾸짖을 아무런 권리도 없어요. 부인의 용서를 구해야만 하는 건 바로 저예요. |
| **공작부인** | 알겠어요. |
| **환자** | [그들 뒤에서 기다리며 의미심장하게 기침을 한다]!! |
| **공작부인** | [성급히] 천박한 표현이지요, 대령님, 그렇지 않나요? 하지만 너무나 단순하고 직접적이죠. 난 그게 좋아요. |
| **톨보이즈** | 전 그게 천박한지 몰랐어요. 간결하네요. |
| **공작부인** | 물론 그게 정말로 천박하진 않아요. 하지만 만약 당신이 날 보고 따른다면 약간은 중하류 계급의 것이지요. |
| **환자** | [양산으로 의자를 찌른다]! |
| **공작부인** | [종전과 같이] 대령님, 산적들에게서 어떤 소식은요? |
| **톨보이즈** | 없습니다. 하지만 미칠 듯한 상태인—물론 아주 당연한 거겠지요, 불쌍한 여인 같으니!—모플리 양의 어머니가 실제로 제게 몸값을 보냈어요. 부인은 몸값을 지불하고 자식을 풀어달라고 애원해요. 만약 내가 가장 경미한 적개심이라도 표현한다면 산적들이 |

fingers and send them in one by one until the ransom is paid. She thinks they may even begin with her ears, and disfigure her for life. Of course that is a possibility: such things have been done; and the poor lady points out very justly that I cannot replace her daughter's ears by exterminating the brigands afterwards, as I shall most certainly do if they dare lay a hand on a British lady. But I cannot countenance such a concession to deliberate criminality as the payment of a ransom. [*The two conspirators exchange dismayed glances*]. I have sent a message to the old lady by wireless to say that payment of a ransom is out of the question, but that the British Government is offering a substantial reward for information.

THE COUNTESS [*jumping up excitedly*] Wotjesoy? A reward on top of the ransom?

THE PATIENT [*pokes her savagely with the umbrella*]!!!

TALLBOYS [*surprised*] No. Instead of the ransom.

THE COUNTESS [*recollection herself*] Of course. How silly of me! [*She sits down and adds, reflectively*] If this native girl could find out anything would she get the reward?

TALLBOYS Certainly she would. Good idea that: what?

THE COUNTESS Yes, Colonel, isnt it?

TALLBOYS By the way, Countess, I met three people yesterday who know you very well.

THE PATIENT [*forgetting herself and scrambling forward to her knees*] But you —

그 아가씨의 손가락을 잘라 몸값이 지불될 때까지 그걸 하나씩 보낼까봐 두려워해요. 부인은 심지어 딸의 귀를 시작으로 생명을 손상시킬 거라고 생각해요. 물론 그건 가능하고, 그런 일들이 행해졌었죠. 그리고 그 불쌍한 부인은 만약 그들이 감히 영국인 숙녀에게 손을 댄다면 제가 가장 확실히 그렇게 할 것이기에 제가 나중에 산적들을 몰살시키는 것으로 자기 딸의 귀를 대체할 수 없다는 것을 아주 정확히 지적하고 있죠. 그러나 난 몸값의 지불로 고의적인 범죄에 대한 그러한 용인을 묵인할 수가 없어요. [그 두 공모자는 깜짝 놀란 시선을 교환한다.] 제가 그 노부인에게 몸값은 불가능하지만 영국 정부가 고발에 대해 실제적인 보상을 제공할 거라고 하는 메시지를 무선 전보로 보냈어요.

공작부인  [흥분해 벌떡 뛰어 일어나며] 뭐라고요? 몸값에다 보상금을요?

환자  [양산으로 그녀를 야만스럽게 찌르며]!!!

톨보이즈  [놀라며] 아니요. 몸값 대신에요.

공작부인  [마음을 가라앉히며] 당연하죠. 내가 얼마나 바보 같은지! [그녀는 자리에 앉는다. 그리고 숙고하여 덧붙인다.] 만약 이 원주민 하녀가 어떤 걸 찾아낼 수 있다면, 이 아이가 보상을 받나요?

톨보이즈  분명 그럴 거예요. 그거 좋은 생각인데, 뭐죠?

공작부인  그래요, 대령님, 그렇죠?

톨보이즈  여담이지만, 공작부인, 전 어제 부인을 아주 잘 아는 세 사람을 만났습니다.

환자  [자신을 망각하고 그녀의 무릎 쪽으로 기어개 하지만 당신은―

THE COUNTESS [*stopping her with a backhanded slap in the mouth*] Silence, girl. How dare you interrupt the colonel? Go back to your place and hold your tongue.

*The Patient obeys humbly until the Colonel delicately turns his head away, when she shakes her fist threateningly at the smiter.*

TALLBOYS One of them was a lady. I happened to mention your brother's name; and she lit up at once and said "Dear Aubrey Bagot[26]! I know his sister intimately. we ere all three children together."

THE COUNTESS It must have been dear Florence Dorchester. I hope she wont come here. I want to have an absolute holiday. I dont want to see anybody —except you, Colonel.

TALLBOYS Haw! Very good of you to say so.

*The Burglar comes from the bathing tent, very elegant in black and white bathing costume and black silken wrap with white silk lapels: a clerical touch.*

TALLBOYS [*continuing*] Ah, Bagot! Ready for your dip? I was just telling the Countess that I met some friends of yours yesterday. Fancy coming on them out here of all places! Shews how small the world is, after all. [*Rising*] And now I am off to inspect stores. There is a shortage of maroons[27] that I dont understand.

THE COUNTESS What a pity! I love maroons. They have such nice ones at that confectioner's near the Place Vendôme.

| 공작부인 | [손등으로 입을 탁치면 그녀를 막으며] 조용히 해, 얘. 어떻게 감히 네가 대령님의 말씀을 끊니? 네 자리로 돌아가서 입 다물어. |
|---|---|

*환자는 겸손하게 복종하다 대령이 미묘하게 고개를 돌리자 바로 그때 때린 이에게 그녀의 주먹을 위협적으로 흔든다.*

| 대령 | 그들 중 한 사람은 귀부인이었죠. 내가 우연히 부인 오빠의 이름을 언급하자 그녀는 즉시 얼굴을 환히 밝히며 "친애하는 오브리 바고! 전 그의 누이와 친밀히 알죠. 우리 셋은 모두 함께 지냈죠"라고 말했어요. |
|---|---|
| 공작부인 | 사랑스러운 플로렌스 도체스터였음이 틀림없어요. 난 그녀가 여기 오지 않기를 바라요. 난 완전한 휴가를 갖고 싶어요. 난 누군가를 만나고 싶지 않아요—당신을 제외하곤 말이에요, 대령님. |
| 톨보이즈 | 에에! 부인께서 그렇게 말씀하시니 아주 좋습니다. |

*강도가 성직자라는 암시를 주는 흑백의 수영복과 흰색 실크로 된 옷깃이 달린 검은 실크 랩을 두르고 아주 우아하게 탈의용 천막에서 나온다.*

| 톨보이즈 | [계속 이어서] 아, 바고! 멱감을 준비가 되었소? 나는 막 공작부인에게 어제 내가 당신의 몇몇 친구들을 만났다고 말하고 있었소. 온갖 곳에서 그들이 여기로 오고 있다고 상상해보오! 결국 세상이 얼마나 작은 가를 보여주는 거지. [일어서며] 그리고 이제 난 비품을 검사하러 가오. 말롱즈가 부족하다는 걸 이해 못하겠어. |
|---|---|
| 공작부인 | 정말 안 됐네요! 전 말롱즈를 좋아해요. 벤돔 가 근처 제과점에 그렇게 맛있는 게 있어요. |

---

26) Bagot이 수화물(bagage)을 뜻하는 불어의 bagot를 연상시키는 이름이므로 불어식 발음인 '바고'로 표기한다.

27) maroon: 해상에서 조난구조용 조명탄이나 경보용으로 사용하는 폭죽.

TALLBOYS     Oh, youre thinking of marrons glacés[28]. No: maroons are fireworks: things that go off with a bang. For signalling.

THE COUNTESS   Oh! the things they used to have in the war to warn us of an air raid?

TALLBOYS     Just so. Well au revoir.

THE COUNTESS   Au revoir. Au revoir.

*The Colonel touches his cap gallantly and bustles off past the hut to his inspection.*

THE PATIENT   [*rising vengefully*] You dare smack me in the face again, my girl, and I'll lay you out flat, even if I have to give away the whole show.

THE COUNTESS   Well, you keep that umbrella to yourself next time. What do you suppose I'm made of? Leather?

AUBREY     [*coming between them*] Now! now! now! Children! children! What's wrong?

THE PATIENT   This silly bitch —

AUBREY     Oh no, no, no, Mops. Damn it, be a lady. Whats the matter Sweetie?

THE COUNTESS   You shouldnt talk like that, dearie. a low girl might say a thing like that; but youre expected to know better.

AUBREY     Mops: youve shocked Sweetie.

**톨보이즈**  오, 부인은 말롱그라제를 생각하시는군요. 아뇨, 말롱즈는 폭죽, 즉 펑하고 터지는 거예요. 신호를 보내려고 말이에요.

**공작부인**  오! 우리에게 공습경보를 주려고 전쟁에서 사람들이 갖고 있곤 하던 거군요.

**톨보이즈**  바로 그거예요. 그럼, 안녕히 계세요.

**공작부인**  안녕히 가세요. 안녕히.

*대령은 정중하게 그의 모자를 건드리고 비품 검사를 하려고 재촉하며 임시막사를 지나간다.*

**환자**  [*복수심에 불타 일어나며*] 이봐, 네가 감히 내 얼굴을 다시 때리면, 심지어 내가 모든 쇼를 폭로해야 한다 할지라도, 널 납작 엎드리게 할 거야.

**공작부인**  원 이런, 다음엔 그 양산을 잘 가지고 있으라고. 내가 뭘로 만들어졌다고 생각하는 거야? 가죽으로?

**오브리**  [*그들 사이에 끼어들며*] 자! 자! 자! 어린애 같으니! 어린애 같아! 뭐가 잘못된 거야?

**환자**  이 바보 같은 년이 —

**오브리**  오 안 돼, 안 돼, 안 돼, 몹스. 젠장, 아가씨다워야지. 어찌된 거야, 스위티?

**공작부인**  애기씨, 그렇게 말해선 안 되지. 천한 계집애는 그렇게 말할지도 모르지, 하지만 넌 더 잘 알거라 기대되잖아.

**오브리**  몹스, 당신이 스위티에게 충격을 주었군.

---

28) marrons glacés: 말롱 그라제는 디저트로 먹는 설탕에 절인 밤이다.

THE PATIENT    Well: do you think she never shocks me? She's a walking earthquake. And now what are we to do if these people the colonel has met turn up? There must be a real Countess Valbrioni.

THE COUNTESS  Not much there isnt. Do you suppose we three are the only liars in the world? All you have to do is give yourself a swell title, and all the snobs within fifty miles will swear that you are their dearest friend.

AUBREY    The first lesson a crock has to learn, darling, is that nothing succeeds like lying. Make any statement that is so true that it has been staring us in the face all our lives, and the whole world will rise up and passionately contradict you. If you dont withdraw and apologize, it will be the worse for you. But just tell a thundering silly lie that everyone knows is a lie, and a murmur of pleased assent will hum up from every quarter of the globe. If Sweetie had introduced herself as what she obviously is: that is, an ex-hotel chambermaid who became a criminal on principle through the preaching of an ex-army chaplin —me! —with whom she fell in love deeply but transitorily, nobody would have believed her. But she has no sooner made the impossible statement that she is a countess, and that the ex-chaplain is her half stepbrother the Honorable Aubrey Bagot, than clouds of witnesses spring up to assure Colonel Tallboys that it is all gospel truth. So have no fear of exposure, darling; and do you, my Sweetie, lie and lie and lie until your imagination bursts.

**환자**　이런, 당신은 그녀가 결코 내게 충격을 주지 않았다고 생각하는 거예요? 그녀는 걸어다니는 지진이라니까. 그리고 대령이 만난 이 사람들이 모습을 나타내면 우린 이제 뭘 해야 하죠? 분명 진짜 발브리오니 공작부인이 존재함이 틀림없어요.

**공작부인**　없다는 게 가당치 않지. 넌 우리 세 사람이 세상에 유일한 거짓말쟁이들이라고 생각해? 네가 해야만 하는 모든 건 스스로에게 굉장한 작위를 부여하는 거야. 그러면 50마일 안의 모든 속물들이 네가 그들의 가장 소중한 친구라고 맹세할걸.

**오브리**　아가씨, 사기꾼이 배워야만 하는 첫 번째 교훈은 아무것도 거짓말만큼 성공하지는 못한다는 거야. 만약 우리가 우리의 온 삶을 똑바로 응시할 정도로 그렇게 진실한 어떤 말을 하면 온 세상이 일어나 격렬히 반박하지. 만약 취소하고 사과하지 않는다면, 그건 당신에게 더 나쁠 거야. 하지만 모든 사람이 아는 엄청나게 어리석은 거짓말을 거짓말이라고 하고 기쁘게 동의한다는 웅얼거림은 세상 모든 방면으로부터 콧노래를 흥얼거리게 할 거야. 만약 스위티가 자신을 명백히 실제 그대로 소개했다면, 즉 그녀가 일시적이었지만 몹시 사랑에 빠졌던 전직 군목―나 말이야!―의 설교를 통해 원칙에 따라 범죄자가 된 전직 호텔 객실담당 메이드라고 소개했다면, 아무도 그녀를 믿지 않았을 거야. 하지만 그녀가 자신이 공작부인이고 그녀의 이복오빠가 오브리 바고 공이라고 하는 있을 수 없는 말을 하자마자 다수의 증인들이 그것이 온통 절대적인 진리라고 톨보이즈 대령에게 보증하기 위해 나타난 거라고. 그러니 아가씨, 폭로에 대해 어떤 두려움도 갖진 말라고 그리고 나의 스위티, 당신은 당신의 상상력이 분출할 때까지 거짓말하고, 거짓말하고, 거짓말하라고

THE PATIENT   [*throwing herself moodily into the deck chair*] I wonder are all crooks as fond of preaching as you are.

AUBREY   [*bending affectionately over her*] Not all, dearest. I dont preach because I am a crook, but because I have a gift —a divine gift —that way.

THE PATIENT   Where did you get it? Is your father a bishop?

AUBREY   [*straightening himself up to declaim*] Have I not told you that he is an atheist, and, like all atheists, an inflexible moralist? He said I might become a preacher if I believed what I preached. That, of course, was nonsense: my gift of preaching is not confined to what I believe: I can preach anything, true or false. I am like a violin, on which you can play all sorts of music, from jazz to Mozart. [*Relaxing*] But the old man never could be brought to see it. He said the proper profession for me was the bar.
[*He snatches up the rug; replaces it on the patient's left; and throws himself down lazily on it*].

THE COUNTESS   Aint we going to bathe?

AUBREY   Oh, dash it, dont lets go into the water. Lets sunbathe.

THE COUNTESS   Lazy devil! [*She takes the folding stool from the pavilion, and sits down discontentedly*].

THE PATIENT   Your father was right. If you have no conscience about what you preach, your proper job is at the bar. But as you have no conscience about what you do, you will probably end in the dock.

| | |
|---|---|
| **환자** | [우울하게 접이식 의자에 그녀 자신을 던지며] 난 모든 사기꾼들이 당신처럼 설교하길 좋아하는지 의아하네요. |
| **오브리** | [애정이 넘치게 그녀에게 몸을 구부리며] 결코 그렇지 않소, 가장 사랑스러운 이여. 난 내가 사기꾼이기 때문에 설교를 하는 게 아니라 내가 그런 식의 재능을 – 천부의 재능을 – 지녔기 때문이오. |
| **환자** | 어디서 당신은 그걸 얻었죠? 당신 아버지가 주교인가요? |
| **오브리** | [항의하려 똑바로 일어서면서] 내가 당신에게 부친이 무신론자이며, 모든 무신론자들과 마찬가지로 완고한 도덕주의자라고 말하지 않았던가요? 부친은 내가 설교한 바를 믿는다면 난 설교자가 될 거라고 하셨죠. 난 참이든 거짓이든 무엇이나 설교할 수 있어요. 난 당신이 재즈에서 모차르트까지 모든 종류의 음악을 연주할 수 있는 바이올린과 같아요. [진정하며] 하지만 그 노인네는 결코 그걸 알게 되질 않았죠. 나에게 적절한 직업은 법조계라고 하셨거든요. [그는 깔개를 잡아채어 그걸 환자의 왼쪽에 되돌려 놓고, 그 위에 자신을 나른하게 내던진다.] |
| **공작부인** | 해수욕해야 되지 않겠어요? |
| **오브리** | 오. 빌어먹을, 물에 들어가지 맙시다. 일광욕이나 합시다. |
| **공작부인** | 게으름의 화신! [그녀는 파빌리온에서 접는 의자를 꺼내 불만스럽게 앉는다.] |
| **환자** | 당신 아버지가 옳아요. 만약 당신이 설교한 것에 대해 어떠한 양심도 지니지 않는다면, 당신의 적절한 직무는 법조계에 있을 거예요. 그러나 당신이 행하는 바에 대해 어떠한 양심도 갖고 있지 않을 때 아마 당신은 피고석에서 끝날 거예요. |

AUBREY    Most likely. But I am a born preacher, not a
          pleader. The theory of legal procedure is that if you
          set two liars to expose one another, the truth will
          emerge. That would not suit me. I greatly dislike
          being contradicted; and the only place where a man
          is safe from contradiction is in the pulpit. I detest
          argument: it is unmannerly, and obscures the
          preacher's message. Besides, the law is too much
          concerned with crude facts and too little with
          spiritual things; and it is in spiritual things that I
          am interested: they alone call my gift into full play.

THE PATIENT    You call preaching things you dont believe spiritual,
          do you?

AUBREY    Put a sock in it, Mops. My gift is divine: it is not
          limited by my pretty personal convictions. It is a
          gift of lucidity as well as of eloquence. Lucidity is
          one of the most precious of gifts: the gift of the
          teacher: the gift of explanation. I can explain
          anything to anybody; and I love doing it. I feel I
          must do it if only the doctrine is beautiful and
          subtle and exquisitely put together. I amy feel
          instinctively that it is the rottenest nonsense. Still,
          if I can get a moving dramatic effect out of it, and
          preach a really splendid sermon about it, my gift
          takes possession of me and obliges me to sail in
          and do it. Sweetie: go and get me a cushion for my
          head: there's a dear.

오브리　가장 그럴 듯하오. 하지만 난 타고난 설교자지 변호인은 아니오. 법 절차의 이론은 만약 당신이 두 거짓말쟁이가 서로를 폭로하도록 시킨다면 진실이 나타날 거란 거요. 그건 나에게 맞지 않을 거요. 난 반론당하는 걸 몹시 혐오하고, 인간이 반론으로부터 안전한 유일한 장소는 설교단에 있소. 난 논쟁을 혐오하오. 그건 예의가 없고 설교자의 메시지를 흐리게 하지. 게다가 법은 조야한 사실과는 너무나 많은 관계가 있고, 영적인 것들과는 너무나도 거의 관계가 없거든. 헌데 내가 흥미를 갖는 것은 바로 영적인 것들이며, 그것들만이 내 재능이 완전히 활동하도록 하지.

환자　당신은 당신이 믿지 않는 설교하는 것들을 영적인 거라고 부르는 거예요?

오브리　입 닥쳐, 몹스. 내 재능은 거룩한 것이며, 나의 대단찮은 확신에 의해 제한되지 않아. 그건 웅변의 재능일 뿐 아니라 명석함의 재능이기도 하지. 명석함은 재능 중 가장 소중한 것 중 하나이며, 교사의 재능이며, 설명의 재능이지. 난 누구에게든 무엇이나 설명할 수 있고 난 그렇게 하는 걸 좋아해. 단지 그 교리가 아름답고 미묘하며 절묘하게 구성되었다면 난 그걸 해야만 한다고 느끼지. 난 본능적으로 그게 가장 썩어빠진 허튼소리라는 걸 느낄지도 몰라. 그럼에도, 만약 내가 그것으로부터 감동적인 극적 효과를 얻을 수 있고, 거기에 대해 정말 놀라운 설교를 할 수 있다면, 내 재능은 날 사로잡아 내가 당당히 나아가 그걸 하도록 강요할 거야. 스위티, 가서 내 머리에 맞는 쿠션을 가져와, 착하기도 하지.

THE PATIENT   Do nothing of the kind, Sweetie. Let him wait on himself.

THE COUNTESS   [*rising*] He'd only mess everything about looking for it. I like to have my rooms left tidy. [*She goes into the pavilion*].

THE PATIENT   Isnt that funny, Pops? She has a conscience as a chambermaid and none as a woman.

AUBREY   Very few people have more than one point of honor, Mops. And lots of them havnt even one.

THE COUNTESS   [*returning with a silk cushion, which she hurls hard at Aubrey's head*] There! And now I give you both notice. I'm getting bored with this place.

AUBREY   [*making himself comfortable with his cushion*] Oh, you are always getting bored.

THE PATIENT   I suppose that means that you are tired of Tallboys.

THE COUNTESS   [*moving restlessly about*] I am fed up with him to that degree that I sometimes feel I could almost marry him, just to put him on the list of the inevitables that I must put up with willynilly, like getting up in the morning, and washing and dressing and eating and drinking: things you darent let yourself get tired of because if you did theyd drive you mad. Lets go and have a bit of real life somewhere.

THE PATIENT   Real life! I wonder where that's to be found! Weve spent nearly six thousand pounds in two months looking for it. The money we got for the necklace wont last for ever.

| 환자 | 그런 종류는 아무것도 하지 말아요, 스위티. 그가 스스로를 시중 들게 해요. |
|---|---|
| 공작부인 | [일어나며] 그는 단지 그걸 찾느라 모든 걸 엉망으로 만들걸. 난 내 방들을 정돈된 채 놔두는 게 좋아. [그녀는 파빌리온으로 들어간다.] |
| 환자 | 우습지 않나요, 폽스? 그녀는 객실하녀로서의 의식은 지녔는데 여자로서는 아무런 의식도 없어요. |
| 오브리 | 폽스, 아주 소수의 사람들만이 한 점 이상의 명예를 갖고 있소. 그리고 많은 이들은 심지어 한 점조차 갖고 있지 않소. |
| 공작부인 | [실크 쿠션을 가지고 되돌아 와 그걸 오브리의 머리 가까이 세게 던진다.] 자! 그리고 이제 당신들 두 사람에게 경고하겠어. 난 이곳에 싫증났어. |
| 오브리 | [쿠션으로 스스로를 편안하게 하면서] 이런, 당신은 언제나 싫증내잖소. |
| 환자 | 난 당신이 톨보이즈에게 질렸다는 의미라고 생각해. |
| 공작부인 | [끊임없이 돌아다니며] 아침에 일어나고 씻고 먹고 마시는 것과 마찬가지로 내가 싫든 좋든 간에 견디어야만 하는 불가피한 것들의, 즉 만약 당신이 그렇게 한다면 그것들이 당신을 미치게 몰아붙이기 때문에 당신 스스로 감히 싫증낼 수 없는 것들의 목록에 그를 두기 위해서 때때로 내가 거의 그와 결혼할 수 있다고 생각할 정도로 그 사람에게 물렸어. 가서 어디에선가 약간의 실제 삶을 누립시다. |
| 환자 | 실제 삶이라! 그게 어디서 찾아질지 의아하군! 우린 그걸 찾아서 거의 두 달 만에 6천 파운드를 썼잖아. 우리가 목걸이 대신 받은 돈이 영원히 계속되진 않을 거야. |

AUBREY    Sweetie: you will have to stick it in this spot until we touch that ransom; and that's all about it.

THE COUNTESS I'll do as I like, not what you tell me. And I tell you again —the two of you —you can take a week's notice. I'm bored with this business. I need a change.

AUBREY    What are we to do with her, Mops? Always change! change! change!

THE COUNTESS Well, I like to see new faces.

AUBREY    I could be happy as a Buddha in a temple, eternally contemplating my own middle and having the same old priest to polish me up every day. But Sweetie wants a new face every fort night. I have known her fall in love with a new face twice in the same week. [*Turning to her*] Woman: have you any sense of the greatness of constancy?

COUNTESS  I might be constant if I were a real countess. But I'm only a hotel chambermaid; and a hotel chambermaid gets so used to new faces that at last they become a necessity. [*She sits down on the stool*].

AUBREY    And the oftener the faces change the more the tips come to, eh?

COUNTESS  Oh, its not that, though of course that counts. The real secret of it is that though men are awfully nice for this first few days, it doesnt last. You get the best out of men by having them always new. What I say is that a love affair should always be a honeymoon.

| 오브리 | 스위티, 당신은 우리가 그 몸값에 손을 댈 때까지 이곳에 실제 삶을 고정시켜놓아야만 해, 그리고 이게 그에 대한 전부야. |
| --- | --- |
| 공작부인 | 당신이 내게 말하는 게 아니라 내가 하고 싶은 대로 하겠어요. 그리고 내가 또 다시 당신들에게—당신들 두 사람에게 말하는데 당신들은 1주일간의 예고기간은 가질 수 있어. 이 일에 싫증났다니까. 변화가 필요해. |
| 오브리 | 우리가 그녀를 어떻게 해야 하지, 몹스? 늘 변화! 변화! 변화! |
| 공작부인 | 원, 새로운 얼굴들을 보고 싶군. |
| 오브리 | 난 영원히 내 가운데를 명상하며 똑같은 노승이 매일 내 몸을 닦게 하면서 절에 있는 부처처럼 행복할 수 있어. 하지만 스위티는 2주마다 매번 새로운 인물을 원하거든. 난 똑같은 주에 그녀가 새로운 인물에 두 번 반한 걸 알고 있어. [그녀에게 돌아서며] 여인이여, 그대는 절개의 위대함에 대한 어떤 의식을 갖고 있지 않나? |
| 공작부인 | 만약 내가 진짜 공작부인이라면, 나는 변치 않을 거란 말이야. 하지만 난 단지 호텔 객실 메이드일 뿐이야. 그런데 호텔 객실 메이드는 새로운 인물들에 너무나 익숙해져서 마침내 그게 필수품이 되거든. [그녀는 등 없는 의자에 앉는다]. |
| 오브리 | 그리고 인물들이 자주 바뀌면 바뀔수록 팁은 더 많이 들어오지, 그렇지? |
| 공작부인 | 오, 물론 그렇다 해도, 중요한 건 그게 아니라고. 진짜 비밀은 비록 남자들이 처음 며칠간은 몹시 친절하다 해도, 그게 지속하지 않는다는 거라니까. 늘 새로 만남으로써 남자들로부터 최고의 것을 얻는 거지. 내가 말하는 건 연애는 늘 허니문이어야 한다는 거야. |

And the only way to make sure of that is to keep changing the man; for the same man can never kept it. In all my life I have known only one man that kept it up til he died.

THE PATIENT [*interested*] Ah! Then the thing is possible?

COUNTESS Yes: it was a man that married my sister: that was how I came to know about it.

AUBREY And his ardor never palled? Day in and day out, until death did them part, he was the same as on the wedding day? Is that really true, Sweetie?

THE COUNTESS It is. But then he beat her on their wedding day; and he beat her just as hard every day afterwards. I made her get a separation order; but she went back to him because nobody else paid her any attention.

AUBREY Why didnt you tell me that before? I'd have beaten you black and blue sooner than lose you. [*Sitting up*] Would you believe it, Mops, I was in love with this woman: madly in love with her. She was not my intellectual equal; and I had to teach her table manners. But there was an extraordinary sympathy between our lower centres; and when after ten days she threw me over for another man I was restrained from murder and suicide only by the most resolute exercise of my reasoning powers, my determination to be a civilized man, and fear of the police.

그리고 그걸 확실히 하는 유일한 방법은 계속 남자를 바꾸는 거란 말이지. 똑같은 남자가 결코 그걸 계속 유지할 수 없기 때문이지. 내 인생에 있어서 난 죽을 때까지 그걸 계속 유지하는 단지 한 남자만을 알고 있다고.

**환자**　[흥미를 갖고] 아! 그렇다면 그게 가능한가요?

**공작부인**　그래, 언니와 결혼했던 이가 바로 그런 남자였고, 그래서 내가 거기에 대해 알게 되었던 거지.

**오브리**　그런데 결코 그의 열정은 시들지 않았다고? 날이면 날마다 죽음이 그들을 갈라놓을 때까지 그가 결혼식 날과 똑같았다는 거야? 스위티, 그게 정말로 진실인가?

**공작부인**　그렇다니까. 하지만 그는 결혼식 날 언니를 때렸고, 이후 매일 마찬가지로 심하게 때렸지. 난 언니가 별거명령을 얻도록 했지만 다른 누구도 언니에게 주의를 기울이지 않았기 때문에 언니는 그에게 되돌아갔다니까.

**오브리**　왜 당신은 이전에 내게 그걸 말하지 않았지? 난 당신이 시퍼런 멍이 들도록 때리기보다는 차라리 당신을 잃겠어. [일어나 앉으며] 몹스, 그걸 믿겠소, 내가 이 여인을 사랑했다는 걸, 그녀를 미치도록 사랑했다는 걸 말이요. 그녀는 나와 지적으로 대등한 사람이 아니었어요. 그래서 난 그녀에게 테이블 매너를 가르쳐야만 했다고요. 그러나 우리의 중앙 더 아래 사이에는 특별한 공감이 있었죠. 그리고 열흘 후에 그녀가 또 다른 남자를 위해 날 저버렸을 때 난 단지 내 추리력을 가장 결연히 구사함으로써만 살해와 자살을 자제했단 말이오.

THE COUNTESS  Well, I gave you a good time for the ten days, didnt I? Lots of people dont get that much to look back on. Besides, you know it was for your own good, Popsy. We werent really suited, were we?

AUBREY  You had acquired an insatiable taste for commercial travellers. You could sample them at the rate of three a week. I could not help admiring such amazing mobility of the affections. I had heard operatic tenors bawling Woman Is Fickle; but it always seemed to me that what was to be dreaded in women was their implacable consistency. But you! Fickle! I should think so.

THE COUNTESS  Well the travellers were just as bad, you know.

AUBREY  Just as bad! Say just as good. Fickleness means simply mobility, and mobility is a mark of civilization. You should pride yourself on it. If you dont you will lose your self-respect; and I cannot endure a woman who has no self-respect.

THE COUNTESS  Oh, whats the use of us talking about self-respect? You are a thief and so am I. I go a little further than that, myself; and so would you if you were a woman. Dont you be a hypocrite, Popsy: at least not with me.

AUBREY  At least not with you! Sweetie: that touch of concern for my spiritual welfare almost convinces me that you still love me.

| | |
|---|---|
| **공작부인** | 이런, 내가 당신에게 열흘 동안 좋은 시간을 주었지, 그렇지 않았던가? 많은 사람들은 되돌아볼 걸 그렇게 많이 갖고 있지 않아. 게다가 폽시, 당신은 그게 당신 자신을 위한 거라는 걸 알잖아. 우린 정말 어울리지 않았어, 그렇지? |
| **오브리** | 당신은 상업적인 여행객들을 위한 물릴 줄 모르는 취향을 습득했어. 당신은 일주일에 세 명 비율로 그들을 견본으로 조사할 수 있을 거야. 난 애정의 그런 놀라운 이동성에 감탄하지 않을 수 없다고. 난 오페라의 테너가 여자는 변덕스러워 라고 소리 지르는 걸 들었지만 내게 있어서 언제나 여자에게 두려운 바는 그들의 확고한 절개인 것 같단 말이오. 하지만 당신은! 변덕스러워! 난 그렇게 생각해야만 하오. |
| **공작부인** | 원, 당신도 알다시피 여행자들도 마찬가지로 나쁘거든. |
| **오브리** | 마찬가지로 나쁘다니! 마찬가지로 좋다고 말하라고. 변덕스러움은 단지 이동성을 의미하고, 이동성은 문명의 표시거든. 당신은 그걸 자랑해야만 해. 만약 그렇지 않다면 당신은 자존감을 잃을 것이고, 난 어떤 자존감도 갖지 않은 여인은 견딜 수 없어. |
| **공작부인** | 오, 우리가 자존감에 대해 말하는 게 무슨 소용이 있지? 당신은 도둑이고 나도 그런데. 난, 내 자신은 그보다 약간 더 나았고, 만약 당신이 여자라면 당신도 그랬을 거라고. 위선자가 되진 말아요, 폽시, 적어도 내겐 말이야. |
| **오브리** | 적어도 당신에게라니! 스위티, 내 영적인 안녕에 대한 그런 관심의 기미는 당신이 여전히 날 사랑하고 있다고 거의 확신시키고 있군. |

THE COUNTESS  Not me. Not much. I'm through with you, my lad. And I cant quite fancy the colonel: he's too old, and too much the gentleman.

AUBREY  He's better that nobody. Who else is there?

THE COUNTESS  Well, there's the sergeant. I daresay I have low tastes; but he's my sort and the colonel isnt.

THE PATIENT  Have you fallen in love with Sergeant Fielding, Sweetie?

THE COUNTESS  Well, yes; if you like to call it that.

AUBREY  May I ask have you sounded him on the subject?

THE COUNTESS  How can I? I'm a countess; and he's only a sergeant. If I as much as let on that I'm conscious of his existence I give away the show to the colonel. I can only look at him. And I cant do even that when anyone else is looking. And all the time I want to hug him [*she break down in tears*].

AUBREY  Oh for Heaven's sake dont start crying.

THE PATIENT  For all you know, Sweetie, the sergeant may be a happily married man.

THE COUNTESS  What difference does that make to my feelings? I am so lonely. The place is so dull. No pictures. No dances. Nothing to do but be ladylike. And the one really lovable man going to waste! I'd rather be dead.

THE PATIENT  Well, it's just as bad for me.

| | |
|---|---|
| **공작부인** | 난 아니라니까. 당치도 않아. 이봐요, 당신과는 끝났어요. 그리고 난 대령은 전혀 상상할 수 없어요. 그는 너무 늙었고 너무나도 신사예요. |
| **오브리** | 아무도 없는 것보다는 더 나아. 다른 누가 있지? |
| **공작부인** | 글쎄, 하사가 있잖아. 내가 감히 저급한 취향을 지녔다고 말하는 거지만 그는 내 부류고 대령은 아니거든. |
| **환자** | 필딩 하사와 사랑에 빠졌어, 스위티? |
| **공작부인** | 에, 맞아, 만약 그걸 그렇게 부르고 싶다면 말이야. |
| **오브리** | 그 주제에 대해 당신이 그의 마음을 떠보았는지 물어도 되겠소? |
| **공작부인** | 내가 어떻게 그렇게 할 수 있냐고? 난 공작부인이고 그는 단지 하사일 뿐인데. 만약 사실상 내가 그의 존재를 의식하고 있다는 걸 누설하면 난 대령에게 비밀을 폭로하고 말 거라고. 난 다만 그를 바라볼 수만 있을 뿐이야. 그런데 내내 난 그를 껴안고 싶다니까 [그녀는 정신없이 눈물을 터뜨린다]. |
| **오브리** | 오 제발 울기 시작하지 말아. |
| **환자** | 스위티, 당신이 아는 모든 것에도 불구하고, 하사는 다행히 유부남일지 모르잖아. |
| **공작부인** | 그게 내 감정에 무슨 차이를 만들지? 난 너무 외로워. 이곳은 너무 따분하다니까. 영화 금지. 댄스 금지. 귀부인 같이 하는 것 말곤 아무것도 할 게 없잖아. 정말 사랑할 만한 한 남자는 폐물이 되고 있으니! 난 차라리 죽는 게 나아. |
| **환자** | 원 이런, 내게도 마찬가지로 나쁘거든. |

THE COUNTESS  No, it isnt. Youre a real lady: youre broken in to be dull. Besides, you have Popsy. And youre supposed to be our servant. That gives you the run of the whole camp when youre tired of him. You can pick up a private when you like. Whats to prevent you?

THE PATIENT  My ladylike morals, I suppose.

THE COUNTESS  Morals your grandmother! I thought youd left all that flapdoodle behind you when you came away with us.

THE PATIENT  I meant to. Ive tried to. But you shock me in spite of myself every second time you open your mouth.

THE COUNTESS  Dont you set up to be a more moral woman than I am, because youre not.

THE PATIENT  I dont pretend to be. But I may tell you that my infatuation for Popsy, which I now see was what really nerved me to this astonishing breakaway, has been, so far, quite innocent. Can you believe that, you clod?

THE COUNTESS  Oh yes I can: Popsy's satisfied as long as you let him talk. What I mean is —and I tell it to you straight —that with all my faults I'm content with one man at a time.

THE PATIENT  Do you suggest that I am carrying on with two men?

| | |
|---|---|
| **공작부인** | 아니, 그렇지 않아. 당신은 진짜 숙녀여서 따분하도록 길들여졌잖소. 게다가, 당신은 폽시를 가졌어. 그리고 당신은 우리 하인이 되기로 되어 있잖아. 그게 당신이 그에게 싫증났을 때 온 군영에 대한 출입의 자유를 주잖아. 당신은 원할 때 사병을 손에 넣을 수 있어. 당신을 막는 게 뭐지? |
| **환자** | 내 숙녀다운 도덕률이라고 생각해. |
| **공작부인** | 도덕률은 당신 할머니에게나! 난 당신이 우리와 함께 올 때 그 모든 허튼소리는 뒤에 남기고 왔을 거라고 생각했지. |
| **환자** | 그럴 작정이었어. 그렇게 하려 했어. 하지만 당신이 입을 여는 매 초마다 무심코 당신은 내게 충격을 줘. |
| **공작부인** | 당신이 나보다 더 도덕적인 여자인 체하지 말라니까. 왜냐하면 당신은 그렇지 않으니 말이야. |
| **환자** | 난 그런 척하지 않아. 하지만 내가 이렇게 놀라운 일탈을 하도록 용기를 준 것이 바로 폽시에게 반한 때문임을 이제 알았지만 내가 폽시에게 빠진 건 지금까지는 아주 순수하다고 말할 수 있어. 그걸 믿을 수 있겠어, 이 얼간아? |
| **공작부인** | 오 그래 믿을 수 있어. 폽시는 당신이 그가 말을 하게 하는 한 만족하지. 내가 의미하는 건―그리고 내가 당신에게 솔직히 말하려는 건―내 모든 결함에도 불구하고 난 한 번에 한 남자에게 만족한다는 거야. |
| **환자** | 당신은 내가 두 남자와 추잡한 관계를 맺고 있다고 암시하는 거야? |

THE COUNTESS  I dont suggest anything. I say what I mean straight out: and if you dont like it you can lump it. You may be in love with Popsy; but youre interested in Private Meek, though what you see in that dry little worm beats me.

THE PATIENT  Have you noticed, my Sweetie, that your big strapping splendid sergeant is completely under the thumb of that dry little worm?

THE COUNTESS  He wont be when I get him under m y thumb. But you just be careful. Take this tip from me: one man at a time. I am advising you for your good, because youre only a beginner; and what you think is love, and interest, and all that, is not real love at all: three quarters of it is only unsatisfied curiosity. Ive lived at that address myself; and I know. When I love a man now it's all love and nothing else. It's the real thing while it lasts. I havnt the least curiosity about lovely sergeant: I know just what he'll say and what he'll do. I just want him to do it.

THE PATIENT  [rising, revolted] Sweetie: I really cannot bear any more of this. No doubt it's perfectly true. It's quite right that you should say it frankly and plainly. I envy and admire the frightful coolness with which you plump it all out. Perhaps I shall get used to it in time. But at present it knocks me to pieces. I shall simply have to go away if you pursue the subject.

[She sits down in the cane chair with her back to them].

| | |
|---|---|
| **공작부인** | 난 아무것도 암시하지 않아. 내가 솔직하게 의미하는 바를 말하는 거야. 만약 당신이 그걸 좋아하지 않는다면, 당신은 그걸 뭉뚱그릴 수 있어. 당신은 폽시와 사랑에 빠졌을지도 몰라. 하지만 비록 당신이 그 냉담한 작은 벌레 같은 인간에게서 보는 바가 날 속일지라도 당신은 사병 미크에게 관심이 있어. |
| **환자** | 나의 스위티, 당신의 키가 크고 건장하고 근사한 하사가 완전히 그 냉담한 작은 벌레 같은 인간의 손아귀에 있다는 걸 알아챘어? |
| **공작부인** | 그를 나 의 손아귀에 넣을 때 그는 그렇지 않을 거야. 하지만 당신은 그저 조심하라고 내게서 이런 정보를 얻으라니까, 한 번에 한 남자라는 걸 말이야. 당신이 단지 신출내기이기 때문에 내 당신을 위해 충고하는 거야. 그리고 당신이 생각하는 바가 사랑이고 관심이니 어쩌니 하는 건 결코 진짜 사랑이 아니거든. 그 사분지 삼은 단지 충족되지 않은 호기심이라니까. 내 자신이 거기서 지내봐서 아는 거야. 지금 내가 남자를 사랑할 때 그건 온통 사랑이고 다른 아무것도 아냐. 그게 지속되는 동안 그건 진짜라고. 난 내 사랑스러운 하사에 대해 최소한의 호기심도 갖고 있질 않아. 난 그가 말하려는 것과 그가 하려는 걸 바로 안단 말이지. 난 오로지 그가 그걸 하길 원해. |
| **환자** | [일어나며, 불쾌해서] 스위티, 정말로 이 이상 이걸 견딜 수가 없어. 의심할 여지가 없이 그건 완벽하게 진실해. 당신이 솔직하고 노골적으로 그걸 말해야 한다는 건 아주 옳아. 난 당신이 그 모든 걸 선뜻 말하는 그 놀라운 뻔뻔스러움을 시기하고 경탄해. 아마도 난 조만간 거기에 익숙하게 될 거야. 하지만 현재로는 그게 날 때려 산산조각으로 만든다고. 만약 당신이 그 주제를 속행한다면, 난 단지 떠나야만 할 거야. [그녀는 그들에게 등을 두고 등의자에 앉는데.] |

AUBREY    That the worst of Sweetie. We all have —to put it as
          nicely as I can —our lower centres and our higher
          centres. Our lower centres act: they act with a
          terrible power that sometimes destroys us; but
          they dont talk. Speech belongs to the higher
          centres speak. In all the great poetry and literature
          of the world the higher centres speak. In all
          respectable conversation the higher centres speak,
          even when they are saying nothing or telling lies.
          But the lower centres are there all the time: a sort
          of guilty secret with every one of us, though they
          are dumb. I remember asking my tutor at college
          whether, if anyone's lower centres began to talk,
          the shock would not be worse than the one
          Balaam[29] got when his donkey began talking to
          him. He only told me half a dozen improper stories
          to shew how openminded he was. I never
          mentioned the subject again until I met Sweetie.
          Sweetie is Balaam's ass.

THE COUNTESS Keep a civil tongue in your head, Popsy. I —

AUBREY    [*springing to his feet*] Woman: I am paying you a
          compliment: Balaam's ass was wiser than Balaam.
          You should read your Bible. That is what makes

오브리  그게 스위티의 최악의 것이야. 우리는 모두―내가 할 수 있는 한 그걸 멋있게 표현하자면―우리의 열등한 중심들과 고등한 중심들을 갖고 있어. 우리의 열등한 중심들은 행동을 하지. 그런데 때때로 그것들은 우리를 파괴시키는 끔찍한 힘을 갖고 행동하지만 말을 하진 않아. 말은 고등한 중심들에 속하거든. 세계의 모든 위대한 시와 문학에서 고등 중심들이 말을 하지. 심지어 그것들이 아무것도 말하지 않거나 거짓말을 할 때조차도 모든 훌륭한 대화에서 고등 중심들은 말을 한단 말이야. 그러나 열등 중심들이 늘 거기에 존재하고 있단 말이야. 비록 그들은 말이 없다고 할지라도, 우리들 각자와 함께 일종의 떳떳하지 못한 비밀로 존재한단 말이야. 나는 대학에서 내 지도교수에게 만약 누군가의 열등한 중심들이 말을 하기 시작한다면, 그 충격은 예언자 발라암이 그의 당나귀가 그에게 말을 하기 시작했을 때 받은 충격보다 더 심한 것인지 아닌 지 질문했던 것이 기억나. 지도교수는 단지 내게 자신이 얼마나 편견이 없는 지를 보여주기 위해 여섯 가지 부적절한 이야기를 했을 뿐이었지. 나는 스위티를 만날 때까지 결코 그 주제를 다시 언급하지 않았어. 스위티는 발라암의 나귀야.

공작부인  말을 삼가요, 폽시. 난―

오브리  [벌떡 일어서며] 여자여, 난 그대를 칭찬하는 것이라네. 발라암의 나귀가 발라암보다 더 현명하단 말이야. 그대는 성서를 읽어야만

---

29) 구약성경 민수기 22~24장에 나오는 발라암과 나귀 이야기 참조. 원래 발라암은 모압 왕 발락의 청에 따라 이스라엘 자손에게 저주를 퍼부으려고 길을 떠났으나 도중에 천사의 인도를 받은 나귀의 질책으로 참회하고 이스라엘 민족에게 저주 대신 축복을 내린다.

Sweetie almost superhuman. Her lower centre speak. Since the war the lower centres have become vocal. And the effect is that of an earthquake. For they speak truths that have never been spoken before – truths that the makers of our domestic institutions have tried to ignore. And now that Sweetie goes shouting them all over the place, the institutions are rocking and splitting and sundering. They leave us no place to live, no certainties, no workable morality, no heaven, no commandment, and no God.

THE PATIENT  What about the light in our own soul that you were so eloquent about the day before yesterday at lunch when you drank a pint of champagne?

AUBREY  Most of us seen to have no souls. Or if we have them, they have nothing to hang on to. Meanwhile, Sweetie goes on shouting. [*He takes refuge in the deck chair*].

THE COUNTESS  [*rising*] Oh, what are you gassing about? I am not shouting. I should be a good woman if it wasnt so dull. If youre goodnatured, you just get put upon. Who are the good women? Those that enjoy being dull and like being put upon. Theyve no appetites. Life's thrown away on them: they get nothing out of it.

THE PATIENT  Well, come, Sweetie! What do you get out of it?

한다니까. 그것이 스위티를 초인으로 만드는 거란 말이야. 그녀의 열등한 중심들이 말을 한다고. 전쟁 이후 열등한 중심들이 목소리를 내고 있다니까. 그리고 그 영향은 지진의 그것과 같아. 왜냐하면 그들은 이전엔 결코 말해진 적이 없는 진실을—우리 국내 제도의 설립자들이 무시하려고 애써 온 진실을 말하기 때문이지. 그리고 스위티가 도처에서 그 진실들을 외치고 다니기 때문에 그 제도들이 흔들리고 쪼개지고 떨어지고 있단 말이야. 그것들은 우리가 살 어떤 장소도, 어떤 확신도, 어떤 실행 가능한 도덕도, 어떤 천국도, 어떤 지옥도, 어떤 계명도, 어떤 신도 남겨두질 않는다고.

환자　당신이 한 파인트의 샴페인을 마셨던 그제 점심에 당신이 거기에 대해 그렇게 웅변적이었던 우리 자신의 영혼 안에 있는 빛은 어떻게 되어가죠?

오브리　우리들 대부분은 어떤 영혼도 가지고 있는 것 같지 않소. 혹은 만약 우리가 그걸 가지고 있다면, 영혼은 매달릴 걸 아무것도 가지고 있지 않아. 한편, 스위티는 계속 외치지. [그는 접이식 의자에 피한다.]

공작부인　[일어나며] 오, 무슨 허풍을 떨고 있는 거야? 난 외치지 않는다니까. 너무나 따분하지 않다면, 난 착한 여자로 있을 거란 말이야. 만약 당신이 선량하다면, 당신은 단지 그런 척 하는 거잖아. 누가 착한 여자지? 따분한 것과 그런 척 하는 걸 즐기는 사람들이잖아. 그들은 욕구가 없거든. 그들에게 삶이 낭비되고 있는 거라니까요. 그들은 삶에서 아무것도 얻지 못한단 말이야.

환자　자, 말해봐요, 스위티! 당신은 삶에서 뭘 얻지?

THE COUNTESS Excitement: thats what I get out of it. Look at Popsy and me! We're always planning robberies. Of course I know it's mostly imagination; but the fun is in the planning and the expectations. Even if we did them and were caught, there would be the excitement of being tried and being in all the papers. Look at poor Harry Smiler that murdered the cop in Croydon! When he came and told us what he's done Popsy offered to go out and get him some cyanide to poison himself; for it was a dead sure thing that he'd be caught and bumped off. "What!" says Harry; "and lose the excitement of being tried for my life! I'd rather be hanged" he says; and hanged he was. And I say it must have been almost worth it. After all, he'd have died anyhow: perhaps of something really painful. Harry wasnt a bad man really; but he couldnt bear dullness. He had a wonderful collection of pistols that he had begun as a boy: he picked up a lot in the war. Just for the romance of it, you know: he meant no harm. But he's never shot anyone with them; and at last the temptation was too great and he went out and shot the cop. Just for nothing, but the feeling that he'd fired the things off and done somebody in with it. When Popsy asked him why he'd done it, all he could say was that it was a sort of fulfilment. But it gives you an idea, doesnt it, of what I mean?

[*She sits down again, relieved by her outburst*].

**공작부인**  흥분이지, 그게 내가 삶에서 얻는 거라고. 폽시와 날 봐! 우리는
늘 강도를 계획하고 있단 말이야. 물론 난 그것이 대개 상상이라
는 걸 알지만 계획하고 기대하는 데 재미가 있거든. 심지어 우리
가 그걸 해서 체포된다 해도 심문받고 신문에 실리는 것으로 인
한 흥분이 있을 거란 말이지. 크로이돈에서 경찰을 살해했던 불쌍
한 해리 스마일러를 보라고! 그가 와서 우리에게 자신이 한 바를
말했을 때 폽시는 나가서 그에게 스스로를 독살할 청산칼리를 좀
주라고 제안했어. 왜냐하면 그가 체포되어 살해될 거라는 건 확실
한 것이었기 때문이었지. "뭐라고" 해리가 말했지. "내 목숨을 걸
고 심문받는 것으로 인한 흥분을 잃으란 말이야! 차라리 교수형
될 거야"라고 그가 말했어. 그리고 교수형 당했지. 그리고 난 그
것은 거의 그만한 가치가 있음이 틀림없다고 말했어. 결국, 그는
어쨌든 죽었잖아. 아마 정말로 고통스러운 어떤 것으로 인해서 말
이야. 해리는 진짜 나쁜 사람은 아니었어. 하지만 그는 따분함을
견딜 수 없었을 거야. 그는 소년 때 시작했던 멋진 피스톨 컬렉션
을 가지고 있었고, 전시에 많은 걸 주웠지. 아시다시피 그는 단지
그것에 대한 로맨스 때문이었어. 그는 어떤 해악도 의도하지 않았
다니까. 하지만 그는 그걸로 결코 어떤 사람도 쏘지는 않았다고.
그런데 마침내 유혹이 너무나 커서 그는 나가서 그 경찰을 쏘았
던 거야. 단지 그가 그걸 발포해서 그걸로 누군가를 끝장냈다는
감정을 위해서였지. 폽시가 그에게 왜 그런 짓을 했냐고 물었을
때 그가 말할 수 있는 전부는 그건 일종의 성취였다는 거였어. 하
지만 그게 내가 의미하는 바를 당신이 알게 하지 않아?
*[그녀의 격노가 누그러지면서 그녀는 다시 앉는다.]*

AUBREY   All it means is a low vitality. Here is a man with all the miracles of the universe to stagger his imagination and all the problems of human destiny to employ his mind, and he goes out and shoots an innocent policeman because he can think of nothing more interesting to do. Quite right to hang him. And all the people who can find nothing more exciting to do than to crowd into the court to watch him being sentenced to death should have been hanged too. You will be hanged someday, Sweetie, because you have not what people call a richly stored mind. I have tried to educate you –

THE COUNTESS Yes: you gave me books to read. But I couldnt read them: they were as dull as ditchwater. Ive tried crossword puzzles to occupy my mind and keep me off planning robberies; but what crossword puzzle is half the fun and excitement of picking somebody's pocket, let alone that you cant live by it? You wanted me to take to drink to keep me quiet. But I dont like being drunk; and what would become of my good looks if I did? Ten bottles of champagne couldnt make you feel as you do when you walk past a policeman who has only to stop you and search you to put you away for three years.

THE PATIENT Pops: did you really try to set her drinking? What a thoroughpaced blackguard you are!

| | |
|---|---|
| **오브리** | 그게 의미하는 전부는 저급한 생명력이지. 여기 그의 상상력을 망연자실케 하는 우주의 모든 기적과 그의 정신을 쓰게 하는 인간 운명의 모든 문제를 지닌 한 남자가 있는데 그는 자신이 해야 할 더 흥미로운 어떤 것에 대해 생각할 수 없기 때문에 나가서 죄 없는 경찰관을 쏘았어. 그리고 그가 사형언도 받는 것을 보려고 법정에 밀어닥치는 것보다 더 흥미로운 어떤 것도 발견할 수 없는 모든 사람들 또한 교수형에 처해져야만 할 거야. 스위티, 당신은 사람들이 풍요롭게 축적된 정신이라 부르는 바를 지니지 않았기 때문에 당신도 언젠가 교수형 당하게 될 거야. 내 당신을 교육시키려 애써왔어— |
| **공작부인** | 그래요. 당신은 내게 읽을 책들을 주었지. 하지만 난 그걸 읽을 수가 없었다고. 그 책들은 아주 따분했거든. 내 정신을 집중시키고 강도를 계획하는 것에서 날 떼어 놓으려고 크로스워드 퍼즐을 해보려고 했다니까. 그러나 당신이 그걸로 살아갈 수 없다는 건 차치하고라도 어떤 크로스워드 퍼즐이 소매치기 하는 것으로 인한 재미와 흥분의 절반이라도 되겠어? 당신은 날 조용히 시키려고 내가 술꾼이 되길 원했지. 하지만 난 취하는 걸 좋아하지 않았잖아. 내가 취한다면 내 아름다운 용모는 어찌 되겠어? 10병의 샴페인도 당신이 3년 동안 당신을 집어넣기 위해서 단지 당신을 멈춰 세워 조사해야만 하는 경찰관을 지나칠 때 당신이 느끼는 것처럼 느끼게 할 수 없을 거란 말이야. |
| **환자** | 폽스, 당신이 정말로 그녀를 취하게 하려고 했나요? 당신은 얼마나 철저한 악인인가요! |

AUBREY  She is much better company when she's half drunk. Listen to her now, when she is sober!

THE PATIENT  Sweetie: are you really having such a jolly time after all? You began by threatening to give up our exciting enterprise because it is so dull.

AUBREY  She is free. There is the sergeant. And there is always the hope of something turning up and the sense of being ready for it without having to break all the shackles and throw down all the walls that imprison a respectable woman.

THE PATIENT  Well, what about me?

AUBREY  [puzzled] Well, what about you? You are free, arnt you?

THE PATIENT  [rising very deliberately, and going behind him to his left hand, which she picks up and fondles as she sermonizes, seated on the arm of his chair] My angel love, you have rescued me from respectability so completely that I have for a month past been living the life of a mountain goat. I have got rid of my anxious worrying mother as completely as a weaned kid, and I no longer hate her. My slavery to cooks stuffing me with long meals of fish, flesh, and fowl is a thing of the miserable past: I eat dates and bread and water and raw onions when I can get them; and when I cant get them I fast, with the result that I have forgotten what illness means; and if I ran away from you two neither of you could catch me; and if you did I could fight the pair of you with one

140

**오브리**   그녀는 반쯤 취했을 때 훨씬 더 나은 사람이오. 그녀가 취하지 않은 때인 지금 그녀의 말을 들어봐!

**환자**   스위티, 당신은 결국 그렇게 즐거운 시간을 가졌나요? 당신은 너무나 따분하기 때문에 우리의 짜릿한 기획을 포기할 징후를 보이기 시작했군요.

**오브리**   그녀는 자유야. 하사가 있어. 그리고 언제나 지체 높은 여인을 구속하는 모든 족쇄를 부수고 모든 담을 무너뜨려야만 하는 것 없이 어떤 것이 나타나리라는 희망과 그것을 위해 준비되어 있다는 느낌이 있지.

**환자**   자, 난 어때요?

**오브리**   [당황해서] 자, 당신이 어떠냐고? 당신은 자유야, 그렇지 않아?

**환자**   [아주 고의적으로 일어나서 그의 뒤 왼손 편으로 가 그의 의자 팔걸이에 앉아 설교를 할 때 그녀는 그 왼손을 잡고 애무한대] 천사 같은 내 사랑, 당신은 날 너무나도 완벽하게 지체 높은 양반들로부터 구출해서 지난 한 달 동안 난 야생 염소와 같은 생활을 했어요. 난 엄마 젖을 뗀 아이처럼 완벽하게 마음 졸이며 걱정하는 내 어머니를 제거했고 더 이상 어머니를 혐오하지 않아요. 어류, 육류 그리고 조류로 된 긴 식사로 나를 처먹인 요리사들에 대한 내 예속은 고통스러운 과거의 것이에요. 난 그것들을 얻을 수 있을 땐 대추야자와 빵과 물 그리고 생양파를 먹고, 그것들을 얻을 수 없을 땐 굶죠. 그 결과 난 질병이 의미하는 바를 잊어버렸어요. 그리고 만약 내가 당신들 두 사람으로부터 달아난다면 당신 둘 중 누구도 날 잡을 수가 없다고요. 그리고 만약 당신들이 잡는다 해도 난 뒤로 한 손을

hand tied behind me. I revel in all you miracles of the universe: the delicious dawns, the lovely sunsets, the changing winds, the cloud pictures, the flowers, the animals and their ways, the birds and insects and reptiles. Every day is a day of adventure with its cold and heat, its light and darkness, its cycles of exultant vigor and exhaustion, hunger and satiety, its longings for action that change into a longing for sleep, its thoughts of heavenly things that change so suddenly into a need for food.

AUBREY    What more could any mortal desire?

THE PATIENT    [*seizing him by the ears*] Liar.

AUBREY    Thank you. You mean, I presume, that these things do not satisfy you: you want me as well.

THE PATIENT    You!! You!! you selfish lazy sugary tongued blackguard. [*Releasing him*] No: I included you with the animals and their ways, just as I include Sweetie and the sergeant.

THE COUNTESS    You let Sweetie and her sergeant alone: d'y'hear? I have had enough of that joke on me.

THE PATIENT    [*rising and taking her by the chin to turn her face up*] It is no joke, Sweetiest: it is the dead solemn earnest. I called Pops a liar, Sweetie, because all this is not enough. The glories of nature dont last any decently active person a week, unless theyre professional naturalists or mathematicians or a painter or something. I want something sensible to do. I want something sensible to do. A beaver has

묶고도 당신 두 사람과 싸울 수 있단 말이에요. 난 우주의 모든 기적을 한껏 즐기고 있단 말이죠. 감미로운 여명, 사랑스러운 일몰, 변하는 바람, 구름이 나타내는 그림, 꽃들, 동물들과 그것들의 습관, 새들과 곤충 그리고 파충류들을 말이에요. 매일이 한기와 열기, 빛과 어둠, 의기양양한 생기와 피로의 주기, 허기와 포만, 잠으로의 갈망으로 변하는 행동에의 열망, 그렇게 갑자기 음식에 대한 욕구로 변하는 천상의 것들에 대한 생각들을 지닌 모험의 날이죠.

**오브리**  어떤 인간이 무엇을 더 욕망할 수 있겠소?

**환자**  [그의 귀를 꽉 잡으면서] 거짓말쟁이.

**오브리**  고맙소. 내 추정컨대 이런 것들이 당신을 충족시키지 않는다고, 말하자면 당신이 나를 또한 원한다고 의미하는 거지.

**환자**  당신을!! 당신을!!! 이기적이고 게으르고 달콤한 사탕발림이나 하는 당신을. [그를 놓아 준대] 아니야, 내가 바로 스위티와 하사를 포함시킨 것처럼 당신을 동물들과 그것의 습관에 포함시켰어.

**공작부인**  스위티와 그녀의 하사는 내버려둬, 들었어? 나에 대한 그 농담을 충분히 알고 있으니까.

**환자**  [일어나 그녀의 얼굴을 위로 향하게 하려고 턱을 잡으며] 농담이 아니야, 스위티스트, 절대적으로 엄숙하고 진지한 거야. 스위티, 이 모든 것이 충분하지 않기 때문에 폽스를 거짓말쟁이라고 불렀어. 그들이 전문적인 박물학자 내지 수학자 또는 화가인지 무언지가 아니라면 자연의 영광은 어떤 점잖게 활동하는 사람에겐 일주일을 지속하지 않아. 난 분별 있는 어떤 걸 하고 싶단 말이야. 비버는

a jolly time because it has to build its dam and bring up its family. I want my little job like the beaver. If I do nothing but contemplate the universe there is so much in it that is cruel and terrible and wantonly evil, and so much more that is oppressively astronomical and endless and inconceivable and impossible, that I shall just go stark raving mad and be taken back to my mother with straws in my hair. The truth is, I am free; I am healthy; I am happy; and I am utterly miserable. [*Turning on Aubrey*] Do you hear? Utterly miserable.

AUBREY [*losing his temper*] And what do you suppose I am? Here with nothing to do but drag about two damn' silly women and talk to them.

THE COUNTESS It's worse for them. They have to listen to you.

THE PATIENT I despise you. I hate you. You —you —you —you gentleman thief. What right has a thief to be a gentleman? Sweetie is bad enough, heaven knows, with her vulgarity and her low cunning: always trying to get the better of somebody or to get hold of a man; but at least she's a woman; and she's real. Men are not real: theyre all talk, talk, talk —

THE COUNTESS [*half rising*] You keep a civil tongue in your head: do you hear?

댐을 건설하고 가족을 키워야 하기 때문에 유쾌한 시간을 갖는 거야. 나도 비버처럼 나의 작은 일을 원한다고. 만약 내가 우주를 명상하는 것을 제외하곤 아무것도 하지 않는다면, 거기엔 잔인하고 끔찍하며 제멋대로인 악이 너무나 많아서 그리고 답답하게 방대하며 끝없고 믿을 수 없고 불가능한 더 많은 것들이 너무나 많아서 난 그저 내 머리에 밀짚을 쓰고 미친 듯이 힘차게 소리 지르고 내 어머니에게로 되돌아 갈 거란 말이야. 진실은 내가 자유롭고, 내가 건강하고, 내가 행복하다는 거야, 그런데 나는 아주 비참해. [오브리에게 돌아서며] 당신 듣고 있어요? 아주 비참하단 말이야.

오브리   [울화통을 터뜨리며] 그런데 당신은 내가 뭐라고 생각하는 거야? 빌어먹게 바보 같은 두 여자 주위에서 느릿느릿 걸으며 그들에게 말을 하는 걸 제외하고는 할 일이 아무것도 없는 여기서 말이야.

공작부인   그들에겐 더 나빠요. 그들은 당신 말을 들어야만 하잖아.

환자   난 당신을 경멸해요. 당신을 혐오한다고. 당신은-당신은-당신은-당신은 신사 도둑이야. 무슨 권리로 도둑이 신사여야만 하지? 맹세코 스위티는 그녀의 천박함과 늘 누군가를 이기거나 남자를 잡으려고 애쓰는 그녀의 저급한 잔꾀로 인해 충분히 나쁘지. 하지만 적어도 그녀는 여자고, 그녀는 실제적 이란 말이야. 남자들은 실제적이지 않고 늘 말하고, 말하고, 말한다고-

공작부인   [반쯤 일어나며] 말을 삼가서 해, 듣고 있어?

THE PATIENT   Another syllable of your cheek, Sweetie; and I'll give you a hiding that will keep: you screaming for half an hour. [*Sweetie subsides*]. I want to beat somebody: I want to kill somebody. I shall end by killing the tow of you. What are we, we three glorious adventurers? Just three inefficient fertilizers.

AUBREY   What on earth do you mean by that?

THE PATIENT   Yes: inefficient fertilizers. We do nothing but convert good food into bad manure. We are walking factories of bad manure: thats what we are.

THE COUNTESS   [*rising*] Well, I am not going to sit here and listen to that sort of talk. You ought to be ashamed of yourself.

AUBREY   [*rising also, shocked*] Miss Mopply: there are certain disgusting truths that no lady would throw in the teeth of her fellow creatures −

THE PATIENT   I am not a lady: I am free now to say what I please. How do you like it?

THE COUNTESS   [*relenting*] Look here, dearie. You mustnt go off at the deep end like this. You − [*The patient turns fiercely on her: she screams*]. Ah-a-a-ah! Popsy: she's mad. Save me. [*She runs away, out past the pavilion*].

AUBREY   What is the matter with you? Are you out of your senses? [*He tries to hold her; but she sends him sprawling*].

146

환자 스위티, 또 다른 건방진 말이군. 그러면 네가 30분 정도 계속 소리를 지를 정도로 매질을 할 테다. [*스위티가 주저앉는다*]. 난 누군가를 때리고 싶어, 누군가를 죽이고 싶어. 너희 두 사람을 죽임으로써 끝낼 테야. 우리가 뭐지, 우리가 세 명의 영광스러운 모험가인가? 단지 효과 없는 비료지.

오브리 도대체 당신 그걸로 뭘 의미하는 거야?

환자 맞아, 효과 없는 비료라고. 우리는 좋은 음식을 나쁜 거름으로 바꾸는 것 외에는 아무것도 못하잖아. 우리는 걸어 다니는 나쁜 거름공장이란 말이야. 그게 바로 우리야.

공작부인 [*일어나며*] 이런, 난 여기 앉아서 그런 종류의 말을 듣고 있지 않을 거야. 당신은 스스로를 부끄러워해야만 해.

오브리 [*충격을 받고 또한 일어서며*] 모플리 양, 거기엔 어떤 숙녀도 그녀의 동료인간에게 맞대놓고 던지지 않을 어떤 혐오스러운 진실이 있군—

환자 난 숙녀가 아니잖아. 난 지금 원하는 바를 말하는 게 허용된다니까. 어때요?

공작부인 [*마음이 누그러져*] 이봐요, 귀여운 사람. 당신은 이와 같이 깊은 극한에서 악화되어선 안 돼요. 당신은—[*환자가 맹렬히 그녀에게 대들자 그녀는 소리를 지른다*]. 아-아-아-아! 폽시, 그녀가 미쳤어. 날 구해줘. [*그녀는 파빌리온을 지나 달아난다*].

오브리 어찌된 일이야? 당신 미친 거야? [*그는 그녀를 잡으려고 한다. 그러나 그녀는 그를 때려눕힌다*].

147

THE PATIENT   No. I am exercising my freedom. The freedom you preached. The freedom you made possible for me. You don't like to hear Sweetie's lower centres shouting. Well, now you hear my higher centres shouting. You don't seem to like it any better.

AUBREY   Mops: youre hysterical. You felt splendid an hour ago; and you will feel splendid again an hour from now. You will always feel splendid if you keep yourself fit.

THE PATIENT   Fit for what? A lost dog feels fit: thats what makes him stray; but he's the unhappiest thing alive. I am a lost dog: a tramp, a vagabond. Ive got nothing to do. Ive got nowhere to go. Sweetie's miserable; and youre miserable; and I'm miserable; and I shall just kick you and beat you to a jelly.

*She rushes at him. He dodges her and runs off past the hut. At that moment Tallboys returns with Meek past the other side of the hut; and the patient, unable to check herself, crashes into his arms.*

TALLBOYS   [*sternly*] Whats this? What are you doing here? Why are you making this noise? Dont clench your fists in my presence. [*She droops obsequiously*]. Whats the matter?

THE PATIENT   [*salaaming and chanting*] Bmal elttil a dah yram, Tuan.

148

환자　　아뇨. 내 자유를 행사하고 있어요. 당신이 설교했던 자유 말이에요. 당신이 내게 가능하게 했던 그 자유요. 당신은 스위티의 열등한 중심들이 소리치는 걸 듣기 싫어하죠. 자, 이제 당신은 나의 고등 중심들이 소리치는 걸 들어요. 당신은 그것을 얼마간 더 좋아하는 것 같지 않군요.

오브리　　몹스, 당신은 히스테리적이군. 한 시간 전에 당신은 근사하다고 느꼈어 그리고 지금부터 한 시간 뒤에 당신은 다시 근사하다고 느낄걸. 만약 당신이 스스로 좋은 건강 상태를 유지한다면, 언제나 근사하다고 느낄 거란 말이요.

환자　　무엇을 위한 좋은 건강상태죠? 길 잃은 개는 건강상태가 좋다고 느끼죠. 그게 그 개가 헤매게 만드는 거죠. 하지만 그 개는 살아 있는 가장 불행한 동물이죠. 난 길 잃은 개예요. 떠돌이, 방랑자죠. 할 일이 아무것도 없어요. 갈 곳이 아무데도 없어요. 스위티는 비참하고, 당신은 비참하고 나는 비참해요. 그래서 내가 당신을 바로 발로 차고 녹초가 되도록 두들겨줄 거예요.

　　　　*그녀가 그에게 돌진한다. 그는 그녀를 날쌔게 피해 임시 막사를 지나 달아난다. 그 순간에 톨보이즈가 임시 막사의 다른 편을 지나 미크와 함께 되돌아온다. 그런데 스스로를 저지할 수 없는 환자가 그의 팔과 충돌한다.*

톨보이즈　　[*준엄하게*] 이게 뭐지? 여기서 넌 뭐하는 거야? 무슨 이유로 네가 이런 소란을 피우는 거지? 내 앞에서 주먹을 꽉 움켜쥐지 마라.

　　　　[*그녀는 고분고분하게 수그러진다.*] 무슨 일이냐?

환자　　[*이슬람식으로 이마에 손을 대고 절하고 읊조리며*] 유지있 고지가 을양린어 느리메, 나으리.

TALLBOYS   Can you speak English?

THE PATIENT   No Engliss.

TALLBOYS   Or French?

THE PATIENT   No Frennss, Tuan. Wons sa etihw saw eceelf sti.

TALLBAYS   Very well: don't do it again. Now off with you.

*She goes out backward into the pavilion, salaaming. Tallboys sits down in the deck chair.*

TALLBOYS   [*to Meek*] Here, you. You say youre the interpreter. Did you understand what that girl said to me?

MEEK   Yessir.

TALLBOYS   What dialect was it? It didnt sound like what the natives speak here.

MEEK   No sir. I used to speak it at school. English back slang, sir.

TALLBOYS   Back slang? What do you mean?

MEEK   English spelt backwards. She reserved the order of the words too, sir. That shews that she has those two little speeches off by heart.

TALLBOYS   But how could a native girl do such a thing? I couldnt do it myself.

MEEK   That shews that she's not a native girl, sir.

TALLBOYS   But this must be looked into. Were you able to pick up what she said?

**톨보이즈**   영어를 말할 수 있나?

**환자**   영으 못혀유.

**톨보이즈**   아니면 불어는?

**환자**   불으 못혀유 나으리. 유지얄하 럼처눈 은털 그.

**톨보이즈**   알았어, 다신 하지 마. 자 저리가.

*그녀는 이마에 손을 대고 절하며 파빌리온 뒤로 퇴장한다. 톨보이즈는 접이식*
*의자에 앉는다.*

**톨보이즈**   [미크에게] 여기, 자네군. 자네가 통역관이라고 말했지. 저 여자가
내게 말한 걸 이해했나?

**미크**   그렇습다, 각하.

**톨보이즈**   그게 무슨 방언인가? 이곳에서 원주민들이 말하는 바처럼 들리지
않았어.

**미크**   맞습니다, 각하. 저는 학창시절에 그렇게 말하곤 했습니다. 영어
를 거꾸로 읽는 은어입니다, 각하.

**톨보이즈**   거꾸로 읽는 은어라니? 무슨 의미지?

**미크**   철자를 거꾸로 한 영어지요. 그녀는 말의 순서 또한 뒤집었습니
다, 각하. 그건 그녀가 그 짧은 말 둘을 외우고 있다는 걸 보여줍
니다.

**톨보이즈**   하지만 원주민 여자가 어떻게 그런 걸 할 수 있지? 내 자신이 그
걸 할 수 없는데 말이야.

**미크**   그건 그녀가 원주민 여자가 아니라는 걸 보여줍니다.

**톨보이즈**   허나 이건 조사되어야만 해. 자네 그 여자가 말한 것 알 수 있었
나?

| | |
|---|---|
| MEEK | Only bmal elttil, sir. That was quite easy. It put me on to the rest. |
| TALLBOYS | But what does bmal elttil mean? |
| MEEK | Little lamb, sir. |
| TALLBOYS | She called me a little lamb! |
| MEEK | No sir. All she said was "Mary had a little lamb." And when you asked her could she speak French she said, of course, "Its fleece was white as snow." |
| TALLBOYS | But that was insolence. |
| MEEK | It got her out of her difficulty, sir. |
| TALLBOYS | This is very serious. The woman is passing herself off on the Countess as a native servant. |
| MEEK | Do you think so, sir? |
| TALLBOYS | I don't think so: I know so. Dont be a fool, man. Pull yourself together, and don't make silly answers. |
| MEEK | Yessir. No sir. |
| TALLBOYS | [angrily bawling at him] "Ba Ba black sheep: have you any wool? Yes sir, no sir, three bags full." Dont say yessir no sir to me. |
| MEEK | No sir. |
| TALLBOYS | Go and fetch that girl back. Not a word to her about my finding her out, mind. When I have finished with her you will explain to me about those maroons. |

| 미크 | 단지 양 린어뿐입니다, 각하. 그건 아주 쉽습니다. 그게 제게 나머지에 대해 알려주었습니다. |
|---|---|
| 톨보이즈 | 하지만 양 린어가 무슨 의민가? |
| 미크 | 어린 양입니다, 각하. |
| 톨보이즈 | 그 여자가 날 어린 양이라 불렀다니! |
| 미크 | 아닙니다, 각하. 그녀가 말한 전부는 "메리는 어린 양을 가지고 있지유." 였습니다. 그리고 각하께서 그녀에게 불어를 말할 수 있느냐고 물었을 때, 그녀는 물론 "그 털은 눈처럼 하얗지유"라고 말했습니다. |
| 톨보이즈 | 하지만 그건 무례한 짓이었어. |
| 미크 | 그게 그녀를 곤경에서 벗어나게 했습니다, 각하. |
| 톨보이즈 | 이건 아주 심각해. 그 여자가 스스로 원주민 하인인 양 공작부인을 속여넘기고 있거든. |
| 미크 | 그렇게 생각하십니까, 각하? |
| 톨보이즈 | 그렇게 생각하는 게 아니야, 그렇게 아는 거지. 이봐, 바보 같이 굴지 마. 냉정을 되찾고 어리석은 대답 하지 마. |
| 미크 | 알겠습다, 각하. |
| 톨보이즈 | [화가 나서 그에게 고함치며] "바 바 검은 양아, 넌 어떤 털이 있니? 그렇습다, 각하, 알겠습다, 각하, 가방 세 개가 가득 찼죠." 내게 그렇습다, 각하, 알겠습다, 각하라고 하지 마. |
| 미크 | 알겠습다, 각하. |
| 톨보이즈 | 가서 그 여자를 데리고 와. 내가 실체를 알아차렸다는 데 대해 한 마디도 하지 마, 알겠나. 내가 그녀 건을 마쳤을 때 자네는 경보용 폭죽에 대해 내게 설명해야 할 걸세. |

153

MEEK          Yessir. [*He goes into the pavilion*].

TALLBOYS      Hurry up. [*He settles himself comfortably and takes out his cigaret case*].

              *The Countess peers round the corner of the pavilion to see whether she may safely return. Aubrey makes a similar reconnaissance round the corner of the hut.*

THE COUNTESS  Here I am again, you see. [*She smiles fascinatingly at the Colonel and sits down on her stool*].

AUBREY        Moi aussi[30]. May I — [*he stretches himself on the rug*].

TALLBOYS      [*sitting up and putting the cigaret case back in his pocket*] Just in the nick of time. I was about to send for you. I have made a very grave discovery. That native servant of yours is not a native. Her lingo is a ridiculous fraud. She is an Englishwoman.

AUBREY        You don't say so!

THE COUNTESS  Oh, impossible.

TALLBOYS      Not a doubt of it. She's a fraud: take care of your jewels. Or else — and this is what I suspect — she's a spy.

AUBREY        A spy! But we are not at war.

TALLBOYS      The League of Nations[31] has spies everywhere. [*To the Countess*] You must allow me to search her luggage at once, before she knows that I have found her out.

154

| 미크 | 알겠습다, 각하. [그는 파빌리온 안으로 들어간다.] |
|---|---|
| 톨보이즈 | 서둘러. [그는 편안히 앉아서 그의 담뱃값을 꺼낸다.] |

공작부인은 그녀가 안전하게 돌아갈 수 있는지를 살펴보려고 파빌리온의 모퉁이 주변을 주의해서 본다. 오브리는 임시 막사 모퉁이 주변을 유사하게 정찰한다.

| 공작부인 | 다시 왔어요, 아시겠어요. [그녀는 대령에게 매혹적으로 미소 짓고는 등 없는 의자에 앉는다.] |
|---|---|
| 오브리 | 나 또한 왔다네. 내가—[그는 깔개에서 기지개를 켠다.] |
| 톨보이즈 | [바로 앉아 담뱃갑을 그의 호주머니에 다시 넣으며] 마침 알맞은 때네요. 당신들에게 막 사람을 보내려는 참이었어요. 아주 중대한 발견을 했어요. 당신들의 그 원주민 하인은 원주민이 아니에요. 그녀의 뜻 모를 말은 우스꽝스러운 사기행각이에요. 그녀는 영국여성이에요. |
| 오브리 | 설마! |
| 공작부인 | 오, 불가능해요. |
| 톨보이즈 | 의심할 여지가 없어요. 그 여자는 사기꾼이니 당신들의 보석을 조심해요. 그렇지 않으면—그리고 이게 바로 내가 의심하는 반데—그녀는 스파이요. |
| 오브리 | 스파이라니! 하지만 우린 교전 중에 있지 않소. |
| 톨보이즈 | 국제연맹은 어디나 스파이를 갖고 있소. [공작부인에게] 부인께선 제가 그 여자의 실체를 알아냈다는 걸 그녀가 알기 전에 즉시 그녀의 짐을 수색하는 걸 허락해야만 합니다. |

---

30) Moi aussi: "나도 또한 그렇다" 정도의 의미를 갖는 프랑스어.

31) The League of Nations: 국제연맹. 1차 세계대전에서 승리한 연합국을 주축으로 1920년 설립된 국제 평화기구로 UN의 전신이다.

THE COUNTESS But I have missed nothing. I am sure she hasnt stolen anything. What do you want to search her luggage for?

TALLBOYS For maroons.

THE COUNTESS } [together] { Maroons!
AUBREY } { Maroons!

TALLBOYS Yes, maroons. I inspected the stores this morning: and the maroons are missing. I particularly wanted them to recall me at lunch time when I go sketching. I am rather a dab at water colors. And there is not a single maroon left. There should be fifteen.

AUBREY Oh, I can clear that up. It's one of your men: Meek. He goes about on a motor bicycle with a sack full of maroons and a lot of wire. He said he was surveying. He was evidently very anxious to get rid of me; so I did not press my inquiries. But that accounts for the maroons.

TALLBOYS Not at all. This is very serious. Meek is a half witted creature who should never have been enlisted. He is like a child: this woman could do anything she pleases with him.

THE COUNTESS But what could she possibly want with maroons?

TALLBOYS I dont know. This expedition has been sent out without the sanction of the League of the Nations. We always forget to consult it when there is anything serious in hand. The woman may be an emissary of the League. She may be working against us.

156

| 공작부인 | 하지만 난 아무것도 잃어버리지 않았어요. 난 그 아이가 어떤 것도 훔치지 않았다고 확신해요. 도대체 뭣 때문에 그 아이의 짐을 수색하고 싶어 하죠? |
|---|---|
| 톨보이즈 | 경보용 폭죽 때문이요. |

| 공작부인 오브리 | [함께] | 경보용 폭죽! 경보용 폭죽! |
|---|---|---|

| 톨보이즈 | 그렇소, 경보용 폭죽이요. 오늘 아침 비품을 점검했는데 경보용 폭죽이 분실된 거요. 나는 특히 내가 스케치를 하러가는 때인 점심 때 그것들이 회수되기를 원해요. 난 수채화에선 상당히 달인이요. 그런데 단 하나의 경보용 폭죽도 남아있지 않는 거요. 분명 15개가 있어야만 하는데 말이요. |
|---|---|
| 오브리 | 이런, 내가 해결할 수 있어요. 그건 당신 사병 중 하나인 미크 짓이에요. 그가 경보용 폭죽이 가득 든 주머니와 많은 전선을 실은 오토바이를 타고 돌아다녀요. 조사를 하고 있다고 말했어요. 그 자는 분명히 날 몹시 제거하고 싶어 했어요. 그래서 난 내 의문들을 밀어붙이지 않았어요. 허나 그건 경보용 폭죽 때문이었군요. |
| 톨보이즈 | 결코 그렇지 않소. 이건 아주 심각해요. 미크는 결코 징병되어서는 안 되는 아둔한 놈이요. 그는 어린애 같아요. 이 여자는 그의 호감을 사려고 무엇이든 할 수 있었을 것이요. |
| 공작부인 | 하지만 그녀가 경보용 폭죽을 가지고 과연 뭘 하고 싶어 하는 거죠? |
| 톨보이즈 | 모르겠소. 이 원정대는 국제연맹의 인가 없이 파견되었소. 우리는 수중에 심각한 어떤 것이 있을 때 늘 거기에 대해 협의하는 걸 잊어버리죠. 그 여자는 연맹의 밀정일지 모르오. 그녀가 우리에게 대항해 활동하고 있는지 모르오. |

THE COUNTESS  But even so, what harm can she do us?

TALLBOYS  [tapping his revolver] My dear lady, do you suppose I am carrying this for fun? Dont you realize that the hills here are full of hostile tribes who may try to raid us at any moment? Look at that electric horn there. If it starts honking, look out; for it will mean that a body of tribesmen has been spotted advancing on us.

THE COUNTESS  [alarmed] If I'd know that, you wouldnt have got me here. Is that so, Popsy?

AUBREY  Well, yes; but it doesnt matter: theyre afraid of us.

TALLBOYS  Yes, because they dont know that we are a mere handful of men. But if this woman is in communication with them and has got hold of that idiot Meek, we may have them down on us like a swarm of hornets. I dont like this at all. I must get to the bottom of it at once. Ah! here she comes.

*Meek appears at the entrance to the pavilion. He stands politely aside to let the patient pass him, and remains there.*

MEEK  The colonel would like a word with you, Miss.

AUBREY  Go easy with her, Colonel. She can run like a deer. And she has muscles of iron. You had better turn out the guard before you tackle her.

158

**공작부인**   하지만 심지어 그렇다 해도, 그녀가 우리에게 무슨 해를 끼칠 수 있죠?

**톨보이즈**   [*그의 권총을 가볍게 두드리면서*] 경애하는 부인, 재미로 이걸 휴대하고 있다고 생각하시오? 부인은 여기 오지의 구릉지대가 언제든 우리를 공습하려고 하는 적대적인 부족들로 가득 차있다는 걸 깨닫지 못하시오? 저기 전기 경적을 보시오. 만약 경적이 울리기 시작하면, 주의해요. 왜냐하면 그건 다수의 부족들이 우리에게 진격하고 있다는 게 탐지되었음을 의미할 것이기 때문이오.

**공작부인**   [*깜짝 놀라며*] 만약 내가 그걸 알았다면, 당신은 날 여기 붙들어두지 않았을 테죠. 그렇죠, 폽시?

**오브리**   글쎄, 맞아. 하지만 그건 중요하지 않아. 그들이 우릴 두려워하거든.

**톨보이즈**   그렇소, 그들이 우리가 단지 소수의 인원이란 걸 모르기 때문이죠. 그러나 만약 이 여자가 그들과 내통하고 얼간이 미크를 손에 넣고 있다면, 우린 그들이 호박벌 떼처럼 우리를 때려눕히게 할지도 모르오. 난 이걸 결코 좋아하지 않아요. 즉시 진상을 규명해야만 하오. 아! 여기 그 여자가 오는군.

*미크가 파빌리온 입구에 나타난다. 그는 환자가 그를 지나가도록 공손하게 비켜서고 거기에 그대로 있다.*

**미크**   아가씨, 대령님이 댁과 한 마디 하시고 싶어 하실 거야.

**오브리**   그녀에게 화내지 말아요, 대령. 그녀는 사슴처럼 달릴 수 있어요. 그리고 강철 근육을 가지고 있어요. 당신이 그녀에게 손대기 전에 위병을 집합시키는 게 나을 걸요.

| | |
|---|---|
| TALLBOYS | Pooh! Here, you! |

*The patient comes to him past the Countess with an air of disarming innocence; falls on her knees; lifts her palms; and smites the ground with her forehead.*

| | |
|---|---|
| TALLBOYS | They tell me you can run fast. Well, a bullet can run faster. [*He taps his revolver*]. Do you understand that? |
| THE PATIENT | [*salaaming*] Bmal elttil a dah yram wons sa etihw saw eceelf tsi— |
| TALLBOYS | [*tonitruant*[32]] And everywhere that Mary went— |
| THE PATIENT | [*adroitly cutting in*] That lamb was sure to go. Got me, Colonel. How clever of you! Well, what of it? |
| TALLBOYS | That is what I intend to find out. You are not a native. |
| THE PATIENT | Yes, of Somerset[33]. |
| TALLBOYS | Precisely. Well, why are you disguised? Why did you try to make me believe that you don't understand English? |
| THE PATIENT | For a lark, Colonel. |
| TALLBOYS | That's not good enough. Why have you passed yourself off on this lady as a native servant? Being a servant is no lark. Answer me. Dont stand there trying to invent a lie. Why did you pretend to be a servant? |
| THE PATIENT | One has so much more control of the house as a servant than as a mistress nowadays, Colonel. |
| TALLBOYS | Very smart, that. You will tell me next that one controls a regiment much more effectively as a private than as a colonel, eh? |

| 톨보이즈 | 푸우! 이봐, 이리 와! |
|---|---|

*환자는 붙임성 있는 순진한 태도로 공작부인을 지나 그에게로 가서 그녀의 무릎을 꿇는다. 그리고 그녀의 두 손바닥을 들어 올리고는 그녀의 이마로 바닥을 세게 부딪친다.*

| 톨보이즈 | 저분들이 네가 빨리 달릴 수 있다고 말씀하셨어. 글쎄, 총알이 더 빨리 달릴 수 있을걸. [*그는 그의 권총을 가볍게 두드린다.*] 알아듣겠나? |
|---|---|
| 환자 | [*이마에 손을 대고 절하며*] 유지있 고지가 을양 린어 느리메 유지양 하 럼처눈 은털 건 그— |
| 톨보이즈 | [*우뢰 같은 소리로*] 그리고 메리가 가는 곳은 어디나— |
| 환자 | [*교묘하게 끼어들어*] 그 양은 반드시 가지요. 대령님, 절 이겼어요! 정말 똑똑하시네! 자, 그게 어쨌단 말이죠? |
| 톨보이즈 | 그게 내가 찾아내려고 의도했던 바야. 넌 원주민이 아니야. |
| 환자 | 맞아요, 서머셋 출신이죠. |
| 톨보이즈 | 바로 그거야. 자, 왜 변장을 했지? 왜 네가 영어를 이해하지 못한다는 걸 내가 믿도록 하려고 했지? |
| 환자 | 장난삼아서요, 대령님. |
| 톨보이즈 | 그건 충분히 타당하지 않군. 왜 넌 원주민 하인인 양 이 부인을 속여넘겼지? 하인이 되는 건 장난이 아냐. 대답해. 거기서서 거짓말을 꾸며내려고 하지 마. 왜 넌 하인인 체했던 거야? |
| 환자 | 오늘날 사람들은 여주인으로서보다는 하인으로서 집에 대해 그렇게 훨씬 더 많은 지배력을 갖고 있어요. |
| 톨보이즈 | 그거 아주 재치 있군. 다음으로 사람들이 대령으로서보다는 사병으로서 연대를 훨씬 더 효과적으로 지배한다고 말할 테지, 그렇지? |

---

32) tonitruant: '우레와 같은 소리를 내는'이란 의미의 프랑스어.

33) Somerset: 영국 잉글랜드 남서부의 주.

*The klaxon sounds stridently. The Colonel draws his revolver and makes a dash for the top of the sandhill, but is outraced by Meek, who gets there first and takes the word of command with irresistible authority, leaving him stupent. Aubrey, who has scrambled to his feet, moves towards the sand dunes to see what is happening. Sweetie clutches the patient's arm in terror and drags her towards the pavilion. She is fiercely shaken off; and Mops stands her ground defiantly and runs towards the sound of the guns when they begin.*

MEEK    Stand to. Change your magazines. Stand by the maroons. How many do you make them, sergeant? How far off?

SERGEANT FIELDING   [*invisible*] Forty horse. Nine hundred yards, about, I make it.

MEEK    Rifles at the ready. Cut-offs open. Sights up to eighteen hundreds, right over their heads: no hitting. Ten rounds rapid: fire. [*Fusillade*[34)] *of rifles*]. How is that?

SERGEANT'S VOICE   Theyre coming on, sir.

MEEK    Number one maroons: ready. Contact. [*Formidable explosions on the right*]. How is that?

SERGEANT'S VOICE   Theyve stopped.

MEEK    Number two maroons ready. Contact. [*Explosions on the left*]. How is that?

SERGEANT'S VOICE   Bolted, sir, every man of them.

*Meek returns from the hill in the character of an insignificant private, followed by Aubrey, to the Colonel's left and right respectively.*

클랙슨 전기 경적이 귀에 거슬리게 울린다. 대령은 권총을 꺼내 모래언덕 정상을 향해 돌진하지만 미크에게 추월되고, 미크가 먼저 도착해 그를 바보같이 놔두고 저항할 수 없는 권위를 지닌 명령의 말을 지껄인다. 일어선 상태로 기어 올라갔던 오브리는 무슨 일이 일어났는지 보려고 모래언덕 쪽으로 간다. 스위티는 공포 속에서 환자의 팔을 꽉 잡고는 파빌리온 쪽으로 끌고 간다. 그녀를 맹렬히 떨쳐버리고 몹스는 대담하게 지금까지의 위치를 바꾸지 않고 총소리가 시작되었을 때 그 소리가 나는 쪽으로 달려간다.

미크　　　　대기하라. 탄창을 바꿔. 경보용 폭죽을 준비하라. 하사, 얼마나 된다고 생각하나? 얼마나 멀리 있나?

필딩 하사　　[보이지 않으며] 40마력입니다. 약 900야드 정도라 생각합니다.

미크　　　　소총 사격자세 준비. 안전장치 열기. 소총 머리 바로 위로 1800까지 조준, 맞추지 말 것. 속사 열 발, 발사. [소총의 일제사격] 어떤가?

하사의 목소리　그들이 전진하고 있습니다, 나리.

미크　　　　1번 폭죽. 준비. 접전. [오른편에서 가공할만한 폭발]. 어떤가?

하사의 목소리　그들이 멈추었습니다.

미크　　　　2번 폭죽 준비. 접전. [왼편에서 폭발]. 어떤가?

하사의 목소리　달아났습니다, 나리, 그들 모두가 말입니다.

미크는 천한 사병의 역할로 언덕으로부터 되돌아오고, 오브리가 뒤따라 와 각각 대령의 왼편과 오른편으로 간다.

---

34) 연속사격, 일제사격.

MEEK          Thats all right, sir. Excuse interruption.

TALLBOYS      Oh! You call this an interruption?

MEEK          Yessir: theres nothing in it to trouble you about.
              Shall I draw up the report, sir? Important
              engagement: enemy routed: no British casualties.
              D.S.O. for you, perhaps, sir.

TALLBOYS      Private Meek: may I ask—if you will pardon my
              presumption—who is in command of this expedition,
              you or I?

MEEK          You, sir.

TALLBOYS      [repouching the revolver] You flatter me. Thank you. May
              I ask, further, who the devil gave you leave to plant
              the entire regimental stock of maroons all over the
              hills and explode them in the face of the enemy?

MEEK          It was the duty of the intelligence orderly, sir. I'm
              the intelligence orderly. I had to make the enemy
              believe that the hills are bristling with British
              cannon. They think that now, sir. No more trouble
              from them.

TALLBOYS      Indeed! Quartermaster's clerk, interpreter, intelligence
              orderly. And further rank of which I have not been
              informed?

MEEK          No, sir.

TALLBOYS      Quite sure youre not a fieldmarshal, eh?

MEEK          Quite sure, sir. I never was anything higher than a
              colonel.

TALLBOYS      You a colonel? What do you mean?

| 미크 | 더할 나위 없이 잘 됐습니다, 각하. 방해해 죄송합니다. |
|---|---|
| 톨보이즈 | 오! 자넨 이걸 방해라고 부르나? |
| 미크 | 그렇습다, 각하. 거기엔 각하를 고민케 할 것이 아무것도 없습니다. 제가 보고서를 작성할까요, 각하? 중요한 교전, 적이 방향을 돌렸음, 영국인 사상자 없음. 아마도 각하께는 수훈장이 있을 겁니다, 각하. |
| 톨보이즈 | 미크 사병, 내가―만약 자네가 내 무례를 용서한다면―이 원정대를 누가 지휘하는지, 자넨지 난지 물어도 되겠나? |
| 미크 | 각하이십니다, 각하. |
| 톨보이즈 | [권총을 다시 주머니에 넣으며] 자네가 날 추켜세우는군. 고맙네. 게다가 내가 어떤 놈이 자네에게 전 연대에 비축된 폭죽을 구릉지대 도처에 설치해 적의 면전에서 폭발시키라 했는지 물어도 되겠나? |
| 미크 | 그건 정보전령의 의무였습니다, 각하. 전 정보전령입니다. 저는 적들이 구릉지대가 영국 대포로 꽉 차있다고 믿도록 만들어야만 했습니다. 지금 그들은 그렇게 생각합니다, 각하. 그들로부터 더 이상의 분쟁은 없습니다. |
| 톨보이즈 | 설마! 병참장교의 서기, 통역과, 정보전령. 그리고 내가 지금껏 모르는 어떤 그 이상의 지위는? |
| 미크 | 없습니다, 각하. |
| 톨보이즈 | 분명 자네는 육군원수는 아니지, 그렇지? |
| 미크 | 분명 그렇습니다, 각하. 전 결코 대령보다 더 높은 어떤 건 아닙니다. |
| 톨보이즈 | 자네가 대령이라고? 무슨 의민가? |

MEEK          Not a real colonel, sir. Mostly a brevet[35], sir, to save
              appearances when I had to take command.

TALLBOYS      And how do you come to be a private now?

MEEK          I prefer the ranks, sir. I have a freer hand. And the
              conversation in the officers' mess doesnt suit me. I
              always resign a commission and enlist again.

TALLBOYS      Always! How many commissions have you held?

MEEK          I dont quite remember, sir. Three, I think.

TALLBOYS      Well, I am dashed!

THE PATIENT   Oh, Colonel! And you mistook this great military
              genius for a half wit!!!

TALLBOYS      [with aplomb] Naturally. The symptoms are precisely
              the same. [To Meek] Dismiss.

              *Meek salutes and trots smartly out past the hut.*

AUBREY        By Jove!!

THE COUNTESS  Well I ne — [Correcting herself] Tiens, tiens, tiens, tiens!

THE PATIENT   What are you going to do about him, Colonel?

TALLBOYS      Madam: the secret of command, in the army and
              elsewhere, is never to waste a moment doing
              anything that can be delegated to a subordinate. I
              have a passion for sketching in watercolors.
              Hitherto the work of commanding my regiment has
              interfered very seriously with its gratification.
              Henceforth I shall devote myself almost entirely to
              sketching, and leave the command of the expedition
              to Private Meek. And since you all seem to be on
              more intimate terms with him that I can claim, will

| 미크 | 진짜 대령은 아닙니다, 각하. 대개는 제가 지휘를 해야만 할 때 체면을 지키기 위한 명예진급입니다, 각하. |
|---|---|
| 톨보이즈 | 그런데 자네는 어떻게 지금 사병이 되었는가? |
| 미크 | 전 그 계급을 선호합니다, 각하. 전 행동의 자유를 더 갖고 있습니다. 그리고 장교 식당에서의 대화가 제게 맞지 않습니다. 전 늘 장교의 지위를 사임하고 다시 입대합니다. |
| 톨보이즈 | 늘! 자넨 얼마나 많은 임관식을 했나? |
| 미크 | 전 전혀 기억하지 못합니다, 각하. 세 번이라고 생각합니다. |
| 톨보이즈 | 이런, 놀랍구나! |
| 환자 | 오, 대령님! 그런데 대령님은 이런 위대한 군사천재를 얼뜨기로 오해하셨다니!!! |
| 톨보이즈 | [태연자약하게] 물론이지. 그 증후가 정확히 똑같아. [미크에게] 해산. |

*미크는 경례를 하고 재빠르게 임시막사를 지나 구보해나간다.*

| 오브리 | 맹세코! |
| 공작부인 | 원 나는 결― [스스로 바로 잡으며] 쯧, 쯧, 쯧, 쯧! |
| 환자 | 그를 어떻게 하려는 거죠, 대령님? |
| 톨보이즈 | 부인, 군대에서 그리고 다른 어떤 곳에서도 지휘의 비밀은 하급자에게 위임될 수 있는 어떤 것을 해야 하는 순간을 결코 놓치지 않는 겁니다. 난 수채화로 사생하는 것에 대한 열정을 가지고 있단 말이에요. 지금까지 내 연대를 지휘하는 일이 그 희열을 아주 심각하게 방해해왔답니다. 이제부터 난 거의 완전히 사생하는 데 전념할 것이며 원정대의 지휘는 미크 사병에게 맡길 겁니다. 그리고 부인이 그와 아주 더 절친한 사이인 것처럼 보이니까 |

---

35) 군사용어로 명예진급을 말한다. 전시나 비상시 등 지휘할 상급자 없을 경우 하급자를 명예 진급시켜 합당한 지휘권을 부여한다.

you be good enough to convey to him—casually, you understand—that I already possess the D.S.O. and that what I am out for at present is a K.C.B.[36] Or rather, to be strictly accurate, that is what my wife is out for. For myself, my sole concern for the moment is whether I should paint that sky with Prussian blue or with cobalt.

THE COUNTESS Fancy you wasting your time on painting pictures!

TALLBOYS Countess: I paint pictures to make me feel sane. Dealing with men and women makes me feel mad. Humanity always fails me: Nature never.

요청하건대 친절하게도 그에게—이해하시겠지만 약식으로—난 이미 무공훈장을 받았다는 것과 내가 현재 얻으려고 애쓰는 것은 군에서 가장 뛰어난 공훈자에게 수여되는 바스 훈장이라는 걸 전해주시겠소. 오, 혹은 차라리 엄밀히 정확하게 하자면, 그게 내 아내가 얻으려고 하는 바라는 걸 말이오. 내 자신으로선 지금 당장 나의 유일한 관심은 내가 저 하늘을 감청색으로 칠해야만 하는 것인지 아니면 코발트색으로 칠해야만 하는 것인지 하는 거요.

**공작부인**   그림을 칠하는 데 당신의 시간을 낭비하다니 기가 막히는군요!

**톨보이즈**   공작부인, 내가 제정신이라고 느끼게 하려고 그림을 그리는 거요. 남녀 인간을 다루는 것이 날 미쳤다고 느끼게 만들죠. 인류는 언제나 날 저버리지만 자연은 결코 그렇지 않아요.

---

36) K.C.B: Knight Commander of the Bath의 약자. K.C.B는 1725년에 시작된 바스 훈장(The Order of Bath) 중 군인에게 수여되는 훈장이다. 바스 훈장은 기사도 정신에서 온 것으로 가장 높은 자질을 지닌 인물에게 수여한다.

# ACT III

*A narrow gap leading down to the beach through masses of soft brown sandstone, pitted with natural grottoes. Sand and big stones in the foreground. Two of the grottoes are accessible from the beach by mounting from the stones, which make rough platforms in front of them. The soldiers have amused themselves by hewing them into a rude architecture and giving them fancy names. The one on your right as you descend the rough path through the gap is taller than it is broad, and has a natural pillar and a stone like an altar in it, giving a Gothic suggestion which has been assisted by knocking the top of the opening into something like a pointed arch, and surmounting it with the inscription SN PAULS. The grotto to the left is much wider. It contains a bench long enough to accommodate two persons; its recesses are illuminated rosily by bulbs wrapped in pink paper; and some scholarly soldier has carved above it in Greek characters the word $A\gamma\alpha\pi\epsilon\mu o\nu\epsilon$, beneath which is written in red chalk THE ABODE OF LOVE, under*

# 3막

작은 천연 동굴들로 움푹 들어가 있는 부드러운 갈색 사암 덩어리들을 지나 해변까지 내려가도록 인도하는 좁은 틈. 전경에 모래와 큰 돌들이 있다. 작은 동굴들 중 두 개는 돌들로부터 올라감으로써 해변에서 접근하기가 쉽고, 그 돌들은 동굴 앞에서 거친 연단이 된다. 병사들은 그것들을 조야한 구조물로 쪼개어 만들어 거기에 기발한 이름을 붙임으로써 즐거워 해왔다. 사람들이 그 틈을 통해 울퉁불퉁한 길을 내려갈 때 사람들의 오른편에 있는 동굴은 넓기보다는 더 높으며, 천연 기둥과 그 안에 뾰족한 아치 같은 어떤 것으로 난 열린 구멍 위를 두드리고 세인트 폴즈라는 비명을 거기에 얹음으로써 도움을 받게 된 고딕적인 암시를 주는 제단과 같은 돌을 갖고 있다. 왼편에 있는 작은 동굴은 훨씬 더 넓다. 그것은 두 사람을 수용하기에도 충분한 벤치를 갖고 있으며, 그 깊숙한 곳들은 분홍 종이로 감싼 전구로 인해 장밋빛으로 비추어지며, 어떤 학구적인 병사가 그 위에 희랍문자로 $A\gamma\alpha\pi\epsilon\mu o\nu\epsilon$란 말을 새겨두었으며, 그 바로 밑에 붉은 백묵으로 '사랑의 거처'라고 쓰여 있다. 그 아래에

*which again some ribald has added in white chalk,* NO NEED TO
WASTE THE ELECTRIC LIGHT.

*For the moment The Above of Love has been taken possession of
by the sergeant, a wellbuilt handsome man, getting on for forty. He is
sitting on the bench, and is completely absorbed in two books,
comparing them with rapt attention.*

*St Pauls is also occupied. A very tall gaunt elder, by his dress
and bearing a well-to-do English gentleman, sits on a stone at the
altar, resting his elbows on it with his chin in his hands. He is in the
deepest mourning; and his attitude is one of hopeless dejection.*

*Sweetie, now fully and brilliantly dressed, comes slowly down the
path through the gap, moody and bored. On the beach she finds
nothing to interest her until the sergeant unconsciously attracts her
notice by finding some remarkable confirmation or contradiction
between his two books, and smiting one of them appreciatively with
his fist. She instantly brightens up; climbs to the mouth of the grotto
eagerly; and posts herself beside him, on his right. But he is so rapt in
his books that she waits in vain to be noticed.*

SWEETIE     *[contemplating him ardently]* Ahem!

                *The Sergeant looks up. Seeing who it is, he springs to his feet
                and stands to attention.*

SWEETIE     *[giving herself no airs]* You neednt stand up for me, you
                know.

THE SERGEANT *[stiffly]* Beg pardon, you ladyship. I was not aware of
                your ladyship's presence.

SWEETIE     Can all that stuff, Sergeant. *[She sits on the bench on his
                right]*. Dont lets waste time. This place is as dull for
                me as it is for you. Dont you think we two could

다시 하얀 백묵으로 '전깃불 낭비는 불필요'라는 어떤 상스러움이 덧붙여져 있다.

지금은 '사랑의 거처'가 마흔 가까이 된 체격 좋은 미남인 하사에 의해 점유되어 있다. 그는 벤치에 앉아서 무아경에 빠져 그것들을 비교하면서 두 권의 책에 완전히 몰입해 있다.

세인트 폴즈 또한 점유되어 있다. 그의 복장과 행동거지로 미루어 보아 유복한 영국 젠틀맨인 아주 키가 크고 몹시 여윈 노인이 두 손으로 턱을 괴고 그의 팔꿈치를 기대고는 제단에 있는 돌에 앉아 있다. 그는 가장 깊은 비탄에 잠겨 있으며, 그의 태도는 절망적인 낙담의 그것이다.

때마침 화려하게 성장을 한 스위티가 우울하고 따분해서 그 틈을 통해 난 작은 길을 천천히 내려온다. 하사가 자신의 두 책 사이에서 어떤 놀랄 만한 확증이나 모순을 발견하고 그것 중 하나를 평가해 그의 주먹으로 강타함으로써 무의식적으로 그녀의 주의를 끌 때까지 그녀는 해변에서 그녀에게 흥미를 줄 것을 아무것도 찾지 못한다. 그녀는 곧 명랑한 기분이 되어 동굴의 입구로 열심히 올라가 그녀 스스로 그의 옆에, 그의 오른편에 자리 잡는다. 하지만 그가 그의 책들에 너무나 몰두하고 있어서 그녀는 헛되이 알아차려지기를 기다린다.


스위티    [그를 열렬히 응시하며] 에헴!

            *하사가 쳐다본다. 그게 누구인지를 알고서는 그는 벌떡 일어나서 차려 자세를 하고 서있다.*

스위티    [젠체하지 않으며] 아시다시피 나 때문에 일어설 필요는 없어요.

 하사    [딱딱하게] 죄송합니다, 부인. 부인께서 계신지 알아차리지 못했습니다.

스위티    하사, 그 모든 허튼소리 그만해요. [그녀는 그의 오른편 벤치에 앉는다]. 시간 낭비하지 말아요. 이곳은 당신에게 그런 것과 마찬가지로 내게도 따분해요. 만약 우리가 친구라면 우리 두 사람이 좀

amuse ourselves a bit if we were friends?

THE SERGEANT [*with stern contempt*] No, my lady, I dont. I saw a lot of that in the war: pretty ladies brightening up the hospitals and losing their silly heads, let alone upsetting the men; and I dont hold with it. Keep to your class: I'll keep to mine.

SWEETIE My class! Garn! I'm no countess; and I'm fed up with pretending to be one. Didnt you guess?

THE SERGEANT [*resuming his seat and treating her as one of his own class*] Why should I trouble to start guessing about you? Any girl can be a countess nowadays if she's goodlooking enough to pick up a count.

SWEETIE Oh! You think I'm goodlooking, do you?

THE SERGEANT Come! If youre not a countess what are you? Whats the game, eh?

SWEETIE The game, darling, is that youre my fancy. I love you.

THE SERGEANT Whats that to me? A man of my figure can have his pick.

SWEETIE Not here, dear. Theres only one other white woman within fifty miles; and she's a real lady. She wouldnt look at you.

THE SERGEANT Well, thats a point. Thats a point, certainly.

SWEETIE [*snuggling to him*] Yes, isnt it?

즐길 수 있을 거라 생각하지 않아요?

**하사** [단호한 경멸로] 아뇨, 부인, 그렇게 여기지 않습니다. 전쟁에서 그런 걸 많이 봤어요. 남자들을 망쳐놓는 건 말할 것도 없고 병원을 유쾌하게 하면서 어리석게 냉정을 잃고 마는 귀부인들을 말이에요. 그리고 전 그걸 좋게 보지 않아요. 당신 계급에서 벗어나지 말아요. 난 내 거에서 벗어나지 않을 거요.

**스위티** 내 계급이라고! 허어, 그래서! 난 공작부인이 아니고 그런 체하는 게 싫증난단 말이야. 짐작하겠어?

**하사** [그의 자리에 다시 앉고선 그녀를 자기 계급의 한 사람으로 취급하면서] 왜 내가 당신에 대해 짐작하기 시작하느라 일부러 애써야만 하지? 오늘날 어떤 여자든 만약 그녀가 공작을 낚을 정도로 충분히 예쁘다면 공작부인이 될 수 있거든.

**스위티** 오! 당신은 내가 예쁘다고 생각하는군, 그렇지?

**하사** 자! 공작부인이 아니라면, 당신은 뭐야? 무슨 수작이 있는 거지, 그렇잖소?

**스위티** 그 수작은, 자기, 자기가 내 마음에 드는 사람이라는 거야. 당신을 사랑해.

**하사** 그게 나와 무슨 상관이요? 나 같은 인물은 자신의 선택권을 가질 수 있소.

**스위티** 여기선 아니야, 자기. 50마일 안에 단지 단 한 명의 다른 백인 여자가 있고, 그녀는 진짜 숙녀지. 그녀는 당신을 쳐다보지 않을 거야.

**하사** 원, 그게 핵심이야. 분명히 그게 핵심이지.

**스위티** [그에게 다가가 붙으며] 맞아요, 그렇죠?

THE SERGEANT  [*suffering the advance but not responding*] This climate plays the devil with a man, no matter how serious minded he is.

SWEETIE  [*slipping her arm through his*] Well, isnt it natural? Whats the use of pretending?

THE SERGEANT  Still, I'm not a man to treat a woman as a mere necessity. Many soldiers do: to them a woman is no more than a jar of marmalade, to be consumed and put away. I dont take that view. I admit that there is that side of it, and that of people incapable of anything better—mere animals as you might say—thats the beginning and the end of it. But to me thats only the smallest part of it. I like getting a woman's opinions. I like to explore her mind as well as her body. See these two little books I was deep in when you accosted me? I carry them with me wherever I go. I put the problems they raise for me to every woman I meet.

SWEETIE  [*with growing misgiving*] What are they?

THE SERGEANT  [*pointing to them successively*] The Bible. The Pilgrim's Progress from this world to that which is to come.

SWEETIE  [*dismayed, trying to rise*] Oh, my God!

THE SERGEANT  [*holding her ruthlessly in the crook of his elbow*] No you dont. Sit quite; and dont take the name of the Lord your God in this vain. If you believe in him, it's blasphemy: if you dont, it's nonsense. You must learn to exercise your mind: what is a woman without

하사      [그 접근을 내버려두지만 반응을 하지 않으며] 이 풍토는 그의 마음이 아무리 진지하다 해도 남자를 엉망진창으로 만들지.

스위티      [그의 팔에 그녀의 팔을 미끄러뜨려 넣으며] 원, 그게 자연스러운 것 아닌가요? 안 그런 체하는 게 무슨 소용 있어요?

하사      그럼에도, 난 여자를 단순한 필수품으로 취급하는 남자는 아니요. 많은 병사들이 그렇게 하지. 그들에게 여자는 소비하거나 먹어치워야 하는 한 병의 마멀레이드 잼에 지나지 않아. 난 그런 견해를 취하지 않소. 거기에는 그런 측면이 있다는 것과 더 나은 어떤 것을 할 수 없는 사람들에게—당신이 그렇게 말할 것 같은 단순한 동물들에게—그것이 그 시작이자 끝이라는 걸 인정하오. 그러나 내게 그것은 가장 사소한 부분이요. 난 여자의 의견을 얻기를 좋아하오. 그녀의 몸은 물론 그녀의 마음도 탐구하고 싶소. 당신이 내게 말을 걸었을 때 내가 깊이 빠져있었던 이 두 권의 작은 책을 보오. 난 어디를 가든 그 책들을 휴대하오. 내가 만난 모든 여인에게 그 책들이 제기하는 문제들을 적용하오.

스위티      [점점 증가하는 불안감으로] 그것들이 뭐지요?

하사      [연달아 그 책들을 가리키면서] 『성경』. 이 세상에서 다음에 올 세상까지의 『천로역정』.

스위티      [당황하여 일어나려고 하며] 오, 하나님 맙소사!

하사      [그의 팔꿈치 안쪽으로 무자비하게 그녀를 붙잡으며] 아니, 그렇게는 안될 걸. 조용히 앉아. 그리고 함부로 하나님의 이름을 남용하지 마. 만약 당신이 하나님을 믿는다면, 그건 신성모독이야. 만약 그렇지 않다면, 그건 난센스지. 당신은 당신 마음을 움직이는 걸 배워야만 해. 단순한 편의를 제외하곤 남자에 대해 적극적인 마음이

|  | an active mind to a man but a mere convenience? |
| SWEETIE | I have plenty to exercise my mind looking after my own affairs. What I look to you for, my lad, is a bit of fun. |
| THE SERGEANT | Quite. But when men and women pick one another up just for a bit of fun, they find theyve picked up more than they bargained for, because, men and women have a top storey as well as a ground floor; and you cant have the one without the other. Theyre always trying to; but it doesnt work. Youve picked up my mind as well as my body; and youve got to explore it. You thought you could have a face and a figure like mine with the limitations of a gorilla. Youre finding out your mistake: thats all. |
| SWEETIE | Oh, let me go: I have had enough of this. If I'd thought you were religious I'd have given you a wide berth, I tell you. Let me go, will you? |
| THE SERGEANT | Wait a bit. Nature may be using me as a sort of bait to draw you to take an interest in things of the mind. Nature may be using your pleasant animal warmth to stimulate my mind. I want your advice. I dont say I'll take it; but it may suggest something to me. You see, I'm in a mess[37]. |
| SWEETIE | Well, of course. Youre in the sergeants' mess[38]. |

없는 여자는 뭐지?

**스위티**　내 자신의 문제들을 돌보느라 내 마음을 충분히 움직이고 있다니까. 이봐요, 내가 당신에게 찾는 건 약간의 재미란 말이야.

**하사**　그렇고말고. 하지만 남자와 여자가 그저 약간의 재미를 위해서 서로를 찾을 때, 그들은 자신들이 기대했던 것 이상을 손에 넣었다는 걸 알 거야. 왜냐하면 남자와 여자는 일층은 물론 맨 위층도 갖고 있기 때문이지. 그리고 당신은 후자 없이는 전자를 가질 수 없지. 그들은 늘 그렇게 하려 하지만 그건 잘 되지가 않아. 당신은 내 몸은 물론 내 마음도 수중에 넣을 거고, 당신은 그걸 탐구하게 될 거야. 당신은 고릴라의 한계를 지닌 나와 같은 얼굴과 풍채를 가질 수 있을 거라 생각했지. 당신의 실수를 깨닫게 될 거고 그게 다야.

**스위티**　오, 날 놓아줘요. 이런 거 이제 질색이에요. 당신에게 말하지만, 만약 당신이 종교적이라고 생각했다면, 난 당신을 경원시 했을 거예요. 놓아주세요, 그럴 거죠?

**하사**　잠깐 기다려. 당신이 마음의 형세에 흥미를 갖도록 이끌려고 자연이 날 일종의 미끼로 사용하는 것일지도 몰라. 당신의 충고를 원하오. 그걸 받아드릴 거라고 말하진 않겠소. 하지만 그게 내게 무엇인가를 시사할지도 몰라요. 알겠지만 난 혼란에 빠져 있소.

**스위티**　이거 참, 물론이죠. 당신은 하사관 식당에 있죠.

---

37) 여기서 하사는 'mess'를 혼란의 의미로 사용한다.

38) 스위티는 'mess'를 군대의 식당을 의미하는 말로 응수한다.

THE SERGEANT  Thats not the mess I mean. My mind's in a mess — a muddle. I used to be a religious man; but I'm not so clear about it as I was.

SWEETIE  Thank goodness for that, anyhow.

THE SERGEANT  Look at these tow books. I used to believe every word of them because they seemed to have nothing to do with real life. But war brought those old stories home quite real; and then one starts asking questions. Look at this bit here [*he points to a page of The Pilgrim's Progress*]. It's on the very first page of it. "I am for certain informed that this our city will be burned with fire from heaven, in which fearful overthrow both myself, with thee my wife, and you my sweet babes, shall miserably come to ruin, except some way of escape can be found whereby we may be delivered." Well, London and Paris and Berlin and Rome and the rest of them will be burned with fire from heaven all right in the next war: thats certain. Theyre all Cities of Destruction. And our Government chaps are running about with a great burden of corpses and debts on their backs, crying "What must we do to be saved?" There it is: not a story in a book as it used to be, but God's truth in the real actual world. And all the comfort they get is "Flee from the wrath to come." But where are they to flee to? There they are, meeting at Geneva or hobnobbing at Chequers over the weekend,

하사　그게 내가 의미하는 메스가 아니요. 내 마음이 혼란에 빠졌다는 거요―혼란상태 라는 거지. 난 늘 종교적인 사람이었소. 하지만 예전에 내가 그랬던 것처럼 거기에 대해 그렇게 명확하지 않소.

스위티　어쨌든, 그거 고맙기도 하군요.

하사　이 두 권의 책을 보라니깐. 나는 그 책들이 실제 삶과 아무 관계가 없는 것 같았기 때문에 거기에 든 모든 말을 믿곤 했단 말이야. 하지만 전쟁은 이 옛날이야기들이 아주 진짜라는 걸 절실히 느끼게 했다고. 그런 다음 누군가 질문을 하기 시작한 거야. 여기를 잠시 보라고 [그는 『천로역정』의 한 페이지를 가리킨다]. 이게 바로 그 첫 페이지에 있는 거야. "나는 우리의 이 도시가 하늘의 불로 탈 것이며, 그것으로 인해 우리가 구원될 수 있는 어떤 도피의 방법이 발견되지 않는다면, 그 두려운 파멸 속에서 내 자신과 그대 내 아내 그리고 너희들 내 귀여운 아기들이 멸망할 것임을 들어 확실히 알고 있도다." 자, 런던과 파리 그리고 베를린과 로마 그리고 그 나머지가 다음 전쟁에서 틀림없이 하늘의 불로 탈 것이며, 그건 분명하다. 그것들은 모두 파멸의 도시로다. 그리고 우리 정부 인사들은 그들의 등에 시체와 빚으로 된 큰 짐을 지고 "구원되기 위해 우리가 무엇을 해야만 하는가?"라고 외치며 뛰어 돌아다닐 것이다. 그것은 이전에 그러했던 것처럼 책 속에 있는 이야기가 아니라 실제 현실 세계에 있는 하나님의 진리이니라. 그들이 얻는 모든 위안은 "다가올 분노로부터 달아나라" 이니라. 그러나 그들이 어디로 달아날 것인가? 그들은 주말 동안 제네바에서 만나거나 영국수상 별장에서 사이좋게 지내며 그 책

asking one another, like the man in the book, "Whither must we flee?" And nobody can tell them. The man in the book says "Do you see yonder shining light?" Well, today the place is blazing with shining lights: shining lights in parliament, in the papers, in the churches, and in the books that they call Outlines — Outlines of History and Science and what not — and in spirit of all their ballyhoo here we are waiting in the City of Destruction like so many sheep for the wrath to come. This uneducated tinker[39] tells me the way is straight before us and so narrow that we cant miss it. But he starts by calling the place the wilderness of this world. Well, there no road in a wilderness: you have to make one. All the straight roads are made by soldiers; and the soldiers didnt get to heaven along them. A lot of them landed up in the other place. No, John[40]: you could tell a story well; and they say you were a soldier; but soldiers that try to make storytelling do for service end in the clink; and thats where they put you. Twelve years in Bedford Gaol, he got. He used to read the Bible in gaol; and —

속에 나온 인간과 마찬가지로 서로 "우리가 어디로 달아나야만 합니까?"라고 묻지. 그런데 어느 누구도 그걸 말할 수가 없단 말이지. 그 책 속에 나온 인간은 "너희는 저쪽에 번쩍이는 빛이 보이느냐?"라고 말하지. 이제, 오늘 그곳은 번쩍이는 빛으로 타오르지, 의회에서, 신문에서, 교회에서 그리고 그들이 요점이라─역사와 과학 그리고 내가 모르는 것의 요점이라─부르는 책에서 번쩍이는 빛으로 말이야 그리고 그들의 모든 소동에도 불구하고 여기 우리는 파멸의 도시에서 그렇게 많은 양들처럼 다가올 분노를 기다리고 있지. 이 교육받지 못한 땜장이는 그 길이 우리 앞에 바로 놓여 있고 너무 좁아서 우린 그걸 피할 수 없다고 말하지. 그러나 그는 그 곳을 이 세상의 황무지라 부르면서 시작하고 있어. 이런, 황무지에는 아무 길도 없기에 당신이 하나 만들어야만 하는 거야. 모든 똑바른 길은 병사들에 의해 만들어졌고, 병사들이 그 길을 따라 하늘나라에 도착하지는 않아. 그들 중 많은 이는 다른 곳에 이르지. 아니, 존, 당신은 이야기를 잘 말 할 수 있었을 거야. 그리고 사람들은 당신이 병사였다고 말했지만, 이야기를 하려하는 병사는 감옥에서 복무를 마치지 그런데 사람들이 당신을 둔 곳이 바로 거기지. 베드포드 감옥에서 그는 12년을 복역했지. 그는 감옥에서 성경을 읽곤 했어 그리고─

---

39) this uneducated tinker: 영국의 설교자이자 작가인 존 버니언(John Bunyan, 1628-88)을 말한다. 버니언은 베드포드 근처 시골에서 태어나, 거의 교육 받지 못한 시골의 땜장이였으나 아내가 가져온 두 권의 종교서를 읽고 감동해 비국교파 교회에 들어가 설교자로 명성을 얻었다. 하지만 1660년 왕정복고 이후 법을 어기며 설교했다는 이유로 12년에 걸쳐 감옥생활을 했다. 『천로역정』(1678) 1부는 두 번째 투옥되었을 때 쓰인 것이다.

40) 존 버니언을 말한다.

SWEETIE   Well, what else was there to read there? It's all they give you in some goals.

THE SERGEANT   How do you know that?

SWEETIE   Never mind how I know it. It's nothing to do with you.

THE SERGEANT   Nothing to do with me! You dont know me, my lass. Some men would just order you off; but to me the most interesting thing in the world is the experience of a woman thats been shut up in a cell for years at a time with nothing but a Bible to read.

SWEETIE   Years! What are you talking about? The longest I ever did was nine months; and if anyone says I ever did a day longer she's a liar.

THE SERGEANT   [*laying his hand on the bible*] You could read that book from cover to cover in nine months.

SWEETIE   Some of it would drive you melancholy mad. It only got me into trouble: it did. The chaplain asked me what I was in for. Spoiling the Egyptians,[41] I says; and here chapter and verse for it. He went and reported me, the swine; and I lost seven days remission for it.

THE SERGEANT   Serve you right! I dont hold with spoiling the Egyptians. Before the war, spoiling the Egyptians was something holy. Now I see plainly it's nothing but thieving.

**스위티** 원, 거기서 그밖에 다른 뭐가 읽을게 있었겠어요? 몇몇 감옥에선 그게 사람들이 주는 전부예요.

**하사** 당신이 그걸 어떻게 알았지?

**스위티** 내가 그걸 어떻게 알았는지는 결코 신경 쓰지 말아요. 그건 당신과 아무 관계가 없다고요.

**하사** 나와는 아무런 관계가 없다니! 아가씨, 당신은 나를 모르는군. 어떤 남자들은 당신에게 단지 퇴장 명령만을 내릴 뿐이겠지. 그러나 내게는 세상에서 가장 흥미로운 것이 오로지 읽을 것이 성경밖에 없을 때에 수년 동안 감방에 갇혀 지낸 어떤 여자의 경험이란 말이야.

**스위티** 수년간이라니! 당신 무슨 말 하는 거야? 내가 있었던 가장 긴 건 아홉 달 이었다고. 그리고 만약 누군가가 내가 하루라도 더 오래 있은 적이 있었다고 말한다면, 그 여잔 거짓말쟁이야.

**하사** [*성경에 그의 손을 놓으며*] 당신은 아홉 달 동안 그 책을 처음부터 끝까지 읽을 수 있었을 거야.

**스위티** 그 중 어느 건 당신을 우울해 미칠 지경으로 만들 거야. 그건 단지 날 곤경에 처하게 했어. 그렇게 했다니까. 교도소 목사가 내게 뭣 때문에 들어왔는지 물었어. 난 이집트 인들을 약탈해서라고 말했어. 그리고 여기 거기에 대한 성경의 장과 절이 있어. 그는 가서 날 일러바쳤지, 비열한 놈. 그래서 난 그것 때문에 7일간의 형기단축을 놓쳤어.

**하사** 꼴좋다! 난 이집트인들을 약탈하는 데 찬성하지 않아. 전쟁 전에는 이집트인들을 약탈하는 게 거룩한 것이었어. 이제 난 분명히 그게 도둑질이란 걸 알아.

---

41) 구약성경의 탈출기(Exodus) 12장 35~36절 참조.

SWEETIE [*shocked*] Oh, you shouldnt say that. But what I say
is, if Moses might do it why maynt I?

THE SERGEANT If thats the effect it had on your mind, it's a bad
effect. Some of this scripture is all right. Do justice;
love mercy; and walk humbly before your God.[42]
That appeals to a man if only it could be set out in
plain army regulations. But all this thieving, and
slaughtering your enemies without giving quarter,
and offering up human sacrifices, and thinking
you can do what you like to other people because
youre the chosen people of God, and you are in
the right and everyone else is in the wrong: how
does that look when you have had four years of
the real thing instead of merely reading about it.
No: damn it, we're civilized men; and though it
may have gone down with those old Jews it isnt
religion. And, if it isnt, where are we? Thats what I
want to know.

SWEETIE And is this all you care about? Sitting here and
thinking of things like that?

THE SERGEANT Well, somebody must think about them, or whats
going to become of us all? The officers wont think
about them. The colonel goes out sketching: the
lootnants go out and kill the birds and animals, or
play polo. They wont flee from the wrath to come,

**스위티**    [충격을 받아] 오, 당신은 그렇게 말해선 안 돼. 하지만 내가 말하는 바는 만약 모세가 그걸 했다면, 왜 내가 그러면 안 되냐는 거야?

**하사**    만약 그게 당신 마음에 준 영향이라면, 그건 악영향이야. 이 성경 구절 중 몇몇은 더할 나위 없이 옳아. 정의를 행하고 자비를 사랑하고 너의 하나님 앞에서 겸손히 걸어라. 만약 그것이 단지 알기 쉬운 군대 규정으로 말해질 수 있다면 사람에게 호소력이 있을 거야. 그러나 이 모든 도둑질, 살려주지 않고 당신의 적들을 대량 학살하는 것과 인간 희생을 제공하는 것 그리고 당신이 하나님의 선택된 백성이어서 당신은 옳고 다른 모든 이들은 틀렸기 때문에 당신이 다른 백성들에게 하고 싶은 대로 할 수 있다고 생각하는 것 등이 당신이 단순히 그것을 읽는 대신에 4년간 실제 상황을 겪었을 때 어떻게 보이는지 말이야. 아니야, 빌어먹을, 우린 문명인이고 비록 그것이 그러한 고대 유대인들에게 받아들여졌을지 모른다 할지라도 그건 종교가 아니야. 그리고 만약 그게 종교가 아니라면 우린 어디에 있는 거지? 그게 바로 내가 알고 싶은 거야.

**스위티**    그리고 이게 당신이 생각하는 전부예요? 여기에 앉아서 그런 것들에 대해 생각하고 있는 거예요?

**하사**    이런, 누군가가 그것들에 대해 생각해야만 해 그렇지 않으면 우리 모두가 어찌 되겠어? 장교들은 그런 것들에 대해 생각하지 않을 거야. 대령은 스케치를 하러 나갔고 중위는 나가 새들과 짐승들을 죽이거나 폴로를 하지. 그들은 다가올 분노로부터 달아나지

---

42) 구약성경의 미카서(Micah) 6장 8절 참조.

not they. When they wont do their military duties I have to do them. It's the same with out religious duties. It's the chaplain's job, not mine; but when you get a real religious chaplain you find he doesnt believe any of the old stuff; and if you get a gentleman, all he cares about is to shew you that he's a real sport and not a merely mouthed parson. So I have to puzzle it out for myself.

SWEETIE  Well, God help the woman that marries you: thats all I have to say to you. I dont call you a man. [*She rises quickly to escape from him*].

THE SERGEANT  [*also rising, and seizing her in a very hearty embrace*] Not a man, eh? [*He kisses her*] How does that feel, Judy?

SWEETIE  [*struggling, but not very resolutely*] You let me go, will you. I dont want you now.

THE SERGEANT  You will if I kiss you half a dozen times, more than you ever wanted anything in your life before. Thats a hard fact of human nature; and its one of the facts that religion has to make room for.

SWEETIE  Oh, well, kiss me and have done with it. You cant kiss and talk about religion at the same time.

THE ELDER  [*springing from his cell to the platform in front of it*] Forbear this fooling, both of you. You, sir, are not an ignorant man: you know that the universe is wrecked.

않을 거야, 그들은 하지 않을 거라고. 그들이 자신들의 군사적 의무들을 하지 않을 때 내가 그것들을 해야만 하거든. 우리의 종교적인 의무들도 마찬가지야. 그건 군목의 일이지 내 일이 아냐. 하지만 당신이 진짜 신앙심 깊은 군목을 안다면 당신은 그가 그런 옛날이야기 중 어떤 건 믿지 않는다는 걸 알 거야. 그리고 만약 당신이 젠틀맨을 안다면, 그가 걱정하는 모든 건 그가 진정한 멋진 남자이며 구변 좋은 목사가 아니라는 걸 보여주려는 것이지. 그래서 나는 손수 그걸 생각해내어야만 한단 말이야.

**스위티**   이런, 하나님께서 당신과 결혼하는 여자를 불쌍히 여기길. 그게 내가 당신에게 말해야만 하는 전부야. 난 당신을 남자라고 부르지 않겠어[그녀는 그로부터 피하려고 재빨리 일어난다].

**하사**   [또한 일어나며, 아주 기운찬 포옹으로 그녀를 잡으며] 남자가 아니라니, 뭐? [그는 그녀에게 키스한다] 주지, 느낌이 어때?

**스위티**   [버둥거리지만 아주 단호하지는 않으며] 날 놓아주어요, 그럴 거죠. 지금 당신을 원하진 않아요.

**하사**   만약 내가 당신에게 여섯 번 키스를 했다면 이전에 당신 삶에서 어떤 걸 원했던 것 이상으로 그럴걸. 그것이 인간 본성의 움직일 수 없는 사실이야. 그리고 그건 종교가 여지를 만들어야만 하는 사실들 중 하나지.

**스위티**   오, 이런, 내게 키스하고 그걸 끝내요. 당신은 키스하는 동시에 종교에 대해 말할 순 없어요.

**노인**   [그의 독방에서 갑자기 그 앞에 있는 연단으로 튀어 오르면서] 너희 둘 다 이 바보 같은 짓 좀 그만둬. 이봐, 당신은 무식한 사람이 아니잖아, 당신은 우주가 파멸되는 걸 알지 않소.

SWEETIE   [*clinging to the sergeant*] He's mad.

THE ELDER   I am sane in a world of lunatics.

THE SERGEANT   [*putting Sweetie away*] It's a queer thing, isnt it, that though there is a point at which I'd rather kiss a woman than doing anything else in the world, yet I'd rather be shot than let anyone see me doing it?

THE ELDER   Sir: women are not, as they suppose, more interesting than the universe. When the universe is crumbling let women be silent; and let men rise to something nobler than kissing them.

*The Sergeant, interested and overawed, sits down quietly and makes Sweetie sit besides him as before. The Elder continues to declaim with fanatical intensity.*

THE ELDER   Yes, sir: the universe of Isaac Newton, which has been an impregnable citadel of modern civilization for three hundred years, has crumbled like the walls of Jericho before the criticism of Einstein. Newton's universe was the stronghold of rational Determinism: the stars in their orbits obeyed immutably fixed laws; and when we turned from surveying their vastness to study the infinite littleness of the atoms; there too we found the electrons in their orbits obeying the same universal laws. Every moment of time dictated and determined the following moment, and was itself dictated and determined by the moment that came before it. Everything was **calculable**: everything happened because it must: the commandment were erased

**스위티**  [*하사에게 매달리며*] 그는 미쳤어.

**노인**  난 미치광이들의 세상에서 제정신이지.

**하사**  [*스위티를 떼어놓으며*] 비록 세상에서 다른 어떤 걸 하는 것보다 오히려 여인에게 키스를 하는 데 의미가 있다 할지라도, 누군가가 내가 그걸 하는 걸 보게 하는 것보다는 차라리 종에 맞는 게 나으니 이상하지 않은가?

**노인**  이봐, 여자들은 그들이 생각하는 것처럼 우주보다 더 흥미롭지 않아. 우주가 망하고 있을 때 여자들은 침묵케 하고, 남자들은 그들에게 키스하는 것보다 더 고귀한 어떤 것에 응하게 하라.

*흥미를 가지면서도 위압당한 하사는 조용히 앉고 스위티가 전처럼 그의 옆에 앉도록 한다. 노인은 계속해서 광신적인 강렬함으로 연설한다.*

**노인**  그렇고말고, 300년 동안 근대문명의 난공불락의 성채였던 아이작 뉴턴의 우주는 아인슈타인의 비판 앞에서 예리고 성벽처럼 무너졌어. 뉴턴의 우주는 합리적 결정론의 요새였고, 별들은 그것들의 궤도 안에서 변함없이 고정된 법칙들에 복종했지. 그런데 우리가 원자들의 무한한 왜소함을 연구하기 위해서 그것들의 광대함을 조사하는 걸 그만두었을 때 우리는 또한 그것들의 궤도 안에서 똑같은 우주의 법칙들에 복종하는 전자들을 발견했단 말이야. 시간의 모든 순간은 그 뒤에 오는 순간을 지시하고 결정하며 그 자체가 그 이전에 왔던 순간에 의해 지시받고 결정되었지. 모든 것은 계산할 수 있으며 모든 것은 필경 그랬어야만 했기 때문에 발생했지. 율법이 모세의 십계명에서 지워졌고 그것들

from the tables of the law; and in their place came the cosmic algebra: the equations of the mathematicians. Here was my faith: here I found my dogma of infallibility: I, who scorned alike the Catholic with his vain dream of responsible Free Will, and the Protestant with his pretence of private judgment. And now−now−what is left of it? The orbit of the electron obeys no law: it choose one path and rejects another: it is as capricious as the planet Mercury, who wanders from his road to warm his hands at the sun. All is caprice: the calculable world has become incalculable: Purpose and Design, the pretexts for all the vilest superstitions, have risen from the dead to cast down the mighty from their seats and put paper crowns on presumptuous fools. Formerly, when differences with my wife, or business worries, tried me too hard, I sought consolation and reassurance in our natural history museums, where I could forget all common cares in wondering at the diversity of forms and colors in the birds and fishes and animals, all produced without the agency of any designer by the operation of Natural Selection. Today I dare not enter an aquarium, because I can see nothing in those grotesque monsters of the deep but the caricatures of some freakish demon artist:

대신에 우주의 대수학이, 수학자들의 방정식들이 나타났단 말이야. 여기에 내 신념이 있어. 여기서 난 무과실성의 내 도그마를 발견했어. 난 책임져야 하는 자유의지에 대한 헛된 꿈을 지닌 가톨릭과 사적인 심판에 대한 허식을 지닌 프로테스탄트를 똑같이 경멸해. 그리고 지금―지금―남은 게 뭐지? 전자의 궤도는 어떤 법칙에 따르지 않고 그건 한 길을 택하고 다른 걸 거부하지. 그건 태양에 자기의 손을 따뜻하게 하려고 자기 길에서 벗어나는 수성만큼 변덕스러워. 모든 게 변덕스럽고 계산할 수 있는 세계가 계산할 수 없게 되어서 모든 가장 비열한 미신들을 위한 구실인 목적과 의도는 강력한 자들을 그들의 자리에서 떨어뜨리고 주제넘은 바보들에게 종이왕관을 씌우려고 죽음에서 다시 살아났어. 이전에 내 아내와의 불화나 사업상 골칫거리가 날 너무 힘들게 하려 했을 때 난 우리의 자연사박물관에서 위로와 확신을 구했지. 거기서 난 모두 자연도태의 작용으로 어떤 디자이너의 매개 없이 생겨난 새, 물고기, 짐승의 형태와 색의 다양성에 경탄하며 모든 일반 근심을 잊을 수 있었던 거야. 오늘날 난 아쿠아리움에 감히 들어가지 않아. 왜냐하면 그런 그로테스크한 심해의 몬스터들에게서 어떤 야릇한 악마예술가의 캐리커처를 제외하고는 아무것도 볼 수 없기 때문이지.

some Zeus-Mephistopheles with paintbox and plasticine, trying to surpass himself in the production of fantastic and laughable creatures to people a Noah's ark for his baby. I have to rush from the building lest I go mad, crying, like the man in your book, "What must I do to be saved?" Nothing can save us from a perpetual headlong fall into a bottomless abyss but a solid footing of dogma; and we no sooner agree to that than we find that the only trustworthy dogma is that there is no dogma. As I stand here I am falling into that abyss, down, down, down. We are all falling into it; and our dizzy brains can utter nothing but madness. My wife has died cursing me. I do not know how to live without her: we were unhappy together for forty years. My son, whom I brought up to be an incorruptible Godfearing atheist, has become a thief and a scoundrel; and I can say nothing to him but "Go, boy: perish in your villainy; for neither your father nor anyone else can now give you a good reason for being a man of honor."

*He turns from them and is rushing distractedly away when Aubrey, in white tropicals, comes strolling along the beach from the St. Pauls side, and hails him nonchalantly.*

자기 새끼를 위해 노아의 방주를 차지하기 위해서 환상적이고 우스꽝스러운 피조물의 생산에 있어서 스스로를 초월하려고 하는 그림물감 상자와 조상용 점토를 지닌 제우스-메피스토펠리스를 제외하곤 말이야. 나는 미치지 않기 위해서 당신의 책에 있는 그 사람처럼 "구원되기 위해 내가 무엇을 해야만 하는가?"라고 외치며 빌딩 밖으로 돌진해 나가야만 하지. 굳건한 도그마의 기반을 제외하곤 아무것도 바닥없는 심연으로 영원히 곤두박이로 떨어지는 것으로부터 우릴 구할 수가 없어. 그리고 우리가 믿을 가치가 있는 유일한 도그마는 아무 도그마도 없다는 것임을 알자마자 거기에 동의하지. 난 여기 서있기는 하지만 그 심연으로, 아래로, 아래로, 아래로 떨어지고 있어. 우리 모두는 거기로 떨어지고 있고 우리의 핑핑 도는 머리는 광기를 제외하곤 아무것도 말할 수 없어. 내 아내는 날 저주하며 죽었어. 난 그녀 없이 사는 법을 몰랐고 우린 40년 동안 함께 불행했지. 타락하지 않으며 신을 두려워하는 무신론자가 되도록 키운 내 아들은 도둑이자 불한당이 되었지. 그래서 난 그에게 "얘야, 가거라. 너의 악행으로 멸망하라. 왜냐하면 네 아비도 또 다른 누구도 이제 네게 명예를 지닌 인간이 되어야 할 타당한 이유를 줄 수 없기 때문이야."라는 걸 제외하곤 아무 말도 할 수 없어.

*하얀 열대용 옷을 입은 오브리가 세인트 폴즈 쪽에서부터 해변을 따라 어슬렁어슬렁 걸어와 냉담하게 그를 큰 소리로 부를 때 그는 그들로부터 돌아서 미친 듯이 돌진해간다.*

AUBREY   Hullo, father, is it really you? I thought I heard the old trombone: I couldn't mistake it. How the dickens did you turn up here?

THE ELDER   [*to the sergeant*] This is my prodigal son[43].

AUBREY   I am not a prodigal son. The prodigal son was a spendthrift and neer-do-weel who was reduced to eating the husks that the swine did eat. I am not ruined: I am rolling in money. I have never owed a farthing[44] to any man. I am a model son; but I regret to say that you are very far from being a model father.

THE ELDER   What right have you to say that, sir? In what way have I fallen short?

AUBREY   You tried to thwart my manifest destiny. Nature meant me for the Church. I had to get ordained secretly.

THE ELDER   Ordained! You dared to get ordained without my knowledge!

AUBREY   Of course. You objected. How could I have done it with your knowledge? You would have stopped my allowance.

THE ELDER   [*sitting down on the nearest stone, overwhelmed*] My son a clergyman! This will kill me.

| 오브리 | 안녕하세요, 아버지, 정말 아버지세요? 난 낡은 트롬본 소리를 들었다고 생각했죠. 제가 그걸 혼동할 수가 없죠. 아버지가 도대체 어떻게 여기 나타났나요? |
|---|---|
| 노인 | [하사에게] 이 사람이 내 돌아온 탕아요. |
| 오브리 | 전 돌아온 탕아가 아니죠. 돌아온 탕아는 돈 씀씀이가 헤퍼서 부득이 하게 돼지가 먹는 찌끼를 먹을 수밖에 없는 쓸모없는 인간이었죠. 전 파산하지 않았어요. 돈에 파묻혀 살고 있다고요. 난 어떤 사람에게 결코 동전 한 닢도 빚지지 않았어요. 전 아들의 귀감이지만 아버지는 정말 전혀 아버지의 귀감이 아니라고 말해야 하는 게 유감이에요. |
| 노인 | 이놈아, 네가 무슨 권리로 그런 말을 하는 거냐? 어떤 면에서 내가 부족하다는 거냐? |
| 오브리 | 아버지는 저의 명백한 운명을 좌절시키려고 했어요. 자연은 제가 성직자가 되도록 정해두었는데 말입니다. 전 비밀리에 성직을 받아야만 했어요. |
| 노인 | 성직을 받았다니! 내게 알리지 않고 감히 성직을 받다니! |
| 오브리 | 당연하죠. 아버진 반대했어요. 아버지가 알면 어떻게 제가 그걸 받을 수 있었겠어요? 아버진 제 용돈을 중단시켰을 거예요. |
| 노인 | [압도되어 가장 가까운 돌에 앉으며] 내 아들이 성직자라! 이게 날 죽일 거야. |

---

43) 신약성경의 루카복음(Luke) 15장 11~32절에 나오는 돌아온 방탕한 아들에 대한 비유 참조.
44) farthing: 파딩은 1961년에 폐지된 1/4페니짜리 청동화임.

| | |
|---|---|
| AUBREY | [*coolly taking another stone, on his father's right*] Not a bit of it: fathers are not so easily killed. It was at the university that I became what was then called a sky pilot. When the war took me it seemed natural that I should pursue that avocation as a member of the air force. As s flying ace I won a very poorly designed silver medal for committing atrocities which were irreconcilable with the profession of a Christian clergyman. When I was wounded and lost my nerve for flying, I became an army chaplain. I then found myself obliged to tell mortally wounded men that they were dying in a state of grace and were going straight to heaven when as a matter of fact they were dying in mortal sin and going elsewhere. To expiate this blasphemy I kept as much under fire as possible; but my nerve failed again: I had to take three months leave and go into a nursing home. In that home I met my doom. |
| THE ELDER | What do you mean by your doom? You are alive and well, to my sorrow and shame. |
| AUBREY | To be precise, I met Sweetie. Thats Sweetie. |
| SWEETIE | Very pleased to meet Popsy's father, I'm sure. |
| THE ELDER | My son was called Popsy in his infancy. I put a stop to it, on principle, when he entered on his sixth year. It is strange to hear the name from your lips after so long an interval. |
| SWEETIE | I always ask a man what his mother called him, and call him that. It takes the starch out of him, somehow. |

198

오브리    [냉담하게 그의 아버지 오른편의 또 다른 돌을 차지하며] 별말씀을. 아버지들은 그렇게 쉽게 죽지 않아요. 그런데 제가 항공기 조종사라 불리게 된 건 바로 대학에서였어요. 전쟁이 절 데려갔을 때 제가 공군의 일원으로서 그 직무를 수행해야만 하는 건 당연한 것 같았죠. 공군용사로서 그리스도교 성직자의 직무와는 모순된 잔학행위를 범한 것 때문에 전 아주 조야하게 디자인된 은메달을 받았다고요. 제가 부상을 당해 비행할 용기를 상실했을 때 군목이 되었어요. 그 때 전 어쩔 수 없이 치명적인 상처를 입은 사람들에게 사실 그들이 치명적인 죄 속에서 죽어 다른 어떤 곳으로 가게 될 때 은총의 상태에서 죽어 바로 천국으로 갈 것이라고 말하고 있는 걸 깨달았죠. 이런 불경을 속죄하기 위해서 전 가능한 한 포화의 세례를 받았지만 다시 제 신경이 쇠약해져서 석 달 동안 휴가를 얻어 요양원에 가야만 했어요. 그 요양원에서 전 제 숙명을 만났어요.

노인    네 숙명은 대체 뭘 의미하는 것이냐? 슬프고도 부끄럽게 넌 살아 있고 건강한데 말이야.

오브리    정확히 말하면, 전 스위티를 만났어요. 그건 스위티죠.

스위티    정말 폼시의 아버지를 만나 너무나 기뻐요.

노인    내 아들은 어릴 때 폼시라고 불렸소. 그 아이가 여섯 살에 접어들었을 때 난 원칙에 따라 그걸 중지시켰소. 그렇게 오랜 시간이 지난 후에 당신 입에서 그 이름을 들으니 이상하군.

스위티    전 언제나 남자에게 그의 어머니가 그를 어떻게 불렀는지 물어 그렇게 부르죠. 웬일인지 그게 그를 무기력하게 하죠.

| AUBREY | [*resuming his narrative*] Sweetie was quite the rottenest nurse that ever raised the mortality of a hospital by ten per cent. But— |
|---|---|
| SWEETIE | Oh, what a lie! It was the other nurses that killed the men: waking them up at six in the morning and washing them! Half of them died of chills. |
| AUBREY | Well, you will not deny that you were the prettiest woman in the place. |
| SWEETIE | You thought so, anyhow. |
| THE ELDER | Oh, cease—cease this trifling. I cannot endure this unending sex appeal. |
| AUBREY | During the war it was found that sex appeal was as necessary for wounded or shellshocked soldiers as skilled nursing; so pretty girls were allowed to pose as nurses because they could sit about on beds and prevent the men from going mad. Sweetie did not prevent me going mad: on the contrary, she drove me mad. I saw in Sweetie not only every charm, but every virtue. And she returned my love. When I left that nursing home, she left it too. I was discharged as cured on the third of the month: she had been kicked out on the first. The trained staff could stand a good deal; but they could not stand Sweetie. |
| SWEETIE | They were jealous; and you know it. |
| AUBREY | I daresay they were. Anyhow, Sweetie and I took the same lodgings; and she was faithful to me for ten days. It was a record for her. |

오브리 [이야기를 재개하며] 스위티는 확실히 병원의 사망률을 10퍼센트로 올린 가장 썩어빠진 간호사였어요. 하지만—

스위티 오, 얼마나 거짓말인지! 남자들을 죽인 건 다른 간호사들이었어요. 그들을 아침 여섯 시에 깨워 씻기다니! 그들 절반은 오한으로 죽었다니까.

오브리 원 이런, 당신이 그 곳에서 가장 아름다운 여인이었다는 걸 부인하진 않을 테지.

스위티 어쨌든 당신은 그렇게 생각했죠.

노인 오, 그만둬—이런 하찮은 짓은 그만둬. 난 이 끝없는 섹스어필을 견딜 수가 없어.

오브리 전쟁 동안 섹스어필이 부상당했거나 포격 쇼크를 받은 병사들에게 숙련된 간호사들만큼이나 필요하다고 생각되었지요. 그래서 예쁜 아가씨들이 간호사인 체하는 게 허용되었다고요. 왜냐하면 그들이 침대 옆에 앉아 그 남자들이 미치는 걸 예방할 수 있었을 것이기 때문이었지요. 스위티는 제가 미치는 걸 막지 못하고 반대로 절 미치게 했어요. 전 스위티에게서 모든 매력뿐만 아니라 모든 미덕도 보았어요. 그리고 그녀는 제 사랑에 답했지요. 제가 그 요양원을 떠났을 때 그녀도 또한 그곳을 떠났어요. 전 그 달 셋째 날에 치료되었다고 퇴원했고, 그녀는 첫째 날에 쫓겨났어요. 훈련된 직원들이 상당히 견딜 수 있었지만 그들이 스위티를 견딜 수는 없었어요.

스위티 그들은 질투했어요, 그리고 당신도 그걸 알잖아요.

오브리 아마도 그들이 그랬을 거야. 어쨌든 스위티와 전 같은 숙소를 얻었고, 그녀는 열흘 동안 제게 충실했어요. 그게 그녀에겐 기록이었죠

| | |
|---|---|
| SWEETIE | Popsy: are you going to give the whole show sway, or only part of it? The Countess Valbrioni would like to know. |
| AUBREY | We may as well be frank up to the point at which we should lose money by it. But perhaps I am boring the company. |
| THE ELDER | Complete your confession, sir. You have just said that you and this lady took the same lodging. Am I to understand that you are husband and wife. |
| SWEETIE | We might have been if we could have depended on you for a good time. But how could I marry an army chaplain with nothing but his pay and an atheist for his father? |
| AUBREY | So that was the calculation, Sweetie, was it? I never dreamt that the idea of marriage had occurred to either of us. It certainly never occurred to me. I went to live with you quite simply because I felt I could not live without you. The improbability of that statement is the measure of my infatuation. |
| SWEETIE | Dont you be so spiteful. Did I give you a good time or did I not? |
| AUBREY | Heavenly. That also seems improbable; but it is gospel truth. |
| THE ELDER | Wretched boy: do not dare to trifle with me. You said just now that you owe no man anything, and that you are rolling in money. Where did you get that money? |

| | |
|---|---|
| 스위티 | 폽시, 당신은 그 내막을 전부 아니면 단지 그 일부만 폭로할 건 가요? 발브리오니 공작부인이 알고 싶어 할 거예요. |
| 오브리 | 우린 그로 인해 돈을 잃을 정도까지 솔직해도 나쁘지 않을 거야. 하지만 아마도 내가 동석한 사람들을 지루하게 하고 있을걸. |
| 노인 | 이 녀석아, 네 고백을 완전히 마무리 해. 너는 막 너와 이 부인이 똑같은 숙소를 얻었다고 말했어. 내가 너희를 남편과 아내라고 이해해야 하는 거지. |
| 스위티 | 만약 우리가 충분한 시간 동안 당신에게 의지할 수 있었다면 그 랬을지도 몰라요. 하지만 어떻게 내가 자기 봉급과 무신론자 아 버지를 제외하곤 아무것도 없는 군목과 결혼할 수 있었겠어요? |
| 오브리 | 그러니 그것이 계산법이었지, 스위티, 그렇지? 난 우리 중 누구에 게도 결혼 생각이 떠올랐다는 건 결코 꿈꾸지 않았어. 그건 분명 내겐 떠오르지 않았어. 난 아주 단순하게 내가 당신 없이는 살 수 없다고 느꼈기 때문에 당신과 살았어. 그 말의 비개연성이 내 가 심취한 척도야. |
| 스위티 | 그렇게 원한을 품지 말아요. 내가 당신에게 좋은 시간을 줬죠, 아 님 그렇지 않았나요? |
| 오브리 | 천국과 같았지. 그것 또한 있을 법하지 않는 것처럼 보이지만 그 건 절대적인 진리야. |
| 노인 | 가엾은 자식, 감히 날 농락하지 마라. 너는 바로 지금 넌 어떤 사 람에게도 아무것도 빚지지 않았고 돈에 파묻혀 살고 있다고 말했 어. 넌 그 돈을 어디서 구했지? |

AUBREY    I stole a very valuable pearl necklace and restored it to the owner. She rewarded me munificently. Hence my present opulence. Honesty is the best policy — sometimes.

THE ELDER    Worse even than a clergyman! A thief!

AUBREY    Why make such a fuss about nothing?

THE ELDER    Do you call the theft of a pearl necklace nothing?

AUBREY    Less than nothing, compared to the things I have done with your approval. I was hardly more than a boy when I first dropped a bomb on a sleeping village. I cried all night after doing that. Later on I swooped into a street and sent machine gun bullets into a crowd of civilians: women, children, and all. I was past crying by that time. And now you preach to me about stealing a pearl necklace! Doesnt that seem a little ridiculous?

THE SERGEANT    That was war, sir.

AUBREY    It was m e, sergeant: ME. You cannot divide my conscience into a war department and a peace department. Do you suppose that a man who will commit murder for political ends will hesitate to commit theft for personal ends? Do you suppose you can make a man the mortal enemy of sixty millions of his fellow creatures without making him a little less scrupulous about his next door neighbor?

THE ELDER    I did not approve. Had I been of military age I should have been a conscientious objector.

**오브리**   전 아주 값비싼 진주목걸이를 훔쳐 그걸 주인에게 돌려주었어요. 그녀는 제게 아낌없이 사례했어요. 그리하여 제 현재 부유함이 생겼죠. 때론—정직이 최선의 방책이죠.

**노인**   성직자보다 더 나쁘군! 도둑이라!

**오브리**   아무것도 아닌 일에 왜 그렇게 법석이죠?

**노인**   넌 진주목걸이 절도를 아무것도 아니라 부르니?

**오브리**   아버지의 인가를 받으며 제가 했던 것들에 비하면 결코 아무것도 아닌 게 아니죠. 제가 처음 잠들어 있는 마을에 폭탄을 투하했을 때 전 거의 소년에 지나지 않았어요. 전 그 짓을 한 후에 밤새 울었어요. 뒤에 전 거리를 급습해서 많은 시민들에게, 여자들, 아이들, 그 밖의 모두에게 기관총탄을 발사했죠. 그 때는 우는 걸 넘어섰어요. 그런데 지금 아버진 제게 진주목걸이를 훔친 데 대해 설교를 하다니! 그건 좀 우스꽝스럽게 보이지 않나요?

**하사**   이봐, 그건 전쟁이었어.

**오브리**   그건 나였어, 하사, 나. 당신은 내 양심을 전쟁 부분과 평화 부분으로 나눌 순 없다고. 정치적인 목적을 위해서 살인을 할 인간이 개인적 목적을 위해 절도를 범하는 걸 망설일 거라고 생각하나? 당신은 옆집 이웃에 대해 양심의 가책을 좀 덜 느끼게 하는 것 없이 동료 피조물로 구성된 6천만 명의 살려둘 수 없는 적을 만들 수 있다고 생각하나?

**노인**   난 찬성하지 않아. 내가 징병연령이었다면, 양심적 병역거부자가 되었을 텐데.

AUBREY    Oh, you were a conscientious objector to everything, even to God. But my mother was an enthusiast for everything: that was why you never could get on with her. She would have shoved me into the war if I had needed any shoving. She shoved my brother into it, thought he did not believe a word of all the lies we were stuffed with, and didnt want to go. He was killed; and when it came out afterwards that he was right, and that we were all a parcel of fools killing one another for nothing, she lost the courage to face life, and died of it.

THE SERGEANT    Well, sir, I'd never let a son of mine talk to me like that. Let him have a bit of your Determinism, sir.

THE Father[45]    [rising impulsively] Determinism is gone, shattered, buried with a thousand dead religions, evaporated with the clouds of a million forgotten winters. The science I pinned my faith to is bankrupt: its tales were more foolish than all the miracles of the priests, its cruelties more horrible than all the atrocities of the Inquisition. Its spread of enlightenment has been a spread of cancer: its counsels that were to have established the millennium have led straight to European suicide. And I—I who believed in it as no religious fanatic has ever believed in his superstition! For its sake I helped to destroy the faith of millions of worshippers in the temples of a thousand creeds.

**오브리** 오, 아버지는 모든 것에 대해, 심지어 신에 대해서도 양심적 거부자지요. 하지만 내 어머니는 모든 것에 대한 열광자이셨고, 그것이 바로 아버지가 어머니와 결코 금슬 좋게 지내실 수 없었던 이유였죠. 만약 내가 어떤 떠밀어주는 게 필요했다면, 어머니는 날 전쟁으로 떠밀었을 거예요. 어머니는 비록 형이 우리를 꽉 채운 모든 거짓말을 한마디도 믿지 않아 가고 싶어 하지 않았다 할지라도 내 형을 거기로 떠밀었어요. 형은 죽임을 당했고, 나중에 형이 옳았고 우리 모두는 이유 없이 서로를 죽인 바보들 이었다는 게 드러났을 때, 어머니는 삶을 직면할 용기를 잃었고 그로 인해 돌아가셨죠.

**하사** 자, 이봐, 난 내 아들이 결코 내게 그렇게 말하도록 하지 않겠어. 이봐, 난 그가 당신의 결정론을 약간 갖도록 하겠어.

**노인** [*감정에 끌려 일어서며*] 결정론은 사라졌어, 산산조각 났지, 수천의 죽은 종교들과 함께 묻혔고, 수백의 잊힌 겨울의 암운과 함께 증발했단 말이야. 내가 굳게 믿었던 과학은 파산했어. 그 이야기들은 사제들의 모든 기적들보다도 더 우습고, 그 잔인함은 이단자를 재판하는 종교재판소의 모든 잔학행위보다 더 잔혹하지. 계몽에 대한 그것의 전파는 암의 전파였어. 천년지복을 확립해야 하다는 그것의 조언은 유럽인들을 바로 자살로 인도했지. 그리고 나ㅡ어떤 종교적 광신자가 지금까지 그의 미신을 믿지 못했던 것만큼이나 그걸 믿었던 나! 그것을 위해서 난 수천의 교의로 이루어진 신전에서 수백만 예배자의 신앙을 파괴하는 걸 도왔지.

---

45) 오브리 아버지를 가리킨다. 이 대사를 포함해 두 번을 제외한 나머지는 'THE ELDER'로 표기되어 있다.

And now look at mc and behold the supreme tragedy of the atheist who has lost his faith—his faith in atheism, for which more martyrs have perished than for all the creeds put together. Here I stand, dumb before my scoundrel of a son; for that is what you are, boy, a common scoundrel and nothing else.

AUBREY     Well, why not? If I become an honest man I shall become a poor man; and then nobody will respect me: nobody will admire me: nobody will say thank you to me. If on the contrary I am bold, unscrupulous, acquisitive, successful and rich, everyone will respect me, admire me, court me, grovel before me. Then no doubt I shall be able to afford the luxury of honesty. I learnt that from my religious education.

THE ELDER  How dare you say that you had a religious education. I shielded you from that, at least.

AUBREY     You thought you did, old man; but you reckoned without my mother.

THE ELDER  What!

AUBREY     You forbad me to real the Bible; but my mother made me learn three verses of it every day, and whacked me if I could not repeat them without misplacing a word. She threatened to whack me still worse if I told you.

THE ELDER  [thunderstruck] Your mother!!!

그런데 지금 날 봐 그리고 그의 신념을—모든 교의를 위해 모인 것보다 더 많은 순교자들이 그것을 위해 죽은 무신론에 대한 그의 신념을 상실한 무신론자의 최고 비극을 보란 말이야. 여기 난 서있지, 내 불한당 아들 앞에서 말도 못하고 말이야, 왜냐하면, 얘야, 평범한 불한당이지 다른 어떤 것도 아닌 그게 네 실체이기 때문이야.

**오브리**  원, 괜찮지 않나요? 만약 내가 정직한 사람이 된다면 난 가난한 사람이 될 테죠, 그러면 아무도 날 존경하지 않을 것이고, 아무도 날 칭찬하지 않을 것이며, 아무도 내게 감사하다는 말을 하지 않을 거예요. 만약 반대로 내가 뻔뻔스럽고, 파렴치하며, 탐욕적이고, 성공해 부자가 된다면, 모든 사람이 날 존경하고, 내 칭찬을 하고, 내 환심을 사고, 내 앞에서 넙죽 엎드릴 거예요. 그렇다면 틀림없이 난 정직이라는 사치를 감당할 수 있을 거라고요. 난 내 종교 교육으로부터 그걸 배웠어요.

**노인**  어떻게 감히 네가 종교 교육을 받았다고 말하지. 적어도 난 널 그것으로부터 지켰단 말이야.

**오브리**  아버지, 그렇게 했다고 생각했죠, 하지만 어머니를 간과했어요.

**노인**  뭐!

**오브리**  아버진 내가 성경 읽는 걸 금하셨죠. 하지만 어머니는 내가 매일 성경 세 구절을 배우도록 했고, 만약 한 단어라도 틀리지 않고 그 구절을 되풀이 할 수 없다면 날 때렸다고요. 어머니는 만약 그걸 아버지에게 말한다면 날 더 심하게 때릴 거라고 위협했어요.

**노인**  [깜짝 놀라서] 네 에미가!!!

AUBREY    So I learnt my lesson. Six days on the make, and
          on the seventh shalt thou rest. I shall spend
          another six years on the make, and then I shall
          retire and be a saint.

THE ELDER A saint! Say rather the ruined son of an incorrigibly
          superstitious mother. Retire n o w—from the life
          you have dishonored. There is the sea. Go. Drown
          yourself. In that graveyard there are no lying
          epitaphs. [*He mounts to his chapel and again gives way to
          utter dejection*].

AUBREY    [*unconcerned*] I shall do better as a saint. A few
          thousands to the hospitals and the political party
          funds will buy me a halo as large as Sweetie's sun
          hat. That is my program. What have any of you to
          say against it?

THE SERGEANT Not the program of a gentleman, as I understand
          the word, sir.

AUBREY    You cannot be a gentleman on less than fifty
          thousand a year nowadays, sergeant.

THE SERGEANT You can in the army, by God.

AUBREY    Yes: because you drop bombs on sleeping villages.
          And even then you have to be an officer. Are you a
          gentleman?

THE SERGEANT No, sir: it wouldnt pay me. I couldnt afford it.

| 오브리 | 그래서 제 경험으로 배웠죠. 엿새는 사욕에 힘쓰고 일곱 번째 날에 안식을 취하라고 말이에요. 전 또 다른 여섯 해는 사욕에 힘쓸 것이고, 그리고 나서 은퇴해 성자가 될 거라고요. |
|---|---|
| 노인 | 성자라니! 차라리 구제할 길 없이 미신에 사로잡힌 어미의 타락한 아들이라 말하라. 지금 물러나라—네가 그 이름을 더럽힌 삶으로부터. 저기 바다가 있다. 가라. 스스로 익사하라. 그 묘지에는 어떤 거짓말하는 비문은 없도다. [그는 그의 채플에 올라 다시 완전한 낙담에 빠진다.] |
| 오브리 | [개의치 않고서] 난 성자로 더 잘 할 거야. 자선시설들과 정당기금으로 향한 몇천 명이 내게 스위티의 볕을 가리는 밀짚모자처럼 큰 후광을 사줄 거란 말이지. 그것이 내 프로그램이라고. 당신들 중 누가 거기에 이의를 제기하겠소? |
| 하사 | 이봐, 내가 그 말을 이해하는 바대로라면 젠틀맨의 프로그램은 아니지. |
| 오브리 | 하사, 당신은 오늘날 1년에 5만 이하로는 젠틀맨이 될 수 없단 말이야. |
| 하사 | 맹세코, 군에서는 그럴 수 있어. |
| 오브리 | 그렇지. 잠들어 있는 마을에 폭탄을 투하하기 때문이지. 그리고 그런 때조차도 장교여야만 하지. 당신은 젠틀맨이요? |
| 하사 | 천만에요. 그건 내게 수익을 가져오지 않아. 난 그걸 감당할 수가 없거든. |

*Disturbance. A voice is heard in complaint and lamentation. It is that of the Elderly Lady, Mrs Mopply. She is pursuing Colonel Tallboys down the path through the gap, the lady distracted and insistent, the colonel almost equally distracted: she clutching him and stopping him: he breaking loose and trying to get away from her. She is dressed in black precisely as if she were in Cheltenham[46], except that she wears a sun helmet. He is equipped with a box of sketching materials slung over his shoulder, an easel, which he has tucked under his left arm, and a sun umbrella, a substantial affair of fawn lined with red, podgily rolled up, which he carries in his right hand.*

MRS MOPPLY    I wont be patient. I wont be quiet. My child is being murdered.

TALLBOYS    I tell you she is not being murdered. Will you be good enough to excuse me whilst I attend to my business.

MRS MOPPLY    Your business is to save my child. She is starving.

TALLBOYS    Nonsense. Nobody starves in this country. There are plenty of dates. Will you be good enough —

MRS MOPPLY    Do you think my child can live on dates? She has to have a sole for breakfast, a cup of nourishing soup at eleven, a nice chop and a sweetbread for lunch, a pint of beef-tea with her ordinary afternoon tea, and a chicken and some lamb or veal —

TALLBOYS    Will you be good enough —

소동이 있다. 불평과 비탄의 목소리가 들린다. 그건 노부인, 즉 모플리 부인의 목소리다. 그녀는 틈을 통해 난 작은 길 아래로 톨보이즈 대령을 뒤쫓고 있으며, 부인은 미친 듯 하고 집요하며, 대령도 거의 마찬가지로 미친 듯해서 그녀는 그를 꼭 붙잡고 그를 멈춰 세운다. 그는 탈출해 그녀로부터 벗어나려 한다. 그녀가 볕 가리는 챙이 넓은 헬멧을 쓰고 있다는 걸 제외한다면 정확히 마치 그녀가 첼튼햄에 있는 것처럼 검은 옷을 입고 있다. 대령은 어깨에 걸쳐진 스케치 재료가 든 상자, 그의 왼팔 아래 밀어 넣은 이젤, 그리고 오른손으로 들고 있는 땅딸막하게 둘둘 만 붉은 선이 있는 황갈색의 견고한 물건인 양산을 갖추고 있다.

| 모플리 부인 | 난 참지 않을 거예요. 조용히 있지 않을 거예요. 내 아이가 살해되고 있다고요. |
|---|---|
| 톨보이즈 | 제가 말씀드리지만 따님은 살해되고 있지 않아요. 업무를 수행하는 동안 친절하게도 날 너그러이 봐주겠죠. |
| 모플리 부인 | 당신 업무는 내 아이를 구하는 거예요. 그 아이가 굶어 죽어가고 있어요. |
| 톨보이즈 | 터무니없군요. 이 지방에선 아무도 굶어죽지 않아요. 많은 대추야자들이 있거든요. 친절하게도 날— |
| 모플리 부인 | 당신은 내 아이가 대추야자로만 살 수 있을 거라 생각해요? 그 아인 아침엔 가자미, 11시에 한 잔의 영양스프, 점심엔 두껍게 베어낸 맛있는 고기요리와 송아지 췌장, 그녀의 통상적인 애프터눈 티와 함께 한 파인트의 진한 소고기스프, 그리고 닭고기와 약간의 양고기나 송아지 고기를 먹어야만 한다니까— |
| 톨보이즈 | 친절하게도 날— |

---

46) Cheltenham: 영국 잉글랜드 글로스터셔(Gloucestershire)의 지역.

MRS MOPPLY    My poor delicate child with nothing to eat but dates! And she is the only one I have left: they were all delicate —

TALLBOYS    I really must — [*He breaks away and hurries off along the beach past the Abode of Love*].

MRS MOPPLY    [*running after him*] Colonel, Colonel: you might have the decency to listen to a distracted mother for a moment. Colonel: my child is dying. She may be dead for all I know. And nobody is doing anything: nobody cares. Oh dear, wont you listen — [*Her voice is lost in the distance*].

*Whilst they are staring mutely after the retreating pair, the patient, still in her slave girl attire, but with some brilliant variations, comes down the path.*

THE PATIENT    My dream has become a nightmare. My mother has pursued me to these shores[47]. I cannot shake her off. No woman can shake off her mother. There should be no mothers: there should be only women, strong women able to stand by themselves, not clingers. I would kill all the clingers. Mothers cling: daughters cling: we are all like drunken women clinging to lamp posts: none of us stands upright.

THE ELDER    There is great comfort in clinging, and great loneliness in standing alone.

| | |
|---|---|
| **모플리 부인** | 대추야자를 제하면 먹을 게 아무것도 없는 불쌍하고 허약한 내 아이! 그리고 그 아인 내게 남은 유일한 자식인데, 자식들이 모두 허약했지 ― |
| **톨보이즈** | 난 정말로 반드시 ―[그는 도망쳐 사랑의 거처를 지나 해변을 따라 급히 자리를 떴다.] |
| **모플리 부인** | [그를 뒤쫓으며] 대령, 대령, 당신이 잠시 동안 미칠 것 같은 엄마의 말을 들어줄 친절함을 지니고 있으면 좋으련만. 대령 내 아이가 죽어가고 있다고요. 그 아이는 죽었을지도 몰라요. 그리고 아무도 어떤 것도 하지 않고 있어요. 아무도 걱정하지 않는다고요. 오 이봐요, 들어주지 않겠어요 ―[그녀의 목소리는 저 멀리서 이미 들리지 않는다]. 사람들이 물러나는 그 한 쌍의 남녀를 말없이 응시하는 동안, 여전히 노예소녀의 복장을 입었지만 어떤 찬란히 빛나는 변화를 지닌 소녀가 그 작은 길을 내려온다. |
| **환자** | 내 꿈은 악몽이 되었어. 내 어머니가 해안가의 이 나라까지 날 쫓아왔어. 난 어머니를 떼어놓을 수가 없단 말이야. 어떤 여자도 자기 어머니를 떼어놓을 수가 없다니까. 어떤 어머니들도 존재하지 않아야 한다고, 단지 여자들만이 존재해야 한단 말이야, 강한 여자들은 매달리는 자들이 아니고, 스스로 설 수 있거든. 어머니들이 매달리고, 딸들이 매달리지. 우리 모두는 가로등 기둥에 매달려 있는 술 취한 여자들 같아. 우리들 중 어느 누구도 똑바로 서지 못하니까. |
| **노인** | 매달리는 데는 큰 위로가 있고, 홀로 서있는 덴 큰 고독이 있지. |

---

47) shore가 복수 shores로 사용될 때 해안을 끼고 있는 나라를 의미하기도 한다.

| | |
|---|---|
| THE PATIENT | Hallo! [*She climbs to the St Pauls platform and peers into the cell*]. A sententious anchorite! [*To Aubrey*]. Who is he? |
| AUBREY | The next worst thing to a mother: a father. |
| THE ELDER | A most unhappy father. |
| AUBREY | M y father, in fact. |
| THE PATIENT | If only I had had a father to stand between me and my mother's care. Oh, that I had been an orphan! |
| THE SERGEANT | You will be, miss, if the old lady drives the colonel too hard. She has been at him all the morning, ever since she arrived; and I know the colonel. He has a temper; and when it gives way, it's a bit of high explosive. He'll kill her if she pushes him too far. |
| THE PATIENT | Let him kill her. I am young and strong: I want a world without parents: there is no room for them in my dream. I shall found a sisterhood. |
| AUBREY | All right, Mops. Get thee to a nunnery.[48] |
| THE PATIENT | It need not be a nunnery if a men will come in without spoiling everything. But all the women must be rich. There must be no chill of poverty. There are plenty of rich women like me who hate being devoured by parasites. |
| AUBREY | Stop. You have the most disgusting mental pictures. I really cannot stand intellectual coarseness. Sweetie's vulgarity I can forgive and even enjoy. |

| 환자 | 여보세요! [그녀는 세인트 폴즈의 연단에 올라 독방 안을 자세히 본다. 금언을 즐기는 은둔자군! [오브리에게]. 누구예요? |
|---|---|
| 오브리 | 어머니 다음으로 최악의 것이지, 아버지야. |
| 노인 | 가장 불행한 아버지지. |
| 오브리 | 사실 나 의 아버지요. |
| 환자 | 단지 내가 나와 내 어머니의 염려 사이에 낄 수 있는 아버지를 가졌기만 했었다면. 오, 내가 고아였었다면! |
| 하사 | 만약 노부인이 대령을 너무 심하게 몰아댄다면, 아가씨, 당신은 그렇게 될 거야. 부인은 그녀가 도착한 이래로 아침 내내 그를 졸라댔고, 난 대령을 알아. 그는 성미가 급하고, 그게 참다못해 나올 때, 약간은 고성능 폭약 같지. 만약 부인이 그를 너무 심하게 밀어 붙이면, 그는 그녀를 죽일 거야. |
| 환자 | 대령이 어머니를 죽이게 해요. 난 젊고 강해서 부모 없는 세상을 원하고, 내 꿈에는 부모들을 위한 어떤 여지가 없거든. 난 여성동지관계를 찾아낼 테야. |
| 오브리 | 좋아, 몹스. 그대는 수녀원으로 가지. |
| 환자 | 남자들이 모든 걸 망치지 않고 쓸모 있게 된다면, 수녀원일 필요는 없어요. 하지만 모든 여자들은 부자여야만 해요. 어떤 가난의 오싹함도 있어서는 안 돼요. 기식자들에게 게걸스레 먹히는 걸 혐오하는 나 같은 많은 부유한 여자들이 있다니까요. |
| 오브리 | 그만해. 당신은 가장 혐오스러운 정신적 심상들을 지녔어. 난 정말 지적인 조야함은 견딜 수가 없어. 스위티의 천박함은 용서할 수 있고 심지어 즐길 수도 있어. 하지만 당신은 내 정신에 박혀 |

---

48) 셰익스피어(Shakespeare)의 『햄릿』(*Hamlet*) 3막 1장에서 햄릿이 오필리어(Ophelia)에게 하는 대사.

But you say perfectly filthy things that stick in my mind, and break my spirit. I can bear no more of it. [*He rises angrily and tries to escape by the beach past the Adobe of Love*].

SWEETIE    Youre dainty, arnt you? If chambermaids were as dainty as you, youd have to empty your own slops.

AUBREY    [*recoiling from her with a yell of disgust*] You need not throw them in my teeth, you beast. [*He sits in his former place, sulking*].

THE ELDER    Silence, boy. These are home truths. They are good for you. [*To the patient*] May I ask, young woman, what are the relations between you and my son, whom you seem to know.

THE PATIENT    Popsy stole my necklace, and got me to run away with him by a wonderful speech he made about freedom and sunshine and lovely scenery. Sweetie made me write it all down and sell it to a tourist agency as an advertisement. And then I was devoured by parasites: by tourist agencies, steamboat companies, railways, motor car people, hotel keepers, dressmakers, servants, all trying to get my money by selling me things I dont really want; shoving me all over the globe to look at what they call new skies, though they know as well as I do that it is only the same old sky everywhere; and disabling me by doing all the things for me that I ought to do for myself to keep myself in health. They preyed on me to keep themselves alive: they

내 영혼을 부수는 완벽하게 더러운 것들을 말하고 있어. 더 이상 그걸 견딜 수가 없다고. [*그는 성나서 일어나 사랑의 거처를 지나 해변으로 도피하려 한다*].

**스위티**  당신은 까다로워요, 그렇지 않나요? 만약 객실담당 메이드가 당신처럼 까다롭다면, 당신이 자신의 개숫물을 비워야만 해요.

**오브리**  [*혐오의 외침소리로 그녀에게서 뒷걸음치며*] 당신이 내 이빨에 그걸 던져 넣을 필요는 없어, 짐승 같으니. [*그는 부루퉁해서 그의 이전의 자리에 앉는다*].

**노인**  얘야, 조용히 하거라. 이건 아니꼽고 불쾌한 진실이야. 그것들은 네게 유익해. [*환자에게*] 젊은 여인, 당신과 당신이 아는 것처럼 보이는 내 아들 사이에 무슨 관계가 있는지 물어도 되겠소.

**환자**  폽시는 자유와 햇빛 그리고 멋진 풍경에 대해 한 놀라운 연설로 내 목걸이를 훔치고 내가 그와 함께 도망치도록 했어요. 스위티는 내가 그 모든 것을 기록해 그걸 여행사에 광고로 팔도록 했어요. 그러고 나서 난 기식자들에 의해, 즉 여행사들, 증기선 회사들, 자동차 관련 인사들, 호텔지배인들, 양재사들, 하인들에 의해 게걸스레 먹혔죠. 내가 정말 원하지 않는 것들을 내게 판매함으로써, 즉 비록 그것이 단지 어디서나 똑같은 오래된 하늘인 것을 내가 알고 있을 뿐 아니라 그들 또한 알고 있다 해도 그들이 새로운 하늘이라 부르는 것을 보라고 온 세계 곳곳으로 날 떠밀고 내 자신을 건강하게 유지하기 위해서 내가 스스로 해야만 하는 모든 것들을 날 위해 함으로써 나를 무력하게 만들어 내 돈을 얻으려고 하는 모두에 의해서 말이에요. 그들은 그들 자신이 살아

pretended they were making me happy when it was only by drinking and drugging—cocktails and cocaine—that I could endure my life.

AUBREY    I regret to have to say it, Mops; but you have not the instincts of a lady. [*He sits down moodily on a stone a little way up the path*].

THE PATIENT    You fool, there is no such thing as a lady. I have the instincts of a good housekeeper: I want to clean up this filthy world and keep it clean. There must be other women who want it too. Florence Nightingale had the same instinct when she went to clean up the Crimean war. She wanted a sisterhood; but there wasnt one.

THE ELDER    There were several. But steeped in superstition, unfortunately.

THE PATIENT    Yes, all mixed up with things that I dont believe. Women have to set themselves apart to join them. I dont want to set myself apart. I want to have every woman in my sisterhood, and to have all the others strangled.

THE ELDER    Down! down! down! Even the young, the strong, the rich, the beautiful, feel they are plunging into a bottomless pit.

THE SERGEANT    Your set, miss, if you will excuse me saying so, is only a small bit of the world. If you dont like the officers' mess, the ranks are open to you. Look at Meek! That man could be an emperor if he laid his mind to it: but he'd rather be a private. He's happier so.

가려고 날 약탈했고, 그들은 단지 음주와 마약복용에 의해서만 —술과 코카인으로만— 내가 내 삶을 견딜 수 있을 때 자신들이 날 행복하게 만드는 척 했지요.

오브리 몹스, 그걸 말해야만 하는 게 딱하군. 하지만 당신은 숙녀의 직감을 갖고 있진 않아. [그는 작은 길 약간 위에 있는 돌에 뚱하게 앉는다.]

환자 당신은 바보군요, 숙녀와 같은 그런 건 없어요. 난 살림 잘하는 주부의 직감을 갖고 있어서 이 더러운 세계를 정화하고 그걸 깨끗하게 유지하길 원해요. 또한 그걸 원하는 다른 여자들이 있을 것임이 틀림없어요. 플로렌스 나이팅게일은 그녀가 크림전쟁을 정화하러 갔을 때 똑같은 직감을 갖고 있었어요. 그녀는 여성동지관계를 원했어요. 하지만 거기엔 한 명도 없었어요.

노인 몇 사람 있었지. 하지만 불행히 미신에 깊이 빠져있었어.

환자 그래요, 모든 게 내가 믿지 않는 것들과 뒤섞여 있었어요. 여자들은 거기에 합류하려고 그들 스스로를 갈라놓아야만 해요. 난 내 자신을 갈라놓고 싶진 않아요. 난 모든 여자와 여성동지관계가 되고 모든 다른 게 묵살되길 원해요.

노인 아래로! 아래로! 아래로! 심지어 젊은이들, 강한 이들, 부자들, 아름다운 이들조차도 그들이 바닥없는 구덩이로 돌진하고 있다고 느낀단 말이오.

하사 아가씨, 만약 당신이 내가 그렇게 말하는 걸 너그러이 봐준다면, 당신 패거리는 단지 세상의 작은 부분이야. 만약 당신이 장교들의 식사를 좋아하지 않는다면, 하사관과 사병이 당신에게 열려 있어. 미크를 봐! 만약 그가 거기에 그의 마음을 두었다면 그 자는 황제가 될 수 있었을 거야. 하지만 그는 차라리 사병이 되었어. 그는 그래서 더 행복하지.

THE PATIENT   I dont belong to the poor, and dont want to. I always knew that there were thousands of poor people; and I was taught to believe that they were poor because God arranged it that way to punish them for being dirty and drunken and dishonest, and not knowing how to read and write. But I didnt know that the rich were miserable. I didnt know that I was miserable. I didnt know that our respectability was uppish snobbery and our religion gluttonous selfishness, and that my soul was starving on them. I know now. I have found myself out thoroughly – in my dream.

THE ELDER   You are young. Some good man may cure you of this for a few happy years. When you fall in love, life will seem worth living.

THE PATIENT   I did fall in love. With that thing. And though I was never a hotel chambermaid I got tired of him sooner than Sweetie did. Love gets people into difficulties, not out of them. No more lovers for me: I want a sisterhood. Since I came here I have been wanting to join the army, like Joan of Arc. It's a brotherhood, of a sort.

THE SERGEANT   Yes, miss: that is so; and there used to be a peace of mind in the army that you could find nowhere else. But the war made an end of that. You see, miss, the great principle of soldering, I take it, is that the world is kept going by the people who want the right thing killing the people who want the wrong thing.

**환자**    난 가난한 이에 속하지 않고, 그러길 원하지 않아요. 난 늘 수천의 가난한 사람들이 있다는 걸 알았어요. 그리고 난 더럽고 술취해있으며 부정직하기에 그리고 읽고 쓰는 법을 모르기에 하나님이 그들을 벌하기 위해서 그런 식으로 결정하셨기 때문에 그들이 가난하다고 믿도록 교육받았어요. 그러나 난 부자들이 비참하다는 건 몰랐어요. 난 내가 비참하다는 건 몰랐어요. 난 우리의 체면이 건방진 속물근성이며, 우리 종교가 탐욕스러운 이기주의이며, 내 영혼이 그것들로 굶주리고 있다는 걸 몰랐어요. 이젠 알아요. 내 꿈에서―내 자신을 완전히 발견했어요.

**노인**    당신은 젊어. 어떤 좋은 남자가 행복한 몇 년 동안 당신의 이런 걸 치유할 거야. 당신이 사랑에 빠질 때 인생은 살만한 가치가 있을 거야.

**환자**    난 사랑에 빠졌어요. 바로 그 자와. 그리고 비록 내가 결코 호텔 객실담당 메이드는 아니었다 할지라도 난 스위티가 그랬던 것보다 더 빨리 그에게 싫증났어요. 사랑은 사람들을 곤경에서 벗어나게 하는 게 아니라, 거기에 빠지게 하죠. 내게 더 이상 연인은 사절이에요. 난 여성동지관계를 원해요. 여기 온 이래로 난 잔 다르크처럼 군에 입대하길 원했어요. 그건 남성동지관계로 같은 종류죠.

**하사**    맞아, 아가씨, 정말 그래. 그런데 군대에서는 다른 어떤 곳에서도 찾을 수 없는 마음의 평화가 있곤 했어. 그러나 전쟁이 그걸 끝냈어. 아시다시피 아가씨 난 낡땜의 위대한 원칙은 잘못된 걸 원하는 사람들을 죽이는 옳은 걸 원하는 사람들에 의해 세상이 계속되는 거라고 생각해.

When the soldier is doing that, he is doing the work of God, which my mother brought me up to do. But thats a very different thing from killing a man because he's a German and he killing you because youre an Englishman. We were not killing the right people in 1915. We werent even killing the wrong people. It was innocent men killing one another.

THE PATIENT    Just for the fun of it.

THE SERGEANT   No, miss: it was no fun. For the misery of it.

THE PATIENT    For the devilment of it, then.

THE SERGEANT   For the devilment of the godless rulers of this world. Those that did the killing heart even the devilment to comfort them: what comfort is there in screwing on a fuse or pulling a string when the devilment it makes is from three to forty miles off, and you dont know whether you have only made a harmless hole in the ground or blown up a baby in its cradle that might have been your own? That wasnt devilment: it was damnation. No, miss: the bottom has come out of soldiering. What the gentleman here said about our all falling into a bottomless pit came home to me. I feel like that too.

THE ELDER      Lost souls, all of us.

THE PATIENT    No: only lost dogs. Cheer up, old man: the lost dogs always find their way home. [*The voice of the Elderly Lady is heard returning*]. Oh! here she comes again!

군인이 그걸 할 때, 그는 하나님의 일을 하는 것이고, 내 어머니는 내가 그걸 하도록 키우셨어. 그러나 그건 그가 독일인이기 때문에 사람을 죽이고 당신이 영국인이기 때문에 그가 당신을 죽이는 것과는 아주 다른 일이야. 우린 1915년에 옳은 사람을 죽이진 않았어. 우린 심지어 잘못된 사람조차도 죽이지 않았어. 그건 서로를 죽이는 순진무구한 사람들이었어.

환자　단지 재미를 위해서죠.

하사　아니야, 아가씨. 그건 재미가 아니었어. 고통을 위해서였지.

환자　그렇다면, 악행을 위해서죠.

하사　신을 믿지 않는 이 세상 통치자들의 악행을 위해서지. 살인을 하는 그러한 이들은 심지어 자신들을 위로하기 위해서 악행을 저지른 게 아니야. 그것이 만들어 내는 악행이 3마일에서 40마일까지밖에 있고 사람들은 자기가 단지 땅에 무해한 구멍을 만들고 있는지 아니면 자신의 아이일지도 모를 요람에 있는 아기를 폭파시키고 있는 지도 모를 때 퓨즈를 나사로 연결하고 끈을 잡아당기는데 무슨 위로가 있겠어? 그건 악행이 아니었다니까, 그건 천벌이었단 말이야. 아니야, 아가씨, 그 바닥은 군인의 임무 밖이었어. 저 젠틀맨이 우리 모두가 바닥없는 구덩이로 떨어지고 있다는 것에 대해 말한 것이 내겐 충분히 납득이 되었어. 나도 또한 그렇게 생각해.

노인　우리 모두는 길 잃은 영혼이야.

환자　아뇨, 단지 길 잃은 개들이죠. 기운 내요, 노인 양반, 길 잃은 개들은 언제나 집으로 가는 길을 찾죠. [노부인의 목소리가 되돌아 와 들린다. 오! 여기 어머니가 다시 오다니!

*Mrs Mopply is still pursuing the colonel, who is walking doggedly and steadily away from her, with closed lips and a dangerous expression on his set features.*

MRS MOPPLY   You wont even speak to me. It's a disgrace. I will send a cable message home to the Government about it. You were sent out here to rescue my daughter from these dreadful brigands. Why is nothing being done? What are the relations between yourself and that disgraceful countess who ought to have her coronet stripped off her back? You are all in a conspiracy to murder my poor lost darling child. You are in league with the brigands. You are —

*The Colonel turns at bay, and brings down his umbrella whack on poor Mrs Mopply's helmet.*

MRS MOPPLY   Oh! Oh! Oh! Oh! [*With a series of short, dry, detached screams she totters and flutters back along the beach out of sight like a wounded bird*].

*General stupefaction. All stare at the Colonel aghast. The Sergeant rises in amazement, and remains standing afterwards as a matter of military etiquette.*

THE PATIENT   Oh, if only someone had done that to her twenty years ago, how different my childhood would have been! But I must see to the poor old dear. [*She runs after her mother*].

AUBREY   Colonel: you have our full, complete, unreserved sympathy. We thank you from the bottom of our hearts. But that does not alter the fact that the man who would raise his hand to a woman, save in the way of kindness, is unworthy the name of Briton[49].

*모플리 부인은 여전히 대령을 쫓고 있고, 그는 입술을 다물고 있으며, 이를 악물고 위험한 표정을 하고 그녀로부터 떨어져 집요하게 꾸준히 걷고 있다.*

**모플리 부인**  당신은 내게 말조차 하지 않으려는군요. 그건 수치예요. 난 거기에 대해 본국으로 정부에 해외 전보를 보내겠어요. 당신은 이 끔찍한 산적들로부터 내 딸을 구출하기 위해서 이곳으로 파견되었어요. 당신과 분명 그녀의 귀족관이 뒤로 벗기어지도록 되었음이 틀림없는 그 수치스러운 공작부인 사이에 무슨 관계가 있죠? 모두가 내 가련한 잃어버린 사랑스러운 자식을 살해하려고 공모 중이에요. 당신은 산적들과 결탁하고 있어요. 당신은—

*대령은 궁지에 빠져 돌아서서 그의 우산으로 불쌍한 모플리 부인의 헬멧을 철썩 내리친다.*

**모플리 부인**  오! 오! 오! 오! [*일련의 꾸밈없이 분리된 짧은 외침으로 그녀는 상처 입은 새처럼 보이지 않는 해변을 따라 비틀거리며 안절부절못한다*].

*전체적으로 깜짝 놀란다. 모두 소스라치게 놀라며 대령을 응시한다. 하사는 놀라서 일어나 군대 에티켓 상 뒤로 선 채 있다.*

**환자**  오, 만약 단지 20년 전에 어머니에게 누군가가 저런 것을 했다면, 내 유년 시절이 얼마나 달라졌을까! 하지만 난 저 가여운 노인네를 만나야만 한다고. [*그녀는 어머니를 뒤쫓는다*].

**오브리**  대령, 당신은 우리의 충만하고, 완전하며, 무조건적인 동정을 받고 있소. 우리는 마음속으로부터 당신에게 감사하오. 하지만 그것이 친절함으로써가 아니라면 여자에게 손을 드는 남자는 영국인 이라는 이름에 부끄럽다는 사실을 바꾸지는 않소.

---

49) Briton: 격식을 차려 영국인을 지칭할 때 사용한다.

TALLBOYS
: I am perfectly aware of that, sir. I need no reminder. The lady is entitled to an apology. She shall have it.

THE ELDER
: But have you considered the possibility of a serious injury —

TALLBOYS
: [cutting him short] My umbrella is quite uninjured, thank you. The subject is now closed. [He sits down on the stone below St Pauls recently vacated by Aubrey. His manner is so decisive that nobody dares carry the matter further].

As they sit uneasily seeking one another's eyes and avoiding them again, dumbfounded by the violence of the catastrophe, a noise like that of a machine gun in action reaches their ears from afar. It increases to shattering intensity as it approaches. They all put their fingers to their ears. It diminishes slightly, then suddenly rises to a climax of speed and uproar, and stops.

TALLBOYS
: Meek.

AUBREY
: Meek.

SWEETIE
: Meek.

THE ELDER
: What is this? Why do you all say Meek?

Meek, dusty and gritty, but very alert, comes down the path through the gap with a satchel of papers.

TALLBOYS
: My dear Meek, can you not be content with a motor cycle of ordinary horse power? Must you always travel at eighty miles an hour?

MEEK
: I have good news for you, Colonel; and good news should travel fast.

TALLBOYS
: For me?

**톨보이즈** 난 그걸 완벽하게 알고 있소. 그걸 상기시키는 어떤 이도 필요치 않소. 부인은 사과를 받을 자격이 있소. 사과 받을 거요.

**노인** 하지만 당신이 심각한 상해의 가능성을 고려해 —

**톨보이즈** [갑자기 그를 가로막으며] 고맙게도 내 우산은 전혀 상해를 입지 않았소. 이제 그 주제는 종결됐소. [그는 방금 오브리가 비운 세인트 폴즈 아래 있는 돌에 앉는다. 그의 태도가 너무나 단호해서 아무도 감히 그 문제를 더 진행시키지 못한다.]

*그 대단원의 폭력으로 인해 기가 막혀 그들이 서로의 시선을 구하고는 다시 그 시선을 피하며 불편하게 앉을 때 교전중인 기관총의 그것과 같은 소리가 멀리서 그들 귀에 들렸다. 그것이 가까워짐에 따라 그 소리는 산산조각 내는 강도로 커졌다. 그들은 모두 손가락을 귀에 대었다. 그 소리는 약간 줄어들었고, 그리곤 속도와 소음이 절정에 이르렀다가 멈추었다.*

**톨보이즈** 미크.

**오브리** 미크.

**스위티** 미크.

**노인** 이게 뭐지? 왜 모두 미크라 말하는 거지?

*먼지투성이에 모래투성이지만 아주 날쌘 미크가 서류가 든 작은 가방을 들고 좁은 틈을 통해 난 작은 길을 내려온다.*

**톨보이즈** 이봐 미크, 자넨 일반 마력의 오토바이로 만족할 수 없나? 분명 자네는 늘 시속 80마일로 다님이 틀림없지?

**미크** 대령님, 좋은 소식이 있습니다. 그리고 좋은 소식은 신속히 전해 져야만 합니다.

**톨보이즈** 내게?

| | | |
|---|---|---|
| MEEK | Your K.C.B., sir. [*Presenting a paper*] Honors list by wireless. | |
| TALLBOYS | [*rising joyously to take the paper*] Ah! Congratulate me, my friends. My dear Sarah is Lady Tallboys at last. [*He resumes his seat and pores over the paper*]. | |

AUBREY  
THE SERGEANT } [*together*] {  
SWEETIE

{ Splendid!
{ You deserve it, sir, if I may say so.
{ Delighted, I am sure.

THE ELDER    May I crave to know the nature of the distinguished service which has won this official recognition, sir?

TALLBOYS    I have won the battle of the maroons. I have suppressed brigandage here. I have rescued a British lady from the clutches of the brigands. The Government is preparing for a general election, and has had to make the most of these modest achievements.

THE ELDER    Brigands! Are there any here?

TALLBOYS    None.

THE ELDER    But — The British lady? In their clutches?

TALLBOYS    She has been in my clutches, and perfectly safe, all the time.

THE ELDER    [*more and more puzzled*] Oh! Then the battle of the —

TALLBOYS    Won by Private Meek. I had nothing whatever to do with it.

AUBREY    I invented the brigands and the British lady. [*To Tallboys*] By the way, Colonel, the impressive old party in the shrine is my father.

| | |
|---|---|
| 미크 | 각하, 각하의 바스 훈장입니다. [*서류를 주면서*] 무선으로 온 은전 방명록 입니다. |
| 톨보이즈 | [*기뻐서 그 서류를 받으려 일어나며*] 아! 여보게들, 날 축하해주게. 내 사랑하는 사라가 마침내 레이디 톨보이즈군. [*그는 자기 자리로 다시 돌아가 그 서류를 자세히 본다.*] |
| 오브리<br>하사<br>스위티 } [*함께*] { | 훌륭해!<br>만약 제가 그렇게 말해도 된다면, 그걸 받으실 만합니다.<br>확신컨대, 기뻐요. |
| 노인 | 각하, 제가 이런 공식적인 치하를 얻게 된 그 출중한 공훈의 유형을 알고자 갈망해도 되나요? |
| 톨보이즈 | 폭죽 전투에서 승리했소. 여기서 산적들을 진압했소. 산적들의 마수에서 영국인 숙녀를 구출했소. 정부는 총선거를 준비하고 있고, 이 수수한 업적을 최대한 이용해야만 하오. |
| 노인 | 산적들이라니! 여기 얼마나 있소? |
| 톨보이즈 | 전혀 없소. |
| 노인 | 하지만— 영국인 숙녀는? 그들의 마수에 있나? |
| 톨보이즈 | 그녀는 내 수중에 있었고, 그동안 죽 완벽하게 안전했소. |
| 노인 | [*점점 더 당황해서*] 오! 그렇다면 그 전투는— |
| 톨보이즈 | 사병 미크로 인해 승리를 거두었지. 난 무엇이든 그것과 아무런 관련이 없소. |
| 오브리 | 내가 산적들과 영국인 숙녀를 꾸며냈지. [*톨보이즈에게*] 그런데, 대령, 성소에 있는 인상적인 노인네는 내 아버지요. |

TALLBOYS    Indeed! Happy to meet you, sir, though I cannot
            congratulate you on your son, except in so far as
            you have brought into the world the most
            abandoned liar I have ever met.

THE ELDER   And may I ask, sir, is it your intention not only to
            condone my son's frauds, but to take advantage of
            them to accept a distinction which you have in no
            way earned?

TALLBOYS    I have earned it, sir, ten times over. Do you suppose,
            because the brigandage which I am honored for
            suppressing has no existence, that I have never
            suppressed real brigands? Do you forget that
            though this battle of which I am crowned victor was
            won by a subordinate, I, too, have won real battles,
            and seen all the honors go to a brigadier who did not
            even know what was happening? In the army these
            things average themselves out: merit is rewarded in
            the long run. Justice is none the less justice though
            it is always delayed, and finally done by mistake. My
            turn today: Private Meek's tomorrow.

THE FATHER[50]  And meanwhile Mr Meek—this humble and worthy
            soldier—is to remain in obscurity and poverty
            whilst you are strutting as a K.C.B.

TALLBOYS    How I envy him! Look at me and look at him! I,
            loaded with responsibilities whilst my hands are
            tied, my body disabled, my mind crippled because
            a colonel must not do anything but give orders and

**톨보이즈**  그래요! 비록 당신이 내가 만난 가장 파렴치한 아들을 낳았다는 점을 제외하고는 당신 아들에 대해서는 축하할 수 없다 해도, 선생, 당신을 만나 기쁘오.

**노인**  그런데 각하, 내 아들의 사기행위들을 묵과하는 것뿐만 아니라 당신이 결코 받을 만하지 않은 수훈을 얻기 위해 그 사기 행각들을 이용하는 것도 당신 의도인지 물어봐도 되겠소?

**톨보이즈**  선생, 난 그걸 열 배 이상 받을 만하오. 당신은 내가 그들을 진압 했다고 영광을 얻은 그 산적들이 존재하지 않기 때문에 내가 결코 진짜 산적들을 진압하지 않았다고 추측하는 거요? 당신은 비록 내가 승리자로 유종의 미를 거둔 이 전투를 하급자에 의해 얻었다 할지라도 나도 또한 심지어 무슨 일이 일어났는지 알지조차 못했던 육군 준장에게 모든 서훈이 가는 걸 경험했다는 걸 잊었소? 군대에서 이런 것들은 결국 평균에 달해서 공로는 마침내 보상받게 되는 거라오. 비록 언제나 지체되고 마침내 실수로 이루어진다 해도 그럼에도 불구하고 정의는 정의요. 오늘은 내 차례고, 내일은 사병 미크의 것이란 말이오.

**아버지**  그리고 그동안 미크씨는 ─이 겸손하고 훌륭한 병사는─ 자네가 바스 훈장을 받은 공훈으로 거들먹거리며 활보하는 데 반해 무명으로 가난하게 남아있는 게지.

**톨보이즈**  내가 그를 얼마나 부러워하는지! 날 보고 그를 보라고! 자기 정신이 완전히 멍할 때도 대령은 명령을 내리며 중요하고 심오해 보이는 걸 제외하고는 어떤 것도 해서는 안 되기 때문에 내 두 손이 묶이고, 내 몸이 무력하게 되고, 내 마음이 불구가 되는 반면

---

50) 오브리 아버지를 가리킨다. 이 대사를 포함해 두 번을 제외한 나머지는 'THE ELDER'로 표기되어 있다.

look significant and profound when his mind is entirely vacant! he, free to turn his hand to everything and to look like an idiot when he feels like one! I have been driven to sketching in watercolors because I may not use my hands in life's daily useful business. A commanding officer must not do this, must not do that, must not do the other, must not do anything but tell other men to do it. He may not even converse with them. I see this man Meek doing everything that is natural to a complete man: carpentering, painting, digging, pulling and hauling, fetching and carrying, helping himself and everybody else, whilst I, with a bigger body to exercise and quite as much energy, must loaf and loll, allowed to do nothing but read the papers and drink brandy and water to prevent myself going mad. I should have become a drunkard had it not been for the colors[51]

THE SERGEANT Ah yes, sir, the colors[52]. The fear of disgracing them has kept me off the drink many a time.

TALLBOYS Man: I do not mean the regimental colors, but the watercolors. How willingly would I exchange my pay, my rank, my K.C.B., for Meek's poverty, his obscurity!

책임감은 주어져 있는 날 말이야! 그가 그러고 싶을 땐 마음대로 모든 걸 시작하고 백치 같이 보이는 게 허용된 그를 말이야! 난 삶에서 일상적으로 유용한 업무에 내 두 손을 쓸 수 없을지도 모르기 때문에 수채화물감으로 스케치하는 데 내몰린 거라고. 부대 지휘관은 이것을 해선 안 되고, 저것을 해선 안 되고, 다른 것을 해선 안 되고, 어떤 것을 해선 안 되지만 다른 사람에게 그걸 하라고 명령해야만 하지. 그는 심지어 그들과 대화를 해서도 안 된다고. 실행할 더 큰 몸과 그 만큼 많은 에너지를 가진 내가 서류를 읽고 스스로 미치는 것을 막기 위해 물탄 브랜디를 마시는 걸 제외하고는 어떤 것도 하도록 허용되지 않아서 빈둥거려야만 하는 반면에 난 미크 이 자가 완전한 남자에게 자연스러운 모든 것, 즉 목공일, 페인트칠하기, 땅파기, 이리저리 끌고 다니기, 심부름 다니기, 스스로와 다른 모든 이들 돕기 등을 하는 걸 보고 있단 말이야. 만약 컬러들이 없었다면 난 필경 술고래가 되었을 거야.

**하사**   아 네, 각하. 형형색색의 연대기 말씀이죠. 그것들을 욕보이는 것에 대한 두려움이 여러 번 제가 술을 가까이 하지 못하게 했습니다.

**톨보이즈**   이 봐, 난 연대의 군기가 아니라 수채화 물감을 의미하는 거야. 얼마나 기꺼이 내가 내 봉급, 내 계급, 내 바스 훈장을 미크의 가난, 그의 낮은 지위와 교환하고 싶은지!

---

51) had it not been for the colors: 'if it had not been for the colors'에서 if를 생략하고 주어 동사를 도치한 가정법 구문이다.

52) 톨보이즈가 물감의 의미로 사용한 단어인 'colors'를 하사는 연대의 깃발로 이해한 것이다.

MEEK     But, my dear Colonel—sorry, sir: what I mean to say is that you can become a private if you wish. Nothing easier: I have done it again and again. You resign your commission; take a new and a very common name by deed poll; dye your hair and give your age to the recruiting sergeant as twenty-two; and there you are! You can select your own regiment.

TALLBOYS    Meek: you should not tantalize your commanding officer. No doubt you are an extraordinary soldier. But have you ever passed the extreme and final test of manly courage?

MEEK     Which one is that, sir?

TALLBOYS    Have you ever married?

MEEK     No, sir.

TALLBOYS    Then do not ask me why I do not resign my commission and become a free and happy private. My wife would not let me.

THE COUNTESS    Why dont you hit her on the head with your umbrella?

TALLBOYS    I dare not. There are moments when I wish some other man would. But not in my presence. I should kill him.

THE ELDER    We are all slaves. But at least your son is an honest man.

TALLBOYS    Is he? I am glad to hear it. I have not spoken to him since he shirked military service at the beginning of the war and went into trade as a contractor. He is

| | |
|---|---|
| 미크 | 하지만, 친애하는 대령님―유감스럽지만, 각하, 제가 말씀드리려는 건 만약 원하신다면, 각하께선 사병이 되실 수 있다는 겁니다. 더 쉬운 건 아무것도 없어요, 제가 그걸 몇 번이나 했거든요. 각하께선 장교의 지위를 사임하시고 단독 날인 증서에 의해 아주 평범한 새 이름을 택하고 머리를 물들이고 징병하사관에서 스물둘이라 하세요, 그럼 된 거라고요! 각하 자신의 연대를 선택할 수도 있답니다. |
| 톨보이즈 | 미크, 자네의 부대 지휘관을 애타게 해서는 안 되지. 분명히 자네는 특별한 병사야. 하지만 자넨 남자다운 용기에 대한 최고이자 최종 시험을 통과해본 적이 있나? |
| 미크 | 그게 뭔가요, 각하? |
| 톨보이즈 | 결혼한 적이 있나? |
| 미크 | 천만에요, 각하. |
| 톨보이즈 | 그렇다면 왜 내가 장교의 지위를 사임하고 자유롭고 행복한 사병이 되지 않는지 묻지 말게. 아내가 날 그렇게 하도록 하지 않을 걸세. |
| 공작부인 | 우산으로 그녀의 머리를 치는 게 어때요? |
| 톨보이즈 | 어떤 다른 남자가 그랬으면 하고 소원했던 순간들이 있었소. 하지만 내 면전에서는 아니지. 난 그를 죽여야만 하거든. |
| 노인 | 우리 모두는 노예야. 그러나 적어도 당신 아들은 정직한 사람이지. |
| 톨보이즈 | 그 아이가 그런가? 그 말을 들으니 기쁘군. 난 전쟁 초기에 걔가 징병을 기피하고 도급자로서 무역에 종사한 이래로 그 아이에게 말을 하지 않았어. 그 아인 지금 너무나 엄청나게 부자가 되어서 |

now so enormously rich that I cannot afford to keep up his acquaintance. Neither need you keep up that of your son. By the way, he passes here as the half step-brother of this lady, the Countess Valbrioni.

SWEETIE   Valbrioni be blowed! My name is Susan Simpkins. Being a countess isnt worth a damn. There's no variety in it: no excitement. What I want is a month's leave for the sergeant. Wont you give it to him, Colonel?

TALLBOYS   What for?

SWEETIE   Never mind what for. A fortnight might do; but I dont know for certain yet. There's something steadying about him; and I suppose I will have to settle down some day.

TALLBOYS   Nonsense! The sergeant is a pious man, not your sort. Eh, Sergeant?

SERGEANT   Well, sir, a man should have one woman to prevent him from thinking too much about women in general. You cannot read your Bible undisturbed if visions and wandering thoughts keep coming between you and it. And a pious man should not marry a pious woman: two of a trade never agree. Besides, it would give the children a onesided view of life. Life is very mixed, sir: it is not all piety and it is not all gaiety. This young woman has no conscience; but I have enough for two. I have no money; but she seems to have enough for two.

그 아이와 친분을 유지할 수가 없다니까. 당신도 당신 아들과 그 걸 유지할 필요 없지. 그런데 그는 여기서 이 귀부인, 즉 발브리오니 공작부인의 배다른 의붓 형제로 통용되고 있소.

**스위티** 빌어먹을 발브리오니! 내 이름은 수잔 심킨스야. 공작부인인 건 한 푼의 가치도 없어. 거기엔 어떤 변화가 없어, 어떤 흥분도 없다고. 내가 원하는 건 하사를 위한 한 달의 휴가라니까요. 대령님, 하사에게 휴가를 주지 않겠어요?

**톨보이즈** 무엇 때문이지?

**스위티** 무엇 때문인지는 신경 쓰지 말아요. 2주일간도 될 걸요. 하지만, 아직 확실히 모르겠어요. 그에겐 한결같은 무엇인가가 있어요. 그리고 난 언젠가는 정착해야만 할 거라고 생각해요.

**톨보이즈** 허튼소리! 하사는 당신 부류가 아니라 신앙심이 깊은 사람이야. 그렇지, 하사?

**하사** 글쎄요, 각하, 남자는 그가 일반적으로 여자들에 대해서 너무 많이 생각하지 않도록 하기 위해 한 여자를 취해야만 합니다. 만약 비전들과 종잡을 수 없는 생각들이 당신과 그것 사이에 계속 나타난다면, 당신은 성경을 방해받지 않고 읽을 수 없으니까요. 그리고 신앙심 깊은 남자는 신앙심 깊은 여자와 결혼해선 안 되죠, 같은 장사끼리는 화합이 안 되거든요. 게다가, 그건 아이들에게 인생에 대한 일방적인 견해를 줄 거라고요. 각하, 인생은 아주 뒤섞여 있죠, 그건 전적으로 경건하지 않고, 전적으로 유쾌하진 않죠. 이 젊은 여인은 아무 양심도 없지만 전 두 사람 분을 갖고 있어요. 전 아무 돈도 없지만 그녀는 두 사람 분을 갖고 있는 것 같아요.

Mind: I am not committing myself; but I will go so far as to say that I am not dead set against it. On the plane of this world and its vanities—and weve got to live in it, you know, sir—she appeals to me.

AUBREY   Take care, sergeant. Consistency is not Sweetie's strong point.

THE SERGEANT   Neither is it mine. As a single man and a wandering soldier I am fair game for every woman. But if I settle down with this girl she will keep the others off. I'm a bit tired of adventures.

SWEETIE   Well, if the truth must be told, so am I. We were made for one another, Sergeant. What do you say?

THE SERGEANT   Well, I dont mind keeping company for a while, Susan, just to see how we get along together.

*The voice of Mrs Mopply is again heard. Its tone is hardy and even threatening; and its sound is approaching rapidly.*

MRS MOPPLY'S VOICE   You just let me alone, will you? Nobody asked you to interfere. Get away with you.

*General awe and dismay. Mrs Mopply appears striding resolutely along the beach. She walks straight up to the Colonel, and is about to address him when he rises firmly to the occasion and takes the word out of her mouth.*

TALLBOYS   Mrs Mopply: I have a duty to you which I must discharge at once. At our last meeting, I struck you.

MRS MOPPLY   Struck me! You bashed me. Is that what you mean?

유의하시죠. 전 언질을 주진 않지만 제가 거기에 대해 완전히 반대하지는 않는다고 말하는 한까지는 할 거예요. 이 세상과 그 허영의 수준에서―그리고 각하, 아시다시피, 우린 거기서 살아야 하잖아요―그녀는 제게 매력 있다니까요.

오브리  조심해요, 하사. 절개는 스위티의 강점이 아니에요.

하사  그건 내 강점도 아니죠. 독신남이자 유랑하는 병사인 난 모든 여자에게 봉이란 말이오. 그러나 내가 이 여인과 정착한다면 그녀는 다른 이들을 막을 거요. 난 모험에 약간 지쳤소.

스위티  이거 참, 만약 진실이 말해져야 한다면, 나도 그래요. 하사, 우린 서로를 위해 준비되었군요. 당신은 어때요?

하사  글쎄, 수잔, 난 우리가 어떻게 함께 지낼지를 보기 위해서 잠시 동행하는 건 개의치 않소.

*모플리 부인의 목소리가 다시 들린다. 그 어조는 강건하고 심지어 위협적이다. 그리고 그 소리는 빠르게 가까워지고 있다.*

모플리 부인의 목소리  날 좀 내버려둬요? 아무도 당신에게 끼어들라고 청하지 않았어요. 저리 가란 말이오.

*전체적으로 두려워하고 당황한다. 모플리 부인이 해변을 따라 단호하게 성큼성큼 걸으며 등장한다. 대령이 확고히 난국에 대처하여 그녀의 말을 가로막으려 할 때 그녀는 바로 그에게로 걸어가 막 말을 걸려 한다.*

톨보이즈  모플리 부인, 전 즉시 수행해야만 하는 부인에 대한 의무가 있습니다. 우리의 바로 전 만남에서 제가 부인을 쳤습니다.

모플리 부인  날 쳤다고! 당신은 날 세게 때렸어. 그게 당신이 의미하는 바야?

TALLBOYS      If you consider my expression inadequate I am
              willing to amend it. Let us put it that I bashed you.
              Well, I apologize without reserve, fully and amply. If
              you wish, I will give it to you in writing.

MRS MOPPLY    Very well. Since you express your regret, I suppose
              there is nothing more to be said.

TALLBOYS      [darkening ominously] Pardon me. I apologized. I did not
              express my regret.

AUBREY        Oh, for heaven's sake, Colonel, dont start her
              again. Dont qualify your apology in any way.

MRS MOPPLY    You shut up, whoever you are.

TALLBOYS      I do not qualify my apology in the least. My apology
              is complete. The lady has a right to it. My action
              was inexcusable. But no lady—no human being—
              has a right to impose a falsehood on me. I do not
              regret my action. I have never done anything which
              gave me more thorough and hearty satisfaction.
              When I was a company officer I once cut down an
              enemy in the field. Had I not done so[53] he would
              have cut me down. It gave me no satisfaction: I was
              half ashamed of it: I have never before spoken of it.
              But this time I struck with unmixed enjoyment. In
              fact I am grateful to Mrs Mopply. I owe her one of
              the very few delightfully satisfactory moments of
              my life.

| 톨보이즈 | 만약 부인이 제 표현이 부적절하다고 간주하신다면, 기꺼이 그걸 수정하겠습니다. 제가 부인을 세게 때렸다고 표현하지요. 자, 전 완전하고 충분하게 무조건적으로 사과합니다. 원하신다면, 서면으로 그걸 부인께 드릴 겁니다. |
|---|---|
| 모플리 부인 | 알겠어요. 당신이 유감을 표현하니 더 이상 말해질 게 아무것도 없다고 생각해요. |
| 톨보이즈 | [불길하게 음울해지며] 용서하세요. 전 사과했습니다. 유감을 표현하진 않았어요. |
| 오브리 | 이런, 제발, 대령, 그녀가 다시 시작하게 하지 마. 어떤 식이든 당신의 사과를 수정하지 말란 말이야. |
| 모플리 부인 | 당신이 누구든 간에 닥쳐요. |
| 톨보이즈 | 난 내 사과를 조금도 수정하지 않는다니까. 내 사과는 완전해. 저 부인은 그것에 대한 권리를 지녔어. 내 행동은 변명의 여지가 없지. 그러나 어떤 부인도―어떤 인간도―내게 거짓을 부과할 권리를 갖고 있지는 않단 말이야. 내 행동을 유감으로 생각하지는 않는단 말이오. 난 더 철저하고 마음에서 우러나는 만족을 주었던 어떤 것도 결코 해본 적이 없거든. 내가 위관 장교였을 때 한 때 난 전장에서 적들을 베어 넘겼어. 그건 결코 내게 어떤 만족도 주지 않았고, 거기에 대해 반쯤 부끄러웠지만 전에는 결코 그것에 대해 말해본 적이 없었어. 하지만 이번에 난 순수한 기쁨으로 쳤어. 사실 난 모플리 부인에게 감사한다고. 난 그녀에게 내 인생의 아주 적은 유쾌하게 만족스러운 순간들 중 하나를 빚졌거든. |

---

53) Had I not done so: 'If I had not done so'에서 if를 생략하고 주어 동사를 도치한 가정법 구문.

| | |
|---|---|
| MRS MOPPLY | Well, thats a pretty sort of apology, isnt it? |
| TALLBOYS | [*firmly*] I have nothing to add, madam. |
| MRS MOPPLY | Well, I forgive you, you peppery old blighter. |

*Sensation. They catch their breaths, and stare at one another in consternation. The patient arrives.*

| | |
|---|---|
| THE PATIENT | I am sorry to say, Colonel Tallboys, that you have unsettled my mother's reason. She wont believe that I am her daughter. She's not a bit like herself. |
| MRS MOPPLY | Isnt she? What do you know about myself? my real self? They told me lies; and I had to pretend to be somebody quite different. |
| TALLBOYS | Who told you lie, madam? It was not with my authority. |
| MRS MOPPLY | I wasnt thinking of you. My mother told me lies. My nurse told me lies. My governess told me lies. Everybody told me lies. The world is not a bit like what they said it was. I wasnt a bit like what they said I ought to be. I thought I had to pretend. And I neednt have pretended at all. |
| THE ELDER | Another victim! She, too, is falling through the bottomless abyss. |
| MRS MOPPLY | I dont know who you are or what you think you mean; but you have just hit it: I dont know my head from my heels. Why did they tell me that children couldnt live without medicine and three meat meals a day? Do you know that I have killed two of my children because they told me that? My own children! Murdered them, just! |

| | |
|---|---|
| 모플리 부인 | 자, 멋진 종류의 사과가 아닌가요? |
| 톨보이즈 | [단호하게] 보탤 게 아무것도 없소, 부인. |
| 모플리 부인 | 자, 당신을 용서하죠, 당신은 신랄한 늙은 악당이군요. |

*센세이션이 있다. 그들은 숨을 죽이고 대경실색해서 서로를 응시한다. 환자가 도착한다.*

| | |
|---|---|
| 환자 | 톨보이즈 대령, 당신이 내 어머니의 이성을 뒤흔들어 놓았다고 말해야 하는 게 유감이군요. 어머니는 내가 딸이라는 걸 믿으시려 하시질 않아요. 어머니는 조금도 당신 자신 같지 않다니까요. |
| 모플리 부인 | 자신 같지 않다고? 네가 내 자신에 대해 뭘 알지? 내 진정한 자아 말이야? 사람들은 내게 거짓말을 했고 난 아주 다른 누군가인 척해야만 했어. |
| 톨보이즈 | 부인, 누가 당신에게 거짓말을 했나요? 그건 내 허가를 받은 건 아니오. |
| 모플리 부인 | 난 당신에 대해 생각하지 않았어요. 내 어머니가 내게 거짓말을 했다니까. 내 유모가 내게 거짓말을 했죠. 내 가정교사가 내게 거짓말을 했던 거야. 모든 사람들이 내게 거짓말을 했단 말이오. 세상은 전혀 그들이 그렇다고 말한 것과 같지 않거든. 난 전혀 그들이 그래야만 한다고 말했던 바와 같지 않았다고. 난 내가 그런 체해야만 한다고 생각했단 거야. 그런데 난 결코 그런 체할 필요가 없었다고. |
| 노인 | 또 다른 희생자군! 그녀 또한 바닥없는 심연으로 떨어지고 있군. |
| 모플리 부인 | 난 당신이 누구인지 혹은 당신이 뭘 의미한다고 생각하는지 몰라요. 하지만 당신은 바로 그걸 맞추었어요. 난 내 발끝에서 머리를 알진 못해요. 왜 사람들이 내게 아이들이 약과 하루 세끼 고기 없이는 살 수 없다고 말했죠? 내 아이들이 말이에요! 바로 그들을 죽였던 거라니까요! |

| | |
|---|---|
| THE ELDER | Medea[54]! Medea! |
| MRS MOPPLY | It isnt an idea[55]: it's the truth. I will never believe anything again as long as I live. I'd have killed the only one I had left if she hadnt run away from me. I was told to sacrifice myself—to live for others; and I did it if ever a woman did. They told me that everyone would love me for it; and I thought they would; but my daughter ran away when I had sacrificed myself to her until I found myself wishing she would die like the others and leave me a little to myself. And now I find it was not only my daughter that hated me but that all my friends, all the time they were pretending to sympathize, were just longing to bash me over the head with their umbrellas. This poor man only did what all the rest would have done if theyd dared. When I said I forgave you I meant it: I am greatly obliged to you. [*She kisses him*]. But now what am I to do? How am I to behave in a world thats just the opposite of everything I was told about it? |
| THE PATIENT | Steady, mother! steady! steady! Sit down. [*She picks up a heavy stone and places it near the Abode of Love for Mrs Mopply to sit on*]. |

| 노인 | 메데아!54) 메데아! |
|---|---|
| 모플리 부인 | 그건 관념인 이데아가 아니에요.55) 그건 진실이에요. 난 내가 살아 있는 한 결코 다시 어떤 걸 믿지 않을 거예요. 만약 그 아이가 내게서 달아나지 않았다면 난 내게 남은 유일한 아이를 죽였을 거예요. 난 스스로를 희생하라고 —다른 이들을 위해 살라고 들었고, 만약 어떤 여인이 그걸 했다면 내가 그걸 행한 거라고요. 그들은 내게 그것 때문에 모든 이가 날 사랑할 거라고 말했고 난 사람들이 그럴 거라고 생각했죠. 하지만 내가 스스로 그 아이가 다른 아이들과 마찬가지로 죽기를 바라고 내게는 잠시 맡겨진 것이기를 바라고 있음을 깨달을 때까지 그 아이에게 희생했을 때 내 딸은 달아났다니까요. 그리고 지금 난 날 싫어한 건 단지 내 딸만이 아니며 내내 그들이 날 연민하는 체했던 내 친구들이 오로지 그들의 우산으로 내 머리를 세게 때리길 갈망하고 있었다는 걸 깨달았단 말이에요. 이 가련한 남자는 단지 그들이 감히 하려 했다면 모든 나머지 사람들이 했었을 것을 한 거라고요. 내가 당신을 용서했다고 말했을 때 난 그런 뜻으로 말했던 거예요. 정말 당신에게 감사드려요. [그녀는 그에게 키스한다.] 그러나 지금 난 뭘 해야 하죠? 내가 그것에 대해서 들은 모든 것이 바로 정반대인 세상에서 어떻게 행동해야 하냐고요? |
| 환자 | 침착해요, 어머니! 침착! 침착! 앉으세요. [그녀는 무거운 돌을 집어 모플리 부인이 앉도록 그걸 사랑의 거처 가까이에 놓는다.] |

---

54) Medea: 메데아는 그리스 신화에 나오는 젊고 아름다운 마녀로 이아손(Jason)이 황금양털을 찾는 걸 도와주고 그와 결혼하지만 남편이 배신하자 자식까지 죽임으로써 복수하는 악녀의 대명사가 된다. 그리스의 극작가 에우리피데스(Euripides)가 쓴 비극 『메데이아』(Medeia)가 유명하다.

55) 방금 노인이 'Medea'라 말한 걸 'idea'로 잘못 듣고 이야기하는 것이다.

MRS MOPPLY   [*seating herself*] Dont you call me mother. Do you
think my daughter could carry rocks about like
that? she that had to call the nurse to pick up her
Pekingese dog when she wanted to pet it! You think
you can get round me by pretending to be my
daughter; but that just shews what a fool you are;
for I hate my daughter and my daughter hates me,
because I sacrificed myself to her. She was a horrid
selfish girl, always ill and complaining, and never
satisfied, no matter how much you did for her. The
only sensible thing she ever did was to steal her
own necklace and sell it and run away to spend the
money on herself. I expect she's in bed somewhere
with a dozen nurses and six doctors all dancing
attendance on her. Youre not a bit like her, thank
goodness: thats why Ive taken a fancy to you. You
come with me, darling. I have lots of money, and
sixty years of a misspent life to make up for; so you
will have a good time with me. Come with me as my
companion; and lets forget that there are such
miserable things in the world as mothers and
daughters.

THE PATIENT   What use shall we be to one another?

MRS MOPPLY   None, thank God. We can do without one another if
we dont hit it off.

THE PATIENT   Righto! I'll take you on trial until Ive had time to
look about me and see what I'm going to do. But
only on trial. mind.

모플리 부인   [앉으며] 날 어머니라 부르지 마라. 넌 내 딸이 그와 같은 바위를 들고 다닐 수 있을 거라고 생각하니? 그걸 귀여워해주고 싶을 때 자신의 발발이 개를 집어달라고 간호사를 불러야만 했던 게 그 아이야! 넌 네가 내 딸인 체하면서 날 속일 수 있다고 생각하지만 그건 단지 네가 바보라는 걸 나타내는 거야. 왜냐하면 내가 그 아이에게 희생했기에 난 내 딸을 싫어하고 내 딸은 날 싫어하기 때문이지. 그 아인 늘 아프고 불평하며 그 아이를 위해서 얼마나 많은 것을 했든지 간에 결코 만족하지 않는 지긋지긋하게 이기적인 계집아이야. 그 아이가 했던 유일하게 분별 있는 것은 스스로에게 돈을 쓰기 위해서 자신의 목걸이를 훔쳐 팔아 달아났다는 거지. 난 그 아이가 온통 비위를 맞추는 열두 명의 간호사와 여섯 명의 의사와 함께 어딘가에서 침대에 있다고 생각해. 고맙게도 넌 결코 그 아이 같지가 않아. 그게 내가 널 좋아하게 된 이유야. 얘야, 나와 함께 가자. 난 많은 돈과 보상해야 할 잘못 보낸 60년의 삶이 있으니 넌 나와 함께 좋은 시간을 가질 거야. 동료로 나와 함께 가자꾸나. 그리고 세상에 모녀들과 같은 그런 고통스러운 게 있다는 걸 잊자꾸나.

환자   우리가 서로에게 무슨 소용이 있을까요?

모플리 부인   고맙게도, 전혀 없지. 만약 우리가 뜻이 잘 맞지 않는다면, 서로 없이 지낼 수 있어.

환자   좋았어요! 제 주변을 둘러보고 제가 무얼 할 것인지를 생각할 때까지 어머니를 시험 삼아 받아들이겠어요. 하지만 유의하세요, 시험삼아예요.

MRS MOPPLY   Just so, darling. We'll both be on trial. So thats
             settled.

THE PATIENT  And now, Mr Meek, what about the little
             commission you promised to do for me? Have you
             brought back my passport?

THE COUNTESS Your passport! Whatever for?

AUBREY       What have you been up to, Mops? Are you going to
             desert me?

             *Meek advances and empties a heap of passports from his
             satchel on the sand, kneeling down to sort out the patient's.*

TALLBOYS     What is the meaning of this? Whose passports are
             these? What are you doing with them? Where did
             you get them?

MEEK         Everybody within fifty miles is asking me to get a
             passport visa'd.

TALLBOYS     Visa'd! For what country?

MEEK         For Beotia, sir.

TALLBOYS     Beotia?

MEEK         Yessir. The Union of Federated Sensible Societies,
             sir. The U.F.S.S. Everybody wants to go there now,
             sir.

THE COUNTESS Well I never!

THE ELDER    And what is to become of our unhappy country if
             all its inhabitants desert it for an outlandish place
             in which even property is not respected?

| | |
|---|---|
| 모플리 부인 | 얘야, 더할 나위 없이 그래. 우리는 둘 다 시험을 치를 거야. 그러니 그건 합의된 거라고. |
| 환자 | 그리고 자, 미크씨, 내게 해주기로 약속했던 그 작은 임무는 어떻게 됐죠? 당신은 내 여권을 갖고 돌아왔나요? |
| 공작부인 | 당신 여권을! 노대체 뭐 때문이지? |
| 오브리 | 몹스, 당신 뭘 꾀해 온 거요? 당신 날 버릴 거야? |

*미크는 앞으로 나가 환자의 것을 가려내려고 무릎을 꿇고 앉아 그의 작은 가방에서 모래로 산더미처럼 많은 여권을 쏟는다.*

| | |
|---|---|
| 톨보이즈 | 이게 어찌된 일이야? 이것들이 누구의 여권들이지? 도대체 자네는 그 여권들을 가지고 무얼 할 건가? 자넨 그걸 어디서 입수했나? |
| 미크 | 50마일 내에 있는 모든 사람이 제게 여권에 비자를 받아 달라 청하고 있어요. |
| 톨보이즈 | 비자를! 어느 나라로 가려고! |
| 미크 | 보에티아로 가려고요, 각하! |
| 톨보이즈 | 보에티아? |
| 미크 | 그렇습다, 각하. 양식 있는 동맹협회연방입니다, 각하. U.F.S.S.지요. 모든 사람이 지금 거기로 가고 싶어 합니다, 각하. |
| 공작부인 | 이런 난 결코 그런 적이 없어! |
| 노인 | 그런데 만약 그 모든 주민들이 소유권조차 존중받지 못하는 기이한 곳을 위해서 나라를 버린다면 불행한 우리나라는 어떻게 되겠소? |

| | |
|---|---|
| MEEK | No fear, sir: they wont have us. They wont admit any more English, sir: they say their lunatic asylums are too full already. I couldnt get a single visa, except [*to the Colonel*] for you, sir. |
| TALLBOYS | For me! Damn their impudence! I never asked for one. |
| MEEK | No, sir; but their people have so much leisure that they are at their wits' end for some occupation to keep them out of mischief. They want to introduce the only institution of ours that they admire. |
| THE ELDER | And pray which one is that? |
| MEEK | The English school of watercolor painting, sir. Theyve seen some of the Colonel's work; and they'll make him head of their centres of repose and culture if he'll settle there. |
| TALLBOYS | This cannot be true, Meek. It indicates a degree of intelligence of which no Government is capable. |
| MEEK | It's true, sir, I assure you. |
| TALLBOYS | But my wife — |
| MEEK | Yessir: I told them. [*He repacks his satchel*]. |
| TALLBOYS | Well, well: there is nothing for it but to return to our own country. |
| THE ELDER | Can our own country return to its senses, sir? that is the question. |
| TALLBOYS | Ask Meek. |

| 미크 | 걱정 마시오, 선생, 그들은 우릴 받지 않을 거예요. 선생, 그들은 더 이상 영국인들의 입국을 허용하지 않을 거요. 그들이 그들의 정신병원 또한 이미 만원이라 말했거든. [대령에게] 각하, 전 각하 걸 제외하곤 단수비자를 얻을 수가 없습니다. |
|---|---|
| 톨보이즈 | 내 거라니! 제기랄 그들의 건방짐이란! 결코 난 하나를 요청한 적이 없다고. |
| 미크 | 그런 적 없으시죠, 각하. 하지만 그 국민들은 그들이 해악을 피하기 위해 어떤 일에 대해 어쩔 줄 몰라 할 정도로 너무나 여가가 많답니다. 그들은 우리 것 중 그들이 경탄하는 유일한 제도를 도입하길 원합니다. |
| 노인 | 글쎄 그게 뭐랍니까? |
| 미크 | 선생, 영국의 수채화 학교예요. 그들은 대령님의 작품 중 몇 점을 보았고 만약 대령님이 거기 이주하신다면 그분을 그들의 휴식과 문화센터들의 수장으로 삼을 겁니다. |
| 톨보이즈 | 이게 사실일 리가 없어, 미크. 그건 어떤 정부도 할 수 없는 지성의 정도를 암시하거든. |
| 미크 | 각하, 틀림없이, 그건 사실입니다. |
| 톨보이즈 | 하지만 내 아내는— |
| 미크 | 그렇습다 각하, 제가 그들에게 말했죠. [그는 가방을 다시 싼다]. |
| 톨보이즈 | 자, 자, 우리 자신의 나라로 돌아갈 수밖에 없어. |
| 노인 | 각하, 우리 자신의 나라가 제정신을 차릴 수 있습니까? 그것이 문제입니다. |
| 톨보이즈 | 미크에게 물어보시오. |

MEEK   No use, sir: all the English privates want to be colonels; there's no salvation for snobs. [*To Tallboys*] Shall I see about getting the expedition back to England, sir?

TALLBOYS   Yes. And get me two tubes of rose madder and a big one of Chinese White, will you?

MEEK   [*about to go*] Yessir.

THE ELDER   Stop. There are police in England. What is to become of my son there?

SWEETIE   [*rising*] Make Popsy a preacher, old man. But dont start him until weve gone.

THE ELDER   Preach, my son, preach to your heart's content. Do anything rather than steal and make your military crimes an excuse for your civil ones. Let men call you the reverend. Let them call you anything rather than thief.

AUBREY   [*rising*] If I may be allowed to improve the occasion for a moment —

*General consternation. All who are seated rise in alarm, except the patient, who jumps up and claps her hands in mischievous encouragement to the orator.*

MRS MOPPLY   You hold your tongue, young man.

SWEETIE   Oh Lord! we're in for it now.

THE ELDER   [*together*]   Shame and silence would better become you, sir.

THE PATIENT   Go on, Pops. It' the only thing you do well.

254

| 미크 | 소용없소, 선생. 모든 영국 사병들은 대령이 되길 원하고, 속물들에겐 어떤 구원도 없으니까. [톨보이즈에게] 각하, 제가 원정대를 영국으로 되돌아가게 하는 조치를 할까요? |
|---|---|
| 톨보이즈 | 그렇게 하게. 그리고 내게 진홍색 튜브 2개와 큰 백색 안료 튜브 1개를 가져다주지 않겠나? |
| 미크 | [막 가려끠 알겠습다, 각하. |
| 노인 | 멈춰. 영국에는 경찰이 있소. 거기서 내 아들은 어찌 되는 거지? |
| 스위티 | [일어나며] 노인장, 폽시는 설교자로 만들어요. 하지만 우리가 사라질 때까지 그가 시작하도록 하지 말아요. |
| 노인 | 설교해라, 내 아들아, 마음껏 설교하거라. 도둑질보다는 다른 어떤 걸 하고 군인으로서의 네 범죄가 민간인으로서의 네 범죄에 대해 변명을 하도록 하거라. 사람들이 널 성직자라 부르도록 해라. 사람들이 널 도둑으로 부르기보다는 차라리 무엇으로든 부르게 해라. |
| 오브리 | [일어나며] 제가 잠시 기회를 이용하는 것이 허락된다면— |

*전체적으로 소스라친다. 환자를 제외하고는 앉아 있던 모든 이가 놀라 일어난다. 환자는 벌떡 일어나 연사에 대한 장난기 있는 격려로 박수를 친다.*

| 모플리 부인 | | 젊은이, 입 다물게. |
|---|---|---|
| 스위티 | | 오 하나님! 이제 우린 면할 수 없게 되었군요. |
| 노인 | [함께] | 이놈아, 수치와 침묵이 네게 더 잘 어울릴 거야. |
| 환자 | | 계속해요, 폽스. 그게 당신이 잘하는 유일한 거예요. |

AUBREY [*continuing*] —it is clear to me that though we seem to be dispersing quietly to do very ordinary things: Sweetie and the Sergeant to get married [*the Sergeant hastily steals down from his grotto, beckoning to Sweetie to follow him. They both escape along the beach*] the colonel to his wife, his watercolors, and his K.C.B. [*the colonel hurries away noiselessly in the opposite direction*] Napoleon Alexander Trotsky Meek to his job of repatriating the expedition [*Meek takes to flight up the path through the gap*] Mops, like Saint Teresa, to found an unladylike sisterhood with her mother as cook-housekeeper [*Mrs Mopply hastily follows the sergeant, dragging with her the patient, who is listening to Aubrey with signs of becoming rapt in his discourse*] yet they are all, like my father here, falling, falling, falling endlessly and hopelessly through a void in which they can find no footing. [*The Elder vanishes into the recesses of St Pauls, leaving his son to preach in solitude*]. There is something fantastic about them, something unreal and perverse, something profoundly unsatisfactory. They are too absurd to be believed in; yet they are not fictions: the newspapers are full of them: what storyteller, however reckless a liar, would dare to invent figures so improbable as men and women with their minds stripped naked? Naked bodies no longer shock us: our sunbathers, grinning at us from every illustrated summer number of our magazines, are nuder than shorn lambs.

오브리    [*계속하면서*] ―그건 내게 아주 명백해. 우리가 아주 통상적인 것들을 하려고 조용히 흩어지고 있는 것처럼 보인다 할지라도 말이야. 스위티와 하사는 결혼할 거고 [*하사는 스위티에게 따라오라고 손짓하면서 성급히 그의 작은 동굴에서 살며시 내려온다. 둘은 해변을 따라 달아난대*] 대령은 그의 아내, 그의 수채화, 그리고 그의 바스의 훈장에 헌신할 거고 [*대령은 소리 없이 반대방향으로 급히 자리를 뜬대*] 나폴레옹 알렉산더 트로츠키 미크는 원정대를 본국으로 송환하는 그의 직무를 할 거고 [*미크는 좁은 틈을 통해 난 작은 길로 도망친대*] 몹스는 성 테레사처럼 요리사이자 가정부로서 그녀의 어머니와 숙녀답지 않은 여성동지관계를 찾을 것이나 [*모플리 부인은 그의 설교에 몰두하게 되었다는 증후로 오브리의 말을 경청하고 있는 환자를 끌고 가면서 급히 하사를 따라간대*] 하지만 그들 모두는 여기 내 아버지와 마찬가지로 거기서 그들이 어떤 발판도 발견하지 못하는 허공을 통해 끝없이 그리고 절망적으로 추락하고, 추락하고, 추락하고 있다. [*노인은 아들이 홀로 외로이 설교하도록 내버려두고 세인트 폴즈의 깊숙한 곳으로 사라진대*] 그들에겐 환상적인 어떤 것이, 비현실적이며 잘못된, 심오하게 불만족스러운 어떤 것이 있단 말이야. 그 존재를 믿게 되기엔 그것들은 너무나 부조리 하지만 그것들은 허구가 아니고 신문들은 그런 것들로 가득 차 있지. 아무리 무모한 거짓말쟁이라 해도, 어떤 이야기꾼이 감히 그들의 정신이 발가벗겨진 남녀들처럼 그렇게 있을 법하지 않은 인물들을 고안해내려 했겠어? 벌거벗은 몸은 더 이상 우리에게 충격을 주지 않아. 사진이 든 우리 잡지의 모든 여름 호에 나오는 우리에게 씩 웃는 일광욕하는 사람들은 털 깎인 양보다 더 벌거벗고 있어.

257

But the horror of the naked mind is still more than we can bear. Throw off the last rag of your bathing costume; and I shall not blench nor expect you to blush. You may even throw away the outer garments of your souls: the manners, the morals, the decencies. Swear; use dirty words; drink cocktails; kiss and caress and cuddle until girls who are like roses at eighteen are like battered demireps[56] ar twenty-two: in all these ways the bright young things of the victory have scandalized their a penny the worse. But how are we to bear this dreadful new nakedness: the nakedness of the souls who until now have always disguised themselves from one another in beautiful impossible idealisms to enable them to bear one another's company. The iron lightning of war has burnt great rents in these angelic veils, just as it has smashed great holes in our cathedral roofs and torn great gashes in our hillsides. Our souls go in rags now; and the young are spying through the holes and getting glimpses of the reality that was hidden. And they are not horrified: they exult in having found us out: they expose their own souls; and when we their elders desperately try to patch our torn clothes with scraps of old materials,

그러나 벌거벗은 정신의 공포는 우리가 견딜 수 있는 것 훨씬 이상이야. 당신 수영복의 마지막 조각을 벗어던져버려, 그런데 난 파랗게 질리지도 않을 것이고 당신이 얼굴 붉히리라 기대하지도 않을 거야. 당신은 심지어 당신 영혼의 겉옷을, 즉 예의범절, 도덕, 품위 등을 내나버릴지도 몰라. 욕하라, 너러운 말을 사용하라, 칵테일을 마시라, 열여덟에 장미 같은 소녀가 스물 둘엔 매 맞은 매춘부 같이 될 때까지 키스하고 애무하며 꼭 껴안으라, 이 모든 식으로 승리로 인해 원기 있는 젊은 것들은 활기 없는 전쟁전의 연장자들을 모욕하며 그들의 활기 있는 젊은 자아를 제외하고는 누구에게도 전혀 실제적인 해를 남기지 않지. 그러나 우리가 어떻게 이 무시무시한 새로운 벌거벗음을 견딜 수 있겠어, 지금까지 서로의 교제를 견딜 수 있도록 하기 위해서 늘 아름답고 불가능한 이상주의로 서로로부터 스스로를 속여 왔던 영혼의 벌거벗음을 말이요. 전쟁의 냉혹한 번개는 그것이 바로 우리 대성당 지붕에 있는 큰 구멍들을 강하게 내리치고 우리 언덕 중턱에 있는 깊이 갈라진 틈을 잡아 찢었던 것과 마찬가지로 이 천사 같은 베일에 있는 커다란 찢어진 곳을 태워버렸지. 우리 영혼은 이제 누더기에 꼭 맞게 되었고 젊은이들은 그 구멍을 통해 정탐을 해서 숨겨져 있었던 현실을 흘끗 보고 있지. 그런데 그들은 무서워 떨지 않아, 그들은 우리의 정체를 발견한 것에 의기양양해하며, 그들은 자신의 영혼을 드러내지, 그리고 그들의 연장자인 우리들이 필사적으로 낡은 옷감 조각들로 우리의 찢어진 옷을 덧대어 꿰매려고 애쓸 때,

---

56) demireps: demimondaine과 같은 의미로 화류계 여자, 즉 매춘부를 의미한다.

the young lay violent hands on us and tear from us even the rags that were left to us. But when they have stripped themselves and us utterly naked, will they be able to bear the spectacle? You have seen me try to strip my soul before my father; but when these two young women stripped themselves more boldly than I—when the old woman had the mask struck from her soul and reveled in it instead of dying of it—I shrank from the revelation as from a wind bringing from the unknown regions of the future a breath which may be a breath of life, but of a life too keen for me to bear, and therefore for me a blast of death. I stand midway between youth and age like a man who has missed his train: too late for the last and too early for the next. What am I to do? What am I? A soldier who has lost his nerve, a thief who at his first great theft has found honesty the best policy and restored his booty to its owner. Nature never intended me for soldiering or thieving: I am by nature and destiny a preacher. I am the new Ecclesiastes[57]. But I have no Bible, no creed: the war has shot both out of my hands. The war has been a fiery forcing house[58] in which we have grown with a rush like flowers in a late spring following a terrible winter.

젊은이들은 우리에게 폭력적인 손을 얹고 심지어 우리에게 남아 있는 누더기조차 우리에게서 잡아 뜯어 버리지. 하지만 그들이 자신들과 우리를 완전히 벌거벗겼을 때 그들이 그 광경을 견딜 수 있을까? 당신은 내가 아버지 앞에서 내 영혼을 벗기려고 하는 걸 보았어, 그러나 이 두 젊은 여자들이 스스로 나보다 더 대담하게 벗었을 때—그 노파가 그녀의 영혼이 지워진 가면을 쓰고 그것으로 인해 죽어가는 대신에 그걸 한껏 즐길 때 난 미래의 미지의 지역으로부터 생명의 호흡일지 모르지만 내가 견디기에는 너무나 살을 에는 생명의 숨길이어서 내게는 죽음의 광풍을 부르는 바람으로부터인 것처럼 그 계시를 회피했어. 나는 그의 기차를 놓친 사람처럼 청춘과 노년 중간쯤에 서있단 말이야, 막차를 타기엔 너무 늦고 다음 차를 타긴 너무 이르지. 내가 뭘 해야 하지? 난 뭐하는 사람이지? 담력을 상실한 군인이요, 대단한 첫 절도에서 정직이 최고의 방책임을 알고는 자신의 노획물을 주인에게 돌려준 도둑이지. 자연은 결코 내가 군인이 되거나 도둑질을 하도록 의도하지 않았고, 나는 천성적으로 그리고 운명의 힘으로 설교자란 말이야. 난 새로운 전도서지. 하지만 난 어떤 성서도, 어떤 신조도 가지고 있지 않아. 전쟁이 내 손에서 둘 다를 쏘아 파괴해 버렸거든. 전쟁은 거기서 엄동 다음에 오는 늦봄 꽃들처럼 와락 한꺼번에 자라는 불타는 촉성재배 온실이야.

---

57) *Ecclesiastes*: 구약성경 중 한 권. 이스라엘 왕 솔로몬이 백성들을 연합시킬 책임을 수행하며 기록한 것으로 추정된다. 그는 자신을 "코헬렛"이라 부르는데 이는 히브리어로 "모으는 자"라는 의미이다. 히브리어 성서에는 이 책이 『코헬렛』으로 되어 있었으나 그리스어 성경에서 회중의 성원을 뜻하는 『에클레시아스테스』로 명명되었고, 여기서 『전도서』(*Ecclesiastes*)란 영어 명칭이 유래하였다.

58) a fiery forcing house: 촉성재배 온실. 촉성재배는 자연 상태가 아닌 온실에 인공적으로 열을 가해서 채소나 화초 따위를 재배하는 방식으로 자연 재배보다 빨리 재배하고 수확하는 방식이다.

And with what result? This: that we have outgrown our religion, outgrown our political system, outgrown our own strength of mind and character. The fatal word NOT has been miraculously inserted into all our creeds: in the desecrated temples where we knelt murmuring "I believe" we stand with stiff knees and stiffer necks shouting "Up, all! the erect posture is the mark of the man: let lesser creatures kneel and crawl: we will not kneel and we do not believe." But what next? Is NO enough? For a boy, yes: for a man, never. Are we any the less obsessed with a belief when we are denying it than when we were affirming it? No: I must have affirmations to preach. Without them the young will not listen to me: for even the young grow tired of denials. The negative-monger falls before the soldiers, the men of action, the fighters, strong in the old uncompromising affirmations which give them status, duties, certainty of consequences; so that the pugnacious spirit of man in them can reach out and strike deathblows with steadfastly closed minds. Their way is straight and sure; but it is the way of death; and the preacher must preach the way of life. Oh, if I could only find it! [A white sea fog swirls up from the beach to his feet, rising and thickening round him]. I am ignorant: I have lost my nerve and am intimidated: all I know is that I must find the way of life, for myself and all of us, or we shall surely perish. And

그런데 무슨 결과가 있지? 이러 하지. 우리는 우리의 종교를 벗어버렸고, 우리 정치 체제를 벗어버렸고, 우리 자신의 강한 정신력과 성격을 벗어버렸지. 아니다 라는 그 숙명적 말은 기적적으로 우리의 모든 신조에 주입되었고, 우리가 "나는 믿는다"라고 중얼거리며 무릎을 꿇고 있는 더럽혀진 신전에서 우리는 뻣뻣한 무릎과 "모두, 일어나! 직립 자세는 인간의 표식이니 더 열등한 피조물들이 무릎 꿇고 기게 하라, 우리는 무릎 꿇지 않을 것이고 믿지 않는다"라고 소리치는 더 뻣뻣한 목을 하고 서있지. 하지만 다음은 무엇인가? 아니오는 충분하지 않은가? 소년에겐 그렇다 라고 하고 남자에겐 결코 안 된다 하지. 우리가 그것을 긍정할 때보다 그것을 부정할 때 신념에 조금이라도 덜 사로잡히는가? 아니다, 난 설교하기 위해서 긍정해야만 한다. 그것이 없으면 젊은이들은 내 말을 듣지 않을 것이다. 심지어 젊은이들조차도 부정에는 싫증내게 되기 때문이지. 부정의 말을 퍼뜨리는 자들은 그들에게 신분, 의무, 결과에 대한 확신을 주는 오래된 강경한 긍정에 있어서 강한 활동가이자 투사인 군인 앞에 굴복하지 그래서 그들에게 있는 호전적인 인간정신이 확고하게 닫힌 마음을 뻗쳐 치명적 타격을 가하지. 그들의 길은 곧고 확실하지만 그건 죽음의 길이고 설교자는 생명의 길을 설교해야만 해. 오, 만약 내가 단지 그것을 발견할 수만 있다면! [*하얀 바다안개가 해변에서 그의 발치로 소용돌이치며 그의 주변으로 피어올라 짙어진다*]. 나는 무식하며 내 용기를 상실했고 겁먹었으며 내가 아는 모든 건 내 자신과 우리 모두를 위해 내가 생명의 길을 찾아야만 하며 그렇지 않으면 우리는 분명 멸망할 거라는 것이다. 그리고

meanwhile my gift has possession of me: I must preach and preach and preach no matter how late the hour and how short the day, no matter whether I have nothing to say —

*The fog has enveloped him; the gap with its grottoes is lost to sight; the ponderous stones are wisps of shifting white cloud; there is left only fog: impenetrable fog; but the incorrigible preacher will not be denied his peroration, which, could we only hear it distinctly, would probably run —*

—or whether in some pentecostal[59] flame of revelation the Spirit will descend on me and inspire me with a message the sound whereof shall go out unto all lands and realize for us at last the Kingdom and the Power and the Glory for ever and ever. Amen.

*The audience disperses (or the reader puts down the book) impressed in the English manner with the Pentecostal flame and the echo from the Lord's Prayer. But fine words butter no parsnips. A few of the choicer spirits will know that the Pentecostal flame is always alright at the service of those strong enough to bear its terrible intensity. They will not forget that it is accompanied by a rushing mighty wind, and that any rascal who happens to be also a windbag can get a prodigious volume of talk out of it without ever going near enough to be shrivelled up. The author, though himself a professional talk maker, does not believe that the world can be saved by talk alone.*

그동안 내 재능이 날 소유할 것이며 시간이 얼마나 늦었든지 그
리고 하루가 얼마나 짧은지 간에, 내가 말할 게 아무것도 없든지
있든지 간에 난 설교하고, 설교하고, 설교해야만 한다―

안개가 그를 덮어 가리고, 그 동굴들이 있던 틈은 보이지 않게 되고, 육중한
돌들은 이동하는 하얀 구들 조각들이며, 거기에는 단지 안개만, 꿰뚫을 수 없
는 안개만 남아 있지만, 그 구제할 수 없는 설교자는 그의 결론이 거부되지는
않을 것이니, 그 결론은 아마도 계속될 것이며, 우리는 단지 그것을 분명히 들
을 수 있으리니―

―혹은 어떤 오순절 계시의 불길 속에서 성령이 내게 내려 메시
지로 내게 영감을 주었든지 간에 그 소리는 온 나라로 나가 마침
내 우리가 하나님의 왕국과 권능과 영광을 영원히 깨닫게 하리
라. 아멘.


오순절교회파의 불길과 주기도문으로부터의 반향을 지닌 영국식 태도에 감명 받
은 관객이 흩어진다 (또는 독자는 책을 덮는다). 하지만 말만 그럴듯해 봐야 아무 소용
이 없다. 소수의 더 뛰어난 사람들은 오순절교회파의 불길은 그 끔찍한 강도를 견딜
정도로 충분히 강한 그러한 사람들의 봉사로 늘 불타고 있다는 것을 알 것이다. 그들
은 그것이 돌진하는 강력한 바람에 의해 수반되며, 또한 우연히도 수다쟁이인 어떤 불
한당이 움츠러들게 될 정도로 충분히 가까이 가진 않고서 거기서 막대한 양의 이야기
를 얻을 수 있다는 것을 잊지 않을 것이다. 비록 그 자신이 전문적으로 이야기를 만드
는 *사람이라 할지라도, 작가는 세상은 단지 말로만 구원될 수 있다는 걸 믿지 않는다.*

---

59) Pentecostal: 오순절의. 원래 오순절은 고대 이스라엘의 축제 가운데 하나로 팔레스티나에서 밀 수확
기 끝 무렵에 거행했던 일종의 추수감사절 이었다. 그리스도 교회의 역사가 오순절 성령 강림을 통해 시
작되었기 때문 현재 그리스도교에서 오순절은 성령강림대축일을 의미한다. 그리고 오순절 교회는 성령
의 초자연적 힘을 강조하는 그리스도교 종파로 이들은 초대 교회의 오순절의 역사가 지금도 일어나고 있
다고 믿는다.

*He has given the rascal the last word; but his own favorite is the woman of action, who begins by knocking the wind out of the rascal, and ends with a cheerful conviction that the lost dogs always find their way home. So they will, perhaps, if the women go out and look for them.*

그는 그 불한당에게 마지막 말을 부여했지만 그 자신의 총아는 행동하는 여인이며, 그녀는 그 불한당으로부터 그 허황된 소리를 때려눕힘으로써 시작하여 길 잃은 개는 언제나 집으로 가는 그들의 길을 발견한다는 유쾌한 확신으로 끝낸다. 그러니, 아마도, 여자들이 나가서 그들을 찾는다면, 그들은 그리 할 것이다.

## 작가 및 작품소개

I

조지 버나드 쇼(George Bernard Shaw 1856-1950)는 빅토리아 시대 말기 이후 심화된 자본주의사회의 모순을 민감하게 인식하고, 자신의 극을 통해 사회개혁의식을 전달함으로써 현실사회의 모순을 깨닫지 못하고 있거나, 아니면 그것을 의도적으로 은폐하려 했던 당대 영국 중상류층 관객들의 안이함을 깨뜨리려 했다. 쇼가 평생을 추구한 초인사상 내지 창조적 진화사상은 기본적으로 인간이 자신 안에 있는 '생명력(Life Force)'의 활동을 통해 가장 고귀한 존재로 고양될 수 있다는 것이다. 이는 궁극적으로 인간이 자신의 의지를 활용해 자기운명을 개척할 수 있음을 시사하며, 결국 인간정신이 진화하여 인간의 발전은 물론 사회의 발전도 이룰 수 있을 것이라는 긍정적인 비전을 담고 있다.

이렇듯 인간과 사회의 미래에 대해 낙관적 비전을 지닌 쇼는 시종일관 자신의 극을 통해 영국사회의 실상을 폭로하고, 당대 영국인들이 가치를 둔 이상(ideal)이 현실(reality)을 은폐하는 환상(illusion)에 불과함을 보여줌으로써 더 나은 사회로의 개혁을 지향하는 메시지를 담고 있다. 쇼의 극에서 개인의 운명은 전체적인 사회의 운명과 뒤엉켜 연결되어 있기 때문에 당시 영국사회에 대한 이해는 극의 의미를 명확히 하는데 도움이 된다. 사실주의극과 판타지의 요소를 혼합하고 있어서 다소 모호한 구성을 보여주는 『바르게 살기엔 너무 진실해』 역시 예외는 아니다.

기왕의 빅토리아 시대의 사회질서를 유지시켰던 가부장제, 영국 중상류 계급의 문화, 결혼제도, 그리스도교, 자본 우위의 경제·사회적 지배 이데올로기와 행동규약에 대한 쇼의 비판은 제1차 세계대전의 발발로 더 설득력을 갖게 되었다. 무엇보다도 제1차 세계대전 이후 지금까지 영국사회를 유지시켜왔던 이상적 환상이 거짓으로 드러나고, 질서의 부재로 인해 영국인들은 혼돈에 빠져 방향감각을 잃고 표류하게 된다. 그럼에도 불구하고 당시 영국인들은 현실을 제대로 인식하지 못하고 새로운 질서의 수립이 아닌 구시대적 가치에 사로잡혀 있었다. 쇼는 『바르게 살기엔 너무 진실해』를 통해 현실을 은폐하는 환상을 일종의 영국병인 사회적 병폐로 형상화하고 있다. 그러나 쇼가 70대 중반의 노인이 되어 쓴 이 극은 신랄하게 냉소적인 사회비판 극이라기보다는 제1차 세계대전과 그 이후 잠시 동안의 경제적 번영과 공황 등을 차례로 경험하면서 정치적 문화적 종교적으로 절망의 나락에 빠져 혼돈을 겪고 있던 젊은 세대에 대한 작가의 걱정 어린 시선을 드러내는 작품이라고 할 수 있다.

쇼는 '정치적 희가극(A Political Extravaganza)'이라는 부제를 붙이고 이 극이 전쟁에 의해 쓸모없게 된 영국사회의 기존 가치관이 단지 더 큰 파국에 이르게 되는 전후 세계에서 정치, 종교, 경제에 대한 극이라고 경고한다. 하지만 쇼가 비록 이 극을 통해 전쟁과 그 결과에 대해 영국정부가 아무런 책임도 지지 못하고 너무나 무능하다는 것을 비판하고 있는 것은 사실이라 할지라도, 그는 이 극에서 전후 세계의 정신적 병폐를 정치적 측면에서만 강조하고 치유책을 찾고 있지는 않다. 오히려 이 극은 외관상 전후 세대 젊은 남녀의 모험과 관련되어 있으며, 이들 젊은이들의 개인적 삶을 통해 전후 영국사회의 병폐를 고찰하고 그 치유책을 모색하고 있다.

# II

『바르게 살기엔 너무 진실해』를 통해 쇼는 제1차 세계대전이 안일한 삶의 태도를 지니고 현상유지에 급급했던 영국인들을 절망의 나라에 빠뜨렸지만, 대다수는 그런 절망으로부터 도피해 현실의 병폐를 환상으로 은폐하고 있음을 보여준다. 전쟁이 준 충격과 공포가 너무 컸기에, 전후 젊은이들은 포화가 없는 곳에서는 삶의 쾌락을 즐겨야 한다는 의식이 만연한 상황이었다. 이 극에서 쇼는 환자, 오브리, 스위티 등 젊은 남녀를 통해 이런 상황을 극화하고 있다.

이 극에서 여러 양상으로 극화되는 질병은 전후세대의 불안과 무익한 삶을 상징하는 메타포이며, 궁극적으로 현실과 대면하지 못하고 환상에 빠진 결과이다. 쇼는 먼저 1막의 환자를 통해 전후 영국사회의 병폐를 육체적 질병으로 보여주고 있다. 1막은 모든 창과 문이 외부의 신선한 공기와 빛을 막고 있어서 환기가 되지 않고 악취가 나는 환자의 병실을 무대로 하고 있다. 쇼는 이 극을 응석받이 환자 옆에 앉아서 고통을 받는 몬스터인 세균의 대사로 시작함으로써 처음부터 병든 환자의 상태를 몬스터의 그것과 병치시킨다. 여기서 쇼는 몬스터를 통해 세균이 인간을 병들게 하는 것이 아니라 인간이 세균을 감염시키고 있다고 토로함으로써 통상적인 사고를 뒤집어 환자의 육체적 질병이 상징적 의미를 지닌 메타포임을 시사하고 있다. 사실 이 극에서 환자를 병들게 하고, 그 병을 심화시키는 것은 다름 아닌 그녀의 어머니와 의사의 과도한 보살핌이다.

1막에서 쇼가 "많은 사람들이 약병을 믿고 당신이 참된 것을 제안한다 해도 당신이 말하는 것에 대해 알려지 않을 거요. 그리고 약병은 효과가 있지"라는 의사의 말을 통해 질병은 궁극적으로 의사의 치료나 약에 의해서가 아니라 그것에 대한 믿음으로 인해 치유될 수 있음을 시사한다. 따라서 이 극에서 육체의 질병과 그 치유는 별개의 것이 아님을 간과해서는 안 된다. 쇼가

1막에서 환자를 통해 육체적 질병에 초점을 두었다면 2막 이후 특히 오브리를 통해 전쟁이 가져온 정신적 질병에 초점을 둠으로써 전후 영국사회의 병폐 자체도 '정신신체 상관'이라는 측면에서 조망하는 것이 가능하게 된다. 이는 다소 모호한 이 극의 구성에 어느 정도 일관성을 부여한다. 또한 1막 끝에 세균이 관객에게 직접 "이 극은 이제 사실상 끝났다. 하지만 등장인물들은 두 막 동안 더 엄청난 길이로 그것을 토론할 것이다"라고 함으로써 이후 두 막이 1막에서 제기된 문제에 대한 토론장이 되어 주제적인 측면에서도 일관성을 유지할 것임을 뒷받침하고 있다. 쇼가 2막과 3막을 사실주의극의 틀에서 크게 벗어나지 않도록 구성한 데 반해 1막에서는 세균을 몬스터로 등장시켜 판타지적인 요소를 사실주의와 혼합시키고 있다. 이를 통해 쇼는 처음부터 사실주의극의 관례에 익숙한 관객들에게 역설적으로 이러한 판타지적 요소가 인습적인 이들에 의해 통상적으로 받아들여지는 것보다 현실에 대한 접근을 더 용이하게 하고 있음을 보여준다. 궁극적으로 이 극을 통해 쇼가 형상화하고 있는 영국병은 무엇보다도 '현실로부터의 도피' 내지 '환상으로 현실 가리기' 등에서 기인하고 있기 때문에 다소 산만해 보이는 몬스터의 등장이 극의 의미를 훼손시키고 있지는 않다.

처음에 강도로 등장하는 오브리는 전쟁이 가져온 정신적 질병을 보여준다. 오브리는 19세기 말 유럽 지성인들 사이에서 풍미했던 무신론과 과학적 결정론을 신봉하며 도덕적 엄격함을 강요했던 아버지에 대한 반동으로 종교로 도피해 옥스퍼드 대학시절 성직을 받은 목사지만, 상속권 박탈이 두려워 그 사실을 비밀에 부칠 정도로 경제적 무능력자이다. 종교를 통한 오브리의 이런 현실도피와 현실에서의 경제적 무능성은 전쟁을 겪으면서 더 심화된다. 목사인 오브리는 조종사로서 전시에 민간인들을 폭격하여 훈장까지 받는 자기모순을 경험하고 극심한 정신적 공황상태에 빠진다. 전쟁이 발발하자 신의 은총을 전해야 하는 성직자로서의 소임은 무용지물이 되어버리고, 오히려 전투기 조종

272

사로서 학살의 매개가 될 수밖에 없었던 오브리는 자아정체성에 혼란을 겪으며 병적인 자기혐오에 빠진다. 그는 요양원에서 성적으로 문란한 간호사였던 스위티와의 만남을 숙명으로 여기고 현실로부터 더욱 도피해 강도가 됨으로써 타락하고자 했던 자신의 시도를 완결 짓는다. 오브리가 전후에 강도로서 무익한 삶을 사는 것은 전쟁으로 중단되었던 그의 삶을 재개할 수 없을 정도로 전시 경험에 의해 뒤틀려 비이성적인 행동에 빠진 결과라고 할 수 있다. 민간인을 격추한 사실로 자책하는 오브리에게 "이봐, 그건 전쟁이었어"라며 변명의 여지를 주는 하사에게 오브리는 단호하게 "그건 나였어, 하사, 나. 당신은 내 양심을 전쟁부분과 평화부분으로 나눌 순 없어. 정치적 목적을 위해 살인을 할 인간이 개인적 목적을 위해 절도를 범하는 걸 망설일 거라 생각하나?"라고 함으로써 해소될 수 없는 자책감을 토로한다.

마지막으로 쇼는 특히 전후 영국사회에 가장 심각한 결과를 초래함에도 불구하고 관객 입장에서 간과하기 쉬운 영국병이 인습이나 경직된 사고에 집착해 환상으로 현실을 가리는 것임을 보여준다. 환자가 오브리, 스위티의 사주로 육체적 질병을 피해 간 곳은 환상이라는 또 다른 질병이 만연되어 있는 산악지방에 있는 바닷가이다. 이곳은 대영제국 원정부대의 주둔지이지만 햇볕 좋은 휴양지의 분위기를 풍기고 있기 때문에 모든 것이 뒤죽박죽 된 전후 영국사회를 축약하고 있다고 볼 수 있다.

영국정부로부터 권한을 위임받아 납치된 숙녀를 산적으로부터 되찾을 임무를 띠고 파견된 원정부대의 수장 톨보이즈 대령은 군대의 규율과 계급상의 원칙을 강조한다. 그러나 실제 원정군과 주변의 모든 일을 처리하는 만능해결사는 그가 경멸하는 사병 미크이다. 영국인 숙녀가 산적에게 납치되었다는 것 자체가 세 젊은이들이 꾸민 이야기에 불과하니 결국 대영제국의 군대는 실체 없는 일을 하도록 파견된 것이며, 톨보이즈가 적용하려는 군율이나 책무 자체도 적용불가능한 명분이 되어버린다. 판에 박힌 상례에 노예처럼 집착하는 톨보이즈는 빅토리아 시대의 유물을 상징하는 인물로 외관상의 권위와 명분상의 작위만 필요할 뿐이다. 실제로 그는 수채화나 그리며 빈둥대는 인물로 군대지휘관으로서는 전혀 어울리지 않는다. 쇼는 주둔지에서 하릴없이 빈둥대지만 위기 시에 진짜 지휘관 역할을 하며 작전을 전개하는 미크 덕분에 톨보이즈가 훈장을 받는 아이러니컬한 상황을 극화하면서 무너져가는 대영제국이 환상으로 그 권력을 유지하고 있음을 폭로한다.

쇼는 3막의 공간적 배경을 모래와 돌들 가운데 작은 천연동굴이 여러 개 있는 해변의 황량한 지역으로 설정하고 있으며, '세인트 폴즈'와 '사랑의 거처'라 명명된 두 동굴을 주된 무대로 하고 있다. 이 두 동굴의 이름을 통해 쇼는 당대 영국사회가 매달리는 가장 큰 환상이 종교와 사랑임을 시사하지만 그는 이 두 동굴을 황무지와 같은 곳에 배치함으로써 전쟁 이후 두 동굴이 나타내는 가치가 이미 결실을 맺을 수 없는 것임을 드러낸다. '세인트 폴즈'는 오브리의 아버지인 노인이, '사랑의 거처'는 하사가 점하고 있으며, 3막이 되어서야 처음 등장하는 이 두 인물은 두 동굴이 나타내는 영국병의 양상, 즉 종교와 사랑에 대한 환상과 밀접한 관계를 갖고 있다.

하사는 어딜 가든 성서와 버니언(Bunyan)의 『천로역정』(*The Pilgrim's Progress*)을 휴대하는 종교적인 사람이지만 두 책에서 그려지는 상황이 실제 삶과는 아무 관련 없는 것 같아 거기 나오는 내용을 믿었다고 고백할 정도로 종교가 실제 삶과 무관하다고 여겼다. 하지만 그의 이런 믿음은 전쟁으로 흔들린다. 전쟁으로 하사는 자신이 신봉하는 성스러운 책의 내용이 현실로 드러났다는 사실에 충격을 받고 어찌할 바를 모른다. 여기서 하사의 혼란은 그가 믿는 그리스도교가 잘못되어서가 아니라 현실이 아니라 여겼던 종교적 진술들이 전쟁으로 인해 현실로 드러났다는 사실로 인한 것이다. 이렇게 볼 때 하사에게 그리스도교 신앙은 일종의 이상주의로, 현실을 가리는 환상에 불과한 것이라고 할 수 있다. 한편 그의 정반대 쪽에 있는 무신론자인 노인은 전후 세계를 비판하는 지식인을 대변한다. 그러나 그는 뉴턴의 결정론적인 우주가 아인슈타인의 상대적 우주 앞에 무너진 현실로 인해 혼란을 겪고 있다. 오브리의 아버지인 노인은 결정론적 과학에 대한 믿음이 깨지자 극도의 혼란에 빠져 심한 절망감을 드러낸다. 쇼는 이 인물을 통해 전통적인 그리스도교 신앙을 과학적 현실에 대한 믿음으로 대체한 빅토리아 지식인을 풍자하고 있다. 결과적으로 신앙심 깊은 종교인인 하사와 무신론자인 노인은 외관상 정반대의 상극에 놓인 것 같지만 두 사람 모두 환상으로 현실을 가림으로써 당대 사회가 영국병을 앓으며 표류하는 데 기여하고 있다는 공통분모를 갖고 있다.

　　이 극에서 쇼가 비난하는 영국병인 또 다른 환상은 결혼으로 귀결되어 가족을 이루는 사랑이다. 무엇보다도 환자인 모플리 양이 육체의 질병을 벗어나게 되는 계기가 되는 것은 오브리에 대한 사랑의 환상이다. 환자는 오브리로 인해 병실을 탈출하지만 곧 그녀는 육체의 질병이 가져온 무력한 삶에서 사랑의 환상이라는 또 하나의 병적 상태로 옮겨간 것뿐임이 드러난다. 그녀는 오브리와 찾아간 야생의 삶에서 어떤 의미도 찾지 못하고, 단지 자신의 돈으로 유지되는 쾌락적인 삶만 있을 뿐임을 깨닫는다. 환자와 달리 호텔 객실하녀 출신인 스위티는 한 남자와 오랜 기간 관계를 지속하지 못하고 늘 새로운 변화를 요구하며 늘 새로 만남으로써, 남자들로부터 최고의 것을 얻는다고 할 정도로 정조와 순결을 강조하는 성적 인습에서 벗어난 인물처럼 보인다. 문제는 성에 관해서는 인습에 얽매이지 않는 스위티가 마지막에 자신과 같은 계급의 하사와 인습적인 결혼을 택함으로써 결혼이라는 제도에 관해서 환자보다 더 보수적인 태도를 보인다는 점이다.

　　결혼으로 이루어진 가족애가 하나의 환상임은 환자의 어머니 모플리 부인을 통해 여실히 드러난다. 부인은 납치되었다고 여긴 딸을 찾아 원정부대가 파견된 먼 곳까지 찾아오지만 사실 그녀는 과도한 보살핌과 의학적 처치로 자신이 사랑한다고 여긴 자식들을 다 죽음에 이르게 했고 하나 남은 딸마저도 거의 죽기 직전까지 만든 장본인이다. "모든 사람이 내게 거짓말을 했단 말이에요. 세상은 전혀 그들이 그렇다고 말한 것과 같지 않아요. 난 전혀 그들이 그래야만 한다고 말했던 바와 같지 않았어요. 난 내가 그런 체해야만 한다고 생각했어요"란 그녀의 절규에서 알 수 있듯이 모플리 부인은 자식 양육에 대해 그녀에게 강요된 문화로 인해서 "어버이로서의 강박충동"을 가족애로 느낄 수밖에 없었지만 그것은 거짓말, 즉 환상으로 밝혀진다.

### III

지금까지 살펴본 바와 같이 넓은 의미에서 쇼는 『바르게 살기엔 너무 진실해』에서 제1차 세계대전 이후 만연되었던 영국병을 육체적 질병, 전쟁이 가져온 정신적 병, 현실을 가리는 환상 등 세 가지 양상으로 드러내고 있다. 쇼는 이런 질병의 치유에 대한 비전을 환자를 중심으로 제시함으로써 다소 산만한 이 극의 구성에 통일성을 부여한다. 사치품으로 가득 찬 침실에서 누워있는 환자는 처음에 자신의 힘으로는 손끝 하나 까닥 못하는 응석받이에 지나지 않는다. 환자의 문제는 지나친 보살핌이며, 그녀의 치유를 위해 최우선적으로 필요한 것은 신선한 공기와의 접촉이다.

자신의 진주목걸이를 훔치려는 강도 오브리와 간호사 스위티를 공격하는 것이 환자의 첫 액션이다. 보석함이 있는 화장대를 지키려는 환자의 적극적인 행동의 묘사는 그녀의 육체적 질병이 얼마나 현실성이 결여된 환상에 불과한 것인지를 입증한다. 무기력하게 누워있던 침대에서 튀어나와 적극적으로 오브리와 스위티를 제압하는 환자의 모습을 통해 쇼는 역설적으로 전후 대영제국이 무기력에서 벗어나려면 환상에서 깨어나 행동해야 함을 시사한다.

오브리는 저항하는 환자에게서 보석을 훔치는 대신 그녀 스스로 합류하도록 전략을 바꾼다. 그는 보석을 지키려고 처음으로 육체적 에너지를 쓰고 탈

진했다가 깨어난 환자에게 지금까지 그녀가 보낸 무력하고 비참한 삶을 상기시키면서, 자연에서의 낭만적 삶을 즐기며 전혀 다른 활력 있는 미래를 선택할 수 있음을 시사한다. 즉 치유를 위해 환자 스스로 육체의 질병을 벗어나야 한다. 여기서 오브리가 제시하는 삶은 쇼가 당시 젊은이들에게 제시하는 것이라고도 볼 수 있다. 무엇보다도 빈둥거리지 말고 목적을 갖고 자유롭게 살아야 무력한 삶에서 구원될 수 있다고 하는 것이다. 환자는 점점 무력한 삶에서 벗어나는 것에 대해 흥분하고, 납치극을 꾸며 어머니로부터 몸값을 받아내자는 강도의 제안에 극도의 흥분감을 표출한다. 이때, 처음에는 부풀어 죽어가는 형상이었던 몬스터가 우아하고 날씬한 모습으로 등장해 보석을 위한 싸움이 그녀와 자신을 치료했음을 선언한다. 결과적으로 환자의 적극적인 행동이 자신의 질병은 물론 세균인 몬스터도 치유한 것이다.

환상을 벗어나 현실을 추구하는 환자의 여정은 자신을 병상에 뉘어 놓고 모든 것을 보살피는 어머니의 압제적인 보호로부터 벗어나는 내부로부터의 반란을 감행하는 것이다. 이 반란은 결과적으로 이 인물이 쇼가 경멸하는 할 일 없는 무력한 부자의 운명으로부터 탈출했음을 의미한다. 의기투합한 세 젊은이가 보석을 가지고 달아날 때 오브리가 환자에게 "당신은 뜻밖에 강력한 정신을 소유했어"라고 말하는 것을 통해 쇼는 이 극에서 영국병을 치유할 강한 정신적 능력을 환자가 지니고 있음을 암시한다. 환자는 오브리, 스위티와 함께 찾아간 열대 휴양지 같은 영국군 주둔지에서 원주민 하녀로 변장하고, 강건한 여성으로 거듭난다. 야생 생활을 통해 그녀는 육체의 질병을 포함한 과거의 자신에게서 완전히 벗어난 것처럼 보인다. 야생 생활에서 환자는 이전에 접하지 못했던 자연과의 교감을 경험하고, 우주의 경이로움을 느끼고, 육체적으로는 물론 정신적으로도 건강하게 되었음을 알 수 있다. 이제 그녀는 자신의 과거를 혐오하고 버리려는 것이 아니라 그것을 초월해 진정 의미 있는 삶을 찾고자 한다.

그러나 이곳에서 부유한 상류층 숙녀였던 환자가 원주민 하녀가 되고 천한 스위티가 공작부인이 됨으로써 두 여성은 "문화적 타자"를 경험하게 된다는 점에 주목해야 한다. 이런 경험을 통해 스위티는 귀부인으로서는 따분한 대령이나 상대해야지 마음이 가는 하사 같은 이는 상대할 수 없기에 삶의 활기도 재미도 누릴 수 없음을 토로하는 반면, 환자는 하녀로 가장한 이상 자유를 누릴 수는 있지만 인습에 매여 그럴 수 없다는 것이 밝혀진다. 환자는 오브리에 대한 사랑으로 떠나올 수 있었지만 집을 떠남으로써 버렸다고 생각했던 상류층 도덕률에서 결코 벗어나지 못하고 있다. 그녀는 꾸미지 않는 솔직함을 스위티 같은 하층 계급으로부터 배워야만 환상을 깨고 좀 더 현실에 다가갈 수 있지만, 숙녀의 외관을 벗어도 결코 숙녀의 의식과 취향에서는 벗어나지 못하는 것이 그녀가 처한 딜레마이다. 물론 환자가 원하는 것은 스위티가 추구하는 육체적 쾌락이나 성적 방종이 아니다. 사실 환자는 떠나기 전에 이미 자신이 오브리에게 반한 사랑이 꿈, 즉 환상이며 자신이 제공하는 금전에 의해 둘의 관계가 유지되리라는 것을 예견하고 있었다. 이제 환자는 어떤 행동도 없이 말만 하며 현실 직시를 거부하는 오브리에게 더 이상 매력을 느끼지 못한다. 환자는 그녀의 돈으로 살면서 "이기적이고 게으르고 달콤한 사탕발림이나 하는" 오브리에게 싫증 나서 그가 제공할 수 없는 "분별 있는 어떤 걸" 하고 싶어 한다. 여기서 환자는 변화의 기미를 드러내며, 궁극적으로 환상을 깨고 현실을 직시함으로써 비로소 질병으로부터 진정 치유될 수 있는 희망을 보이게 된다.

하지만 환자는 병든 영국을 떠나 모험을 찾아간 야생의 자연에서 영국의 또 다른 병적 양상을 경험하게 된다. 대영제국 원정부대 지휘관인 톨보이즈가 강조하는 대영제국의 분위기는 실행력 없는 환상에 불과하다. 공작부인을 안다는 사람을 만났다는 톨보이즈의 말을 듣고 자신들의 실체가 드러날까 두려워하는 환자에게 오브리는 세상이 거짓말, 즉 환상에 의해 유지되고 있음을 적나라하게 말하고 있으며, 본국의 병실에서 탈출해 현실을 찾고자 했던 환자는 대영제국 군대가 주둔하는 야생의 자연에서도 현실을 찾을 수 없음을 알고 자신의 모험 역시 가짜, 즉 환상이었음을 깨닫는다. 여기서 톨보이즈는 환자와 달리 아직 대영제국을 대변하는 자신 같은 인물이 현실에 대한 이해력이나 장악력을 전혀 갖고 있지 못함을 깨닫지 못하고 있다. 쇼는 수채화에 전념하기 위해 원정대의 지휘를 자신이 조롱했던 미크에게 맡기고, 미크가 쌓은 공적으로 아내를 위해 훈장을 받는 톨보이즈를 통해 모든 것이 거짓, 즉 환상에 의해 유지되는 영국병의 정점을 보여준다.

　반면 환자는 비로소 제1차 세계대전 이후에도 대영제국은 물론 영국 지배층의 의식을 구속하고 있는 빅토리아 주의가 현실대처능력이 없어서 사회 자체를 환상으로 유지시키는 빈껍데기임을 인식하게 된다. 환자가 오브리를 거부하는 것은 궁극적으로 빅토리아 시대 이후 영국을 떠받들고 있던 사랑과 종교라는 대표적인 두 환상을 깨는 것이라 할 수 있다. "난 부자들이 비참하다는 건 몰랐어요. 내가 비참하다는 건 몰랐어요. 우리 체면이 건방진 속물근성이며, 우리 종교가 탐욕스러운 이기주의이며, 내 영혼이 그것들로 굶주리고 있다는 걸 몰랐어요"라는 환자의 자기고백은 중요한 의미를 갖는다. 이를 통해 환자는 부유한 상류층 숙녀였던 자신이 속물적인 계급의식에 젖어있었음을 밝힐 뿐 아니라, 전쟁으로 정신적 공황상태에 빠져 의미 있는 행동은 못하고 설교만 하는 목사 오브리가 그녀에게 기식하는 환상제공자에 불과하다는 것도 깨달음으로써 비로소 당시 영국사회에서 종교가 얼마나 이기적 탐욕의 소산인지도 알게 된다. 또한 오브리가 그녀에게 제공한 낭만적 사랑의 환상 역시 기식자들에게 돈으로 살 수 있는 거짓이었음을 인식한 그녀는 마침내 어떤 질서나 목적 없이 돌아가는 세상을 정화함으로써 자신의 존재 의미를 구현하고자 한다. 특히 "사랑은 사람들을 곤경에서 벗어나게 하는 게 아니라, 거기에 빠지게 하죠. 내게 더 이상 연인은 사절이에요. 난 여성동지관계를 원해요"라고 함으로써 사랑이라는 환상으로 남성에게 종속되는 대신 자신과 같은 의식을 지닌 여성들과 함께 새로운 세계 건설의 소망을 피력한다. 이런 그녀의 소망은 산적에게 납치되었다 여기고 딸을 찾아온 어머니 모플리 부인과의 관계회복을 통해 실현 가능성을 보이게 된다.

모플리 부인이 산적으로부터 딸을 구하지 못하고 직무유기를 했다며 집 요하게 쫓아다니자 수채화를 그릴 수 없게 된 톨보이즈는 참지 못하고 우산으로 그녀의 머리를 내리친다. 이로 인해 모플리 부인은 지금까지 그녀를 지배했던 빅토리아 주의의 성과 가정의 가치가 거짓이었음을 깨닫고 환상에서 깨어나기 시작한다. 모플리 부인은 톨보이즈의 갑작스러운 일격으로 그간 자기정체성을 잃을 정도로 맹목적으로 집착했던 환상이 자기 삶과 가족관계를 얼마나 무의미하게 만들었는지 깨닫는다. 그녀는 머리를 맞음으로써 비로소 지금까지 현실을 가렸던 환상에서 깨어나 딸과의 새로운 관계 설정을 위한 준비를 마쳤다고 볼 수 있다. 그녀는 해방된 딸에게서 새로운 존재를 발견함으로써 자신도 스스로 환상에서 해방된 것이다.

자녀의 양육을 포함해 가족에 대한 희생을 여성의 최고 미덕으로 여겼던 빅토리아 시대의 가족애에 대한 강요된 내재화의 희생자라고 볼 수 있는 모플리 부인은 비로소 환상에서 깨어나 변화된 시각으로 현실을 직시하고 자신에 대해 생각할 수 있게 된다. 더 나아가 건강해진 환자에게서 끝없는 보살핌을 요구했던 응석받이 병자가 아닌 환상에서 깨어나 의미 있는 삶을 함께 할 동료의 모습을 발견한다. 이제 환자는 무서운 전쟁을 겪은 후 환상으로 현실을 은폐하며 삶의 목적을 상실하고 하릴없이 불안감에 빠지거나 극단의 쾌락주의에 탐닉하던 전후 젊은 세대들의 질병을 극복함은 물론, 환상에서 벗어나 진실을 깨달은 어머니와 새 출발을 할 수 있는 여성동지가 된 것이다. 쇼는 비록 그것이 아직은 시험적 관계에 불과하지만 이런 모녀의 유쾌한 동맹을 통해 영국병의 치유에 대한 비전을 보여준다.

쇼가 이 극에서 육체적, 정신적 측면에서 질병을 앓고 있는 전후세대의 대표적 인물인 환자와 오브리 중에서 환자를 통해 전후 영국병 치유의 희망을 보여주고 있다는 것은 극의 마지막을 장식하는 오브리의 긴 설교를 통해서도 드러난다. 오브리는 전쟁 이후 몸과 영혼이 벌거벗은 현시대의 실상을 폭로하면서 전쟁이 이런 현실 인식의 계기가 되었음을 고지한다. 여기서 오브리는 전쟁이 그동안 이상주의 내지 외관 밑에 숨겨져 있던 삶의 추악한 실체를 드러내어 그걸 직시할 수 있는 계기를 제공했음에도 불구하고, 젊은이들조차도 영혼의 벌거벗음을 견디지 못할 거라는 강한 회의를 드러낸다. 그의 설교가 시작되자 모두 놀라 달아나는 것을 통해 당대 영국인들이 얼마나 현실을 피하고자 했는지 알 수 있다. 문제는 현실을 인식하고 있는 오브리 자신이 전쟁으로 인해 상실된 모든 표준이나 신조를 대신할 새 가치나 신념을 전해야 하는 역할을 해야 함에도 불구하고, 말만 할 뿐 아무런 행동도 취하지 않는다는 사실이다. 쇼는 듣는 이가 아무도 없는 상황에서 오브리가 설교를 하는 동안 바다안개가 짙어지면서 보이지 않게 되고 그의 목소리만 남아 있는 것을 극화함으로써 이 인물이 설교 후 익사했을 것이라는 것을 암시한다. 뿐만 아니라 오브리의 말이 아닌 쇼 자신의 말로 이 극을 끝맺음으로써 쇼는 결국 말이 아닌 행동이 필요함을 역설한다. 결과적으로 이를 통해 쇼는 실제 생활에서는 무능한 남성으로 말만하는 오브리 같은 지성인이 아니라 실제적으로 의미 있는 일을 통해 혼란스러운 전후 시대에 질서를 부여하고자 하는 환자가 행동하는 여성으로서 영국병을 치유할 일말의 가능성을 보여주고 있음을 분명히 한다.

## IV

외관상 이 극은 간호사 스위티, 그녀의 애인 오브리와 함께 자신의 보석을 훔쳐 납치극을 꾸미는 환자를 중심으로 한 전후 젊은 세대의 일탈과 모험을 다루는 것처럼 보인다. 그러나 쇼는 이 극을 통해 사실상 제1차 세계대전 이후 그동안 대영제국을 유지시켜왔던 과거의 이상들이 한낱 거짓, 즉 환상에 지나지 않음이 드러난 상황에서도 현실을 인식하지 못하고 표류하는 기존 영국 중상류층의 속물적인 계급의식, 무능함, 기존 가치의 안일한 답습 등을 폭로하며 환자를 환상 깨기, 즉 영국병 치유의 핵심으로 제시하고 있다. 이 극에서 쇼는 환자에게 이름을 부여하지 않고 단지 그녀의 성 모플리를 따라 '몹스'라는 별명으로 부르기 때문에 그녀는 결코 개인화되지 않고 도덕극에서처럼 상징적 존재로 남는다.

1막의 마지막에서 보여준 환자의 육체적 질병의 거부는 극이 진행됨에 따라 사회적 인습이나 관행의 허위성에 대한 반란, 즉 환상 깨기를 거쳐 세상을 정화함으로써 의미 있는 일을 하고 자신의 존재 의미를 구현하고자 하는 비전의 설정으로 귀결된다. 특히 쇼가 2막부터 환상으로 유지되는 대영제국의 무력함과 질서부재를 폭로하는 영국군 원정대 주둔지를 무대로 한 것 자체가 영국병 치유의 비전은 바로 환생 깨기에서 시작됨을 함축하고 있다. 이 극에서 구체적으로 환자를 중심으로 전개되는 환상 깨기는 그녀에게 낭만적 사랑의 환상을 심어준 말뿐인 목사 오브리에 대한 거부와 물리적인 폭력을 통해 강제적으로 낡아빠진 빅토리아 주의에서 벗어난 어머니와의 '여성동지관계'의 시도로 나타난다.

쇼가 이 극에서 판타지와 사실주의의 병치를 통해 자신의 신념과 메시지를 진술할 수 있는 토론장을 만들어 궁극적으로 현실 인식은 하고 있지만 말만 할 뿐 행동하지 못하는 지성인인 오브리가 아닌 환자를 통해 영국병의 치유의 비전을 제시하고 있음은 부인할 수 없다. 그러나 그는 이 극을 빅토리아 주의의 인습에 젖어 있던 모플리 부인과 '여성동지관계'를 시도하는 환자의 새 출발이 아닌 작가 자신의 말로 끝냄으로써 과연 환자가 작가가 총애하는 행동하는 여성으로서 새로운 질서를 만드는 데 성공할 것인지에 대한 회의를 갖게 한다.

# 버나드 쇼 희곡 연보

Plays Unpleasant (published 1898)

   *Widowers' Houses* (1892)

   *The Philanderer* (1898)

   *Mrs Warren's Profession* (1893)

Plays Pleasant (published 1898):

   *Arms and the Man* (1894)

   *Candida* (1894)

   *The Man of Destiny* (1895)

   *You Never Can Tell* (1897)

*Three Plays for Puritans* (published 1901)

   *The Devil's Disciple* (1897)

   *Caesar and Cleopatra* (1898)

   *Captain Brassbound's Conversion* (1899)

*The Admirable Bashville* (1901)

*Man and Superman* (1902 - 03)

*John Bull's Other Island* (1904)

*How He Lied to Her Husband* (1904)

*Major Barbara* (1905)

*The Doctor's Dilemma* (1906)

*Getting Married* (1908)

*The Glimpse of Reality* (1909)

*The Fascinating Foundling* (1909)

*Press Cuttings* (1909)

*Misalliance* (1910)

*Annajanska, the Bolshevik Empress* (1917)

*The Dark Lady of the Sonnets* (1910)

*Fanny's First Play* (1911)

*Overruled* (1912)

*Androcles and the Lion* (1912)

*Pygmalion* (1912 - 13)

*The Great Catherine* (1913)

*The Inca of Perusalem* (1915)

*O'Flaherty VC* (1915)

*Augustus Does His Bit* (1916)

*Heartbreak House* (1919)

*Back to Methuselah* (1921)

   *In the Beginning*

   *The Gospel of the Brothers Barnabas*

   *The Thing Happens*

   *Tragedy of an Elderly Gentleman*

   *As Far as Thought Can Reach*

*Saint Joan* (1923)

*The Apple Cart* (1929)

*Too True To Be Good* (1931)

*On the Rocks* (1933)

*The Six of Calais* (1934)

*The Simpleton of the Unexpected Isles* (1934)

*The Shewing Up of Blanco Posnet* (1909)

*The Millionairess* (1936)

*Geneva* (1938)

*In Good King Charles's Golden Days* (1939)

*Buoyant Billions* (1947)

*Shakes versus Shav* (1949)

옮긴이 **서영윤**
이화여자대학교 영어영문학과 졸업
이화여자대학교 대학원 석사 및 박사
현재, 한성대학교 영어영문학부 교수

# 바르게 살기엔 너무 진실해 *Too True to Be Good*

초판 발행일 2015년 2월 28일
조지 버나드 쇼 **지음** | 서영윤 **옮김**

**발행인** 이성모
**발행처** 도서출판 동인 | 서울시 종로구 혜화로3길 5 118호
**등 록** 제1-1599호
TEL   (02) 765-7145 / FAX (02) 765-7165
E-mail  dongin60@chol.com
ISBN  978-89-5506-651-7
**정가**  13,000원